anagramma

801

Questo romanzo è un'opera di fantasia. I nomi, i personaggi e gli avvenimenti descritti sono frutto dell'immaginazione dell'autrice. Qualunque analogia con fatti, luoghi o persone reali, esistenti o esistite, è del tutto casuale.

Titolo originale: *Second Chances at the Log Fire Cabin*

Traduzione dalla lingua inglese di Valentina De Santis
Prima edizione: novembre 2019

ISBN 978-88-227-3571-3

www.newtoncompton.com

Realizzazione a cura di Corpotre, Roma
Stampato nel novembre 2019 da Puntoweb s.r.l., Ariccia (Roma)

Catherine Ferguson

Il Natale delle seconde possibilità

Newton Compton editori

A Dave,
per il suo straordinario sostegno

Capitolo 1

È l'albero di Natale più straordinario che abbia mai visto.

Lo osservo seduta sul divano. Le decorazioni ci hanno fatto diventare matti e senza dubbio pende un po' a sinistra, ma presa dal fervore natalizio, giurerei di non aver mai visto nulla di così bello.

Il tenue scintillio delle lucine intermittenti, unito al suggestivo odore di pineta, ha un effetto decisamente inebriante sul mio umore. Come il vin brûlé che abbiamo bevuto mentre decoravamo l'albero.

Jackson mi ha stupito con il vin brûlé. Quando ho aperto la porta, lui era lì, con un sorrisone sul bel viso, e in mano una di quelle confezioni regalo che contengono il vino rosso, le stecche di cannella e i chiodi di garofano.

«Oh, meraviglioso!», ho mentito.

«Solo il meglio per la mia ragazza preferita!», ha detto lui, allungandomi la confezione. Mi ha preso il viso tra le mani e mi ha baciato con delicatezza sulla punta del naso – un gesto tenero, che mi fa battere forte il cuore ogni volta. Poi si è fatto strada verso il soggiorno. Si è guardato allo specchio sopra il caminetto e si è passato una mano tra i capelli tagliati alla moda, lunghi sopra e rasati ai lati, che secondo me lo fanno assomigliare alla versione sexy e bionda di Elvis. Jackson è molto orgoglioso dei suoi capelli (i miei, in confronto, sono biondi e fini e si oppongono strenuamente a ogni tentativo di domarli).

Jackson si è lasciato cadere sul divano con le gambe divaricate e mi ha guardata con approvazione. «Sei splendida stasera, Roxy Gallagher». I suoi occhi azzurri brillavano provocanti. «Vieni qui».

Con il cuore che batteva all'impazzata, mi sono avvicinata a lui, provando un'assurda agitazione. A casa non c'era nessuno. La mia coinquilina e migliore amica Flo era uscita con il fidanzato, Fergus. Mi auguravo che Jackson non pensasse che...

Certo che no, gli avevo fatto "*il* discorsetto" solo una settimana prima.

Era rimasto piuttosto sorpreso quando gli avevo detto che preferivo andarci molto piano, ma non pareva scoraggiato. Se non altro, sembrava che l'idea di posticipare l'appagamento in camera da letto lo stuzzicasse. Mi domandavo se c'entrasse qualcosa l'interesse per la novità. Perché, diciamocelo chiaramente, non sono molte le donne che si tirerebbero indietro a lungo se una specie di dio greco alto e biondo le guardasse dritto negli occhi e dicesse: «Andiamo a letto. Trasformerò in realtà i tuoi sogni più proibiti».

Jackson dice continuamente queste cose carine e un po' datate con un'espressione serissima. Se le pronunciasse chiunque altro, forse per tutta risposta mi verrebbe da ridere, perché saprei che è uno scherzo. Jackson, invece, mi guarderebbe con i meravigliosi occhi azzurri e io non potrei fare a meno di sciogliermi e pensare: "è il sentimento che c'è *dietro* le parole".

Stiamo insieme solo da un paio di mesi, ma dopo tutti i traumi del passato – tra cui essermi fatta calpestare ben bene il cuore da Billy, il mio primo amore – comincio finalmente a sentirmi felice.

Mi sono chinata a baciare Jackson e lui mi ha afferrata

per la vita. Poi ha aggrottato la fronte e ha lanciato un'occhiata in direzione del mio seno sinistro. Ho seguito il suo sguardo mentre mi toglieva con cura un filo vagante dalla prima asola della camicia di seta.

«Meglio», ha commentato, prima di attirarmi a sé e iniziare a baciarmi con grande impeto. Quando ho sentito le sue mani che mi strattonavano la camicia e si insinuavano al di sotto, mi sono staccata, rivolgendogli un sorriso timido.

Jackson si è appoggiato contro lo schienale, a braccia conserte, e mi ha osservata con un sorrisetto un po' perplesso.

«Roxy?», ha detto e il modo in cui mi guardava mi ha fatto palpitare il cuore.

«Sì?». Sembrava che ansimassi.

«Vin brûlé?»

«Come?».

Ha indicato la confezione regalo poggiata a terra.

«Ah, sì!». L'ho raccolta e l'ho portata in cucina, poi l'ho scartata con una smorfia. Mentre mescolavo gli ingredienti sul piano cottura, ho sentito la TV accesa a tutto volume su qualche partita di calcio.

Non vado poi così matta per il vin brûlé. Ricordo di averlo detto a Jackson, ma deve essersene dimenticato e poi sembrava così compiaciuto quando mi si è presentato con la confezione che non me la sono sentita di rovinargli il divertimento.

Alla fine, mentre decoravamo l'albero, sono riuscita a mandare giù quasi un bicchiere di quella roba disgustosa celando piuttosto bene l'impulso di dare di stomaco, prima di versare il resto in una brocca decorativa su un tavolino lì accanto.

E adesso, che me ne sto a oziare sul divano osservando l'albero appena decorato, mentre Jackson è in cucina a fare una telefonata di lavoro, mi sento la ragazza più fortunata del mondo.

A dire la verità, il motivo per cui mi sento così felice e gioviale in questa gelida notte di fine novembre ha poco a che fare con l'albero in sé (il mio primissimo albero) o con l'effetto del vin brûlé, ma piuttosto con il fatto che forse sono innamorata.

In effetti, lo sono di sicuro.

Non ho mai incontrato nessuno come Jackson. È così meraviglioso, intelligente e affascinante e in pratica potrebbe avere qualsiasi donna desideri. Tuttavia, per qualche strano motivo, lui vuole stare con me. La semplice e banale Roxy Gallagher.

Prima che uscisse con Fergus, ho detto proprio questo a Flo e lei mi ha guardato seria e mi ha risposto: «Smettila, Roxy. È Jackson quello fortunato, quello che ha *te* nella sua vita».

Mi sono messa a ridere e ho detto che scherzavo.

Ed era vero. In parte...

Avevamo in programma di andare a cena fuori, ma Jackson continua a chiedermi se per me va bene guardare ancora un po' di calcio. Finché, infine, non gli propongo di mangiare a casa, così può mettersi comodo per guardare il resto della partita.

«Sei così buona con me, Roxy». Quando faccio per allontanarmi, mi afferra il polso e mi fa uno dei suoi sorrisi irriverenti e smaglianti – di quelli che mi fanno sentire incredibilmente speciale.

Ricambio il sorriso e mi dirigo in cucina, mentre lui mi urla qualcosa tipo: «Adoro i tuoi teneri occhi».

Con il cuore che galoppa allegro per un commento così romantico, mi affaccio alla porta, ma lui è tutto preso da un calcio di punizione.

Accortosi all'improvviso della mia presenza, dice: «Oh, be', ho detto che adoro quei tortini ai finocchi. Quelli che abbiamo mangiato l'ultima volta. Non è che potresti...?»

«Oh». Annuisco sorridendo, sentendomi un po' sciocca per aver sentito ciò che volevo sentire. «Sì, dovrebbe essercene qualcuno in congelatore».

Mi mostra il pollice alzato senza staccare gli occhi dallo schermo.

Una volta in cucina, riesco a trovare degli altri tortini in fondo al congelatore e li infilo in forno. Poi apro una scatola di mais della credenza di Flo e tengo a mente di ricomprarlo la prossima volta che andrò a fare la spesa. A Jackson piace il cibo semplice e tradizionale, cosa che trovo alquanto curiosa in un uomo dai gusti in genere così sofisticati. Suppongo che, se ne avesse la possibilità, vivrebbe molto volentieri solo di pollo e patatine fritte – e detesta il piccante.

Ci siamo conosciuti due mesi fa, a settembre. Una sera, subito dopo essere stata licenziata dalla fabbrica in cui lavoravo, Flo mi ha portata al pub per tirarmi su di morale. Avevamo già bevuto qualche cocktail quando siamo entrate nel Leone rosso e ho visto Jackson per la prima volta. Se ne stava in piedi vicino al bancone insieme a quello che sembrava un gruppo di colleghi, tutti in giacca e cravatta. I nostri sguardi si sono incrociati e io ho sorriso, resa audace dall'alcol, poi lui mi ha salutata sollevando il bicchiere.

Flo aveva insistito affinché mi vestissi bene, perciò indossavo il mio abitino celeste preferito e i tacchi alti e quando Jackson si è avvicinato per rivolgerci la parola, sono stata felice che Flo fosse stata così autoritaria.

Ero di poche parole e un po' impacciata, ma Jackson

era simpatico e sembrava che mi trovasse comunque attraente, il che ha accresciuto a dismisura la mia precaria autostima. La sera successiva mi ha portata fuori a cena e da allora ci vediamo un paio di volte a settimana.

A trentadue anni, Jackson Cooper è un imprenditore di grande successo, che ha fondato una grossa società di gestione immobiliare dopo aver lasciato l'università. Mi dico che si merita di trascorrere una serata rilassandosi davanti alla partita. Lavora così tanto!

Rimanere a casa forse è meglio anche per me, in realtà. Al momento non lavoro e sono a corto di soldi.

Da quando ho perso il lavoro alla fabbrica, a fine settembre, Flo è stata molto buona con me. La liquidazione non era male, essenzialmente perché ho iniziato a lavorare lì a ventitré anni, dunque avevo sette anni di servizio all'attivo. Ma i soldi stanno terminando e comincio a preoccuparmi, perché ho presentato domanda per decine di lavori, finora senza alcuna fortuna – neppure un colloquio. Flo ha insistito affinché pagassimo a metà la mia parte d'affitto, fin quando non troverò un lavoro, ma io detesto esserle di peso. Negli ultimi tempi le preoccupazioni non mi fanno dormire e di sera mi ritrovo sempre a sonnecchiare sul divano.

Mangiamo davanti alla TV, su dei vassoi, e dopo aver sparecchiato raggiungo Jackson sul divano e mi rannicchio contro di lui, chiudo gli occhi e mi lascio cullare dalla voce del cronista sportivo in sottofondo. Non posso continuare ad approfittare della generosità di Flo. Devo trovare un lavoro. So che a lei non dispiace, ma a me sì e mi sento in colpa.

Sono entrata nel mondo del lavoro in netto ritardo rispetto ai miei compagni di scuola.

Avevo ventitré anni quando ho trovato il coraggio di

gettarmi finalmente alle spalle il trauma subìto il giorno del mio diciannovesimo compleanno. Ma avendo perso la possibilità di imparare un lavoro, mi sono buttata sul primo impiego che mi è stato offerto: confezionare biscotti nella fabbrica della zona. Non era ciò che si dice stimolante, ma era così bello avere finalmente un lavoro e sentirsi "normale", per la prima volta dopo tanto tempo, che sono rimasta lì e in qualche modo gli anni sono passati...

Nell'ultimo periodo, però, avevo iniziato a domandarmi se sarei stata così coraggiosa da dedicarmi a qualcosa di nuovo. In irezione stava per aprirsi una posizione come impiegata amministrativa e la mia responsabile aveva affermato che mi avrebbe sostenuta fino in fondo, se mi fossi candidata. Poi, però, mi hanno licenziata, così ho dovuto mettere da parte i miei sogni di intraprendere una nuova strada.

Dalla TV proviene un ruggito fragoroso. Devono aver segnato. Mi accomodo meglio contro il fianco di Jackson.

Se non trovo un lavoro alla svelta, potrei essere costretta a tornare da mamma e papà. Per quanto voglia loro bene, il pensiero di ritornare nella cittadina sperduta sulla costa meridionale, dove sono cresciuta, e di dormire nel mio vecchio letto non è allettante. Sarei a miglia di distanza da tutti i miei amici nel Surrey.

E da Jackson...

Un ceppo scivola nel caminetto e mi fa sobbalzare. Fisso le fiamme, rassicurata dall'allegria stagionale del loro guizzo e dal pensiero che presto sarà Natale. A prescindere da ciò che accadrà sul fronte lavorativo, trascorrerò comunque le festività con Jackson. Sarà il nostro primissimo Natale insieme!

C'è un bel calduccio nella stanza, sento che sto per appisolarmi…

Non respiro. Mi sembra di soffocare.

Il mio cuore strepita e vengo colta dal panico. Ho le mani di uno sconosciuto senza volto serrate attorno alla gola, mi premono sulla faccia, mi impediscono di respirare. Lentamente, mi soffocano.

Tento in ogni modo di fuggire dalla stanza, ma la porta è chiusa a chiave. Mi aggrappo alla maniglia, cerco di urlare aiuto, ma non emetto alcun suono. Porto le mani alla faccia per allontanare quella morsa, ma scopro con terrore che lì non c'è nulla. Le presunte mani che mi stanno soffocando sono invisibili.

"Morirò…".

Qualcuno mi chiama per nome. All'inizio è una voce lontana, poi si fa sempre più nitida.

«Roxy, svegliati. Hai avuto un incubo».

Apro gli occhi e mi trovo davanti il viso turbato di Jackson. Prendo un profondo respiro e mi viene da tossire, come se quel gesto riuscisse a liberare l'ostruzione al naso e alla gola. Sto ancora cercando di scrollarmi di dosso gli ultimi strascichi di quel sogno orrendo.

«Che cavolo è successo?», mi domanda Jackson, dopo che mi sono calmata un po'.

Evito di incrociare il suo sguardo, a disagio. «Non è niente».

«Cristo, doveva essere un incubo terrificante». Jackson pare sconvolto. «Guardati, tremi ancora». Mi prende per mano. «Posso fare qualcosa? Non devi dare di stomaco, vero?». Si allontana un po', allarmato.

Faccio no con la testa per tranquillizzarlo. Jackson

non se la cava granché con la gente che dà di stomaco. O con la sporcizia in generale, in realtà.

«Non ti preoccupare, adesso mi passa», riesco a farfugliare. «Devo solo fare dei respiri profondi».

«Ce li hai spesso questi incubi allora?».

Provo a fare finta di nulla. «Ne ho avuti alcuni».

A essere sincera, credevo che quegli incubi terrificanti sarebbero cessati con il passare degli anni, invece sembra che stiano diventando più frequenti. E sono spaventosi come le prime volte.

Ma non voglio che Jackson lo sappia.

«Roxy, sei pallida come un cadavere. Sei sicura che non devi, ehm, andare in bagno?».

Scuoto la testa.

«Hai idea di cosa ti provochi questi brutti sogni?».

Lo guardo. Se mai c'è stato un momento per dirgli tutto, è questo. Ma non sono pronta a rischiare di perdere Jackson, nel modo in cui ho perso Billy. Così, invece di dirgli la verità, inspiro profondamente e gli racconto la prima cosa che mi viene in mente. «È per via dei soldi. Sono al verde, presto dovrò lasciare l'appartamento e dovrò tornare a vivere con i miei». Sorrido con amarezza. «Un incubo».

È sorpreso. «Ah, d'accordo», dice, come se si fosse aspettato un'altra risposta. «Dove vivono i tuoi genitori?»

«Sulla costa meridionale... a Worthing». Per un attimo, la sua domanda mi coglie alla sprovvista. Non ci credo che se l'è dimenticato. Abbiamo chiacchierato spesso del luogo in cui siamo cresciuti e io ricordo ogni dettaglio della sua infanzia. So persino come si chiama la scuola che frequentava.

S'incupisce. «È molto lontano da qui».

Annuisco, malinconica.
«Allora vieni a stare da me», propone lui con naturalezza.
Per un istante, rimango a fissarlo in silenzio, inebetita. Jackson ha appena detto "allora vieni a stare da me"?
Il mio cuore comincia a battere all'impazzata. Devo aver capito male, di sicuro.
Lui ridacchia. «Allora? Di' qualcosa, Roxy».
Mi metto a sedere così da poter decifrare bene la sua espressione e lui mi sorride con quella sua aria dolce e un po' vulnerabile. Forse è persino arrossito, anche se potrebbero essere le lucine dell'albero di Natale a dargli quel colorito roseo.
"Oh mio Dio. Dice sul serio! Vuole che vada a stare da lui!".
Dopo un colpo di scena così surreale la mia mente è in subbuglio. È tutto così improvviso. Ma ho perso la testa per Jackson, non c'è dubbio, perciò…
«Mi piacerebbe tanto». Ho un nodo alla gola. «Stare da te».
E in un battito di ciglia, passo dai postumi di un pauroso incubo ricorrente a toccare il cielo con un dito…

Capitolo 2

«Ma ti rendi conto che andrai in TV, Roxy?».
Flo mi sorride eccitata dallo specchio sopra la mia toeletta.

È passata una settimana – è il primo dicembre – e mi sto preparando per uscire con Jackson.

Rido. «Ne dubito, Flo. Non è che siamo i concorrenti dello show. Faremo solo parte del pubblico».

«Ciò nonostante», insiste, «dovresti indossare quel magnifico abito verde chiaro che ti ha comprato Jackson, caso mai ti inquadrino. Quel colore si intonerà benissimo con i tuoi capelli biondi».

«È sbracciato, però». Proprio per questo motivo non sono riuscita a indossarlo da quando me lo ha regalato, il mese scorso.

«Allora mettilo con quel coprispalle color crema». Lo dice in tutta tranquillità, come se non fosse un problema.

Torno ad applicare il mascara, azione che si rivela più difficile del previsto per via della mano tremante.

La verità è che non è lo show televisivo a rendermi nervosa. È il pensiero che, domani, mi trasferirò da Jackson. È del tutto naturale essere nervosi per una cosa del genere, suppongo – è un po' come l'ansia prematrimoniale. È un passo importante, in fin dei conti.

E, in effetti, più ci penso e più sono convinta che vivere

insieme a Jackson sia decisamente la cosa più giusta da fare...

Domani, alle dieci di mattina, arriverà un furgone che porterà tutte le mie cose nella meravigliosa casa di Jackson, in un quartiere residenziale a venti miglia da qui, nel cuore della campagna del Surrey.

Flo sembra più che mai entusiasta del design innovativo della casa, ma essendo una patita di architettura, credo sia comprensibile.

A essere sincera, però, vivrei anche in un camper pur di stare con Jackson.

E credo che lui la pensi allo stesso modo, a giudicare da quello che mi ha detto l'altro giorno, prima di prendere l'aereo per la Spagna.

Stava andando all'estero per negoziare una transazione immobiliare. L'ho accompagnato all'aeroporto, ho parcheggiato davanti agli imbarchi e gli ho chiesto se avrebbe sentito la mia mancanza mentre era via... e la sua risposta è stata così adorabile che ancora mi ritrovo a pensarci, a giorni di distanza.

Jackson ha sganciato la cintura di sicurezza e si è voltato per guardarmi dritto negli occhi. «Roxy», ha mormorato, «il solo pensiero di trascorrere persino due giorni senza di te è insopportabile. Come può sopravvivere l'ape senza il miele?». Aveva un'espressione triste e rassegnata, un'aria così dolce e vulnerabile che mi sono venute le lacrime agli occhi.

Quando ho detto a mamma che stavo per trasferirmi da Jackson, ha esclamato: «Era ora!». Non intendeva dire che era ora che mi trasferissi da Jackson (stavamo insieme solo da un paio di mesi), bensì che era ora che finalmente mi lasciassi avvicinare da un uomo.

Ora che sta accadendo per davvero, non posso fare a

meno di essere nervosa. Nonostante questo, sono molto eccitata nell'immaginare il nostro futuro insieme.

«Come cavolo è riuscito Jackson a rimediare i biglietti per quello show?», mi domanda Flo, verde d'invidia.

«Oh, sai com'è Jackson». Non posso fare a meno di dirlo con un pizzico di orgoglio. «Ha contatti ovunque».

È vero. Jackson sta sempre a fare nuove conoscenze, a correre a qualche evento per "stringere mani". Scherzando, una volta Flo ha detto che Jackson presenzierebbe anche l'apertura di una busta vuota, se servisse ad allargare la sua cerchia di conoscenze e quelle parole corrispondono a verità. Jackson ha spirito imprenditoriale e un occhio attento alle nuove opportunità commerciali. Lui lo attribuisce al fatto di essere cresciuto solo con sua mamma, Maureen, che gli ha dedicato tutta la vita, ma aveva poco denaro. Per mantenere entrambi, Maureen faceva tre lavori, come addetta alle pulizie e come cameriera.

L'anno scorso, Jackson ha comprato a Maureen una moderna casa con tre camere da letto in una deliziosa zona di Guildford. Solo a pensarci mi si scalda il cuore.

Finisco di truccarmi e mi giro sullo sgabello, verso Flo. «Sto bene?»

«Sei uno schianto».

Aggrotto la fronte. «Sicura?».

Scuote la testa. «Vorrei che credessi di più in te stessa, Roxy. In tutta sincerità, sei favolosa. E quando indosserai quell'abito, Jackson si sentirà l'uomo più fortunato del mondo, te lo assicuro».

Flo si porta le mani sul cuore e mi rivolge un sorriso smagliante. «Domani, a quest'ora, ti sarai trasferita da lui. Sei eccitata?»

«Certo che sì».

Torno a voltarmi verso lo specchio e scorgo dell'ansia sul mio viso. Sono proprio eccitata. Certo che sì. È solo che, quando vivremo insieme, non avrò più scuse per non lasciarmi andare...

Jackson passerà a prendermi tra dieci minuti. È tornato dalla Spagna solo oggi pomeriggio. L'aereo è atterrato in ritardo e gli ho scritto che sarei stata contenta anche di una serata tranquilla a casa, ma sapevo che lui sarebbe voluto andare comunque allo show. È una delle cose che mi piacciono di lui. La sua incredibile energia. Di solito, lavora fino a sera inoltrata, poi deve alzarsi per la colazione di lavoro delle sette. È il genere di tabella di marcia che ucciderebbe chiunque, ma per Jackson il lavoro è un atto d'amore. L'entusiasmo per ciò che fa lo spinge a andare avanti.

Suona il campanello e Flo si precipita alla porta, poi rientra – dopo aver sghignazzato un po' in corridoio – insieme a Fergus. Loro due sono innamorati persi; a volte sono piuttosto stomachevoli, in verità. Ma sono molto felice per lei.

Sono l'esempio lampante che le relazioni possono funzionare perfettamente. Flo e Fergus si conoscevano da soli tre mesi quando lei gli ha chiesto di sposarlo – e lui le ha risposto subito di sì. E sapevo che l'avrebbe fatto perché sono entrambi stracotti e sono fatti l'uno per l'altra. Si vede lontano un miglio. Come ho detto, scherzando, nel mio discorso durante la loro festa di fidanzamento, il mese scorso, nessun altro potrebbe stare con loro; come la mettiamo con le passioni per le rievocazioni di battaglie e il fegato con le cipolle?

Sono sbalordita dal modo in cui Flo riesce ad aprire il suo cuore agli altri.

Cinque minuti più tardi, il campanello annuncia l'arrivo di Jackson, così afferro il giaccone e la borsa e barcollo verso la porta con indosso l'abito verde chiaro, il coprispalle color crema e le scarpe troppo alte per camminarci bene. Siccome sono alta un metro e settantacinque, ho sempre preferito le scarpe basse, perciò è come dover imparare da capo a camminare. È stato Jackson a comprarmi queste bellezze – tacchi vertiginosi sui toni del nude con la caratteristica suola rossa – in abbinamento all'abito. Secondo Jackson, una donna non possiede mai troppe scarpe alla moda. È alto un metro e novanta, il che vuol dire che sono alta quanto lui quando indosso queste scarpe.

«Divertitevi!», esclama Flo. Mi raggiunge in corridoio. «E rilassati, tesoro. Se Jackson ti ha chiesto di andare a vivere con lui è perché pensa che sei davvero speciale, okay? Quindi smettila di comportarti come se ti stesse facendo un favore».

Sorrido. «Sì, capo. Il problema è che nessuno al mondo può essere felice come te e Fergus. È praticamente impossibile. Voglio dire, la proposta di matrimonio sul campo di battaglia mentre lui era a terra ferito rimarrà nella storia come la più romantica di tutte. Soprattutto il pezzo in cui ti è schizzato tutto quel sangue finto in faccia».

Flo mi lancia un'occhiata. È abituata al mio esorcizzare i momenti imbarazzanti con l'umorismo.

«Sai cosa intendo, Roxy. Smettila di tirarti indietro perché pensi di non essere abbastanza speciale o roba simile». Scrolla le spalle. «Se avessi rinunciato a chiedere a Fergus di sposarmi, ora non starei organizzando il mio matrimonio, no? E non mi sentirei più felice di quanto sia mai stata in vita mia».

Rido. «Ehm, non mi stai suggerendo di chiedere a Jackson di sposarmi, vero?»
«No, certo che no». Sorride. «Solo una matta come me, che fa le cose di getto, può farlo. Tu devi essere onesta con te stessa. E non sarebbe da te».
«Rimarrò fedele alla mia noiosa mancanza di spontaneità allora, posso?».

Prima di recarci agli studi televisivi, ci dirigiamo a un elegante locale che conosce Jackson per prendere un cocktail.
Sebbene sia ancora la prima settimana di dicembre, il Natale è già arrivato in pompa magna lungo il corso della città. Le lucine fanno risplendere negozi, locali e ristoranti e un enorme albero di Natale occupa il posto d'onore nella piazza principale.
Ho il morale alle stelle. Amo il Natale. Amo le luci e i glitter. Amo fare passeggiate con il freddo e tornare a casa per della cioccolata calda davanti al crepitare del caminetto. Amo tutto del Natale, in realtà. E quest'anno sarà addirittura più speciale del solito.
Sorrido a Jackson, godendomi la sensazione della sua mano stretta attorno alla mia. Sarà una bella serata!
Al locale, troviamo un tavolo in un angolino intimo e io ordino un Manhattan, che mi rende allegra ed è finito prima ancora che me ne accorga. Insisto a pagare io il giro successivo, che costa un occhio nella testa ma lo vale tutto, perché sono passata alla Piña Colada! Mi dico che è una serata speciale e che adesso che andrò a vivere da Jackson non dovrò più preoccuparmi così tanto per l'affitto.
Suppongo che dopo questo giro andremo agli studi, ma proprio mentre stiamo per lasciare il locale, entra

un gruppo di conoscenti di Jackson, così ovviamente rimaniamo un po' a chiacchierare. Dalla conversazione che sta intrattenendo con un paio di tizi e una donna con un fantastico abito corto di paillette, mi pare di capire che sono qui per una serata organizzata dalla società con cui Jackson fa affari di tanto in tanto.

Mi presenta solo come "Roxy" – senza nominare la parola "ragazza", ma cerco di non farci caso. Stiamo insieme solo da un paio di mesi, in fondo, e forse Jackson non vuole sembrare presuntuoso. Ci sediamo al loro tavolo per un drink.

«Solo uno», mi sussurra lui all'orecchio. «Va bene?».

Gli sorrido e mi sento meravigliosamente serena. «Certo».

Ovviamente, la discussione verte soprattutto sugli affari, così sorrido e mi perdo nei miei pensieri, ascoltando solo in parte, felice che Jackson sia felice. Sembra parlare molto con la donna con il vestito magnifico, che si chiama Lara. Lei continua a ridere, a mandare indietro i capelli e a toccare il braccio di Jackson. Ma mentre li osservo, sono felice che lui stia con me. So quanto sono importanti gli affari per Jackson e che se c'è un'occasione per fare nuove conoscenze, non se la fa sfuggire.

Dopo un po', guardo l'orologio e mi rendo conto che è ora di andare. Se non ci muoviamo, arriveremo tardi agli studi. Ma sono felice di lasciare decidere a Jackson – e i cocktail allo champagne che continuano ad arrivare vanno giù che è una meraviglia.

Anche troppo, mi rendo conto, quando infine ce ne andiamo.

Mi alzo un po' troppo velocemente e devo appoggiarmi a Jackson perché mi gira la testa come se fossi sulle montagne russe.

«Divertitevi!», cinguetta la ragazza con l'abito di paillette mentre usciamo e fa cenno a Jackson di chiamarlo.

Le mostro i pollici alzati perché non riesco a muovere le labbra e per poco non cado. Jackson mi acchiappa appena in tempo e io gli sorrido.

"Dov'è che stavamo andando?".

Annebbiata dall'alcol, ho un vago ricordo di qualcosa sulla TV.

Ci intervisteranno? Dio, speriamo di no. D'altro canto, essere ubriaca fradicia mi renderà più spigliata e mi trasformerà da un giorno all'altro in una star dei reality show. In realtà, però, non importa dove stiamo andando finché accanto a me c'è il mio magnifico uomo al quale appoggiarmi. Jackson si prenderà cura di me! Jackson Cooper ama me, non la ragazza con l'abito pacchiano e luccicante con cui ha parlato per ore!

Una volta agli studi, Jackson mi domanda se ho bisogno della toilette, il che mi fa venire la ridarella e gli rispondo che non ho dieci anni. Poi mi prende per il braccio con fare deciso e mi conduce su per la gradinata fino ai nostri posti. Sembra volerci un'eternità, perché non riesco a smettere di ridere e a farlo fermare per baciarmi.

Giunti infine ai nostri posti, mi lascio cadere e mi rannicchio addosso a lui.

Stare con Jackson mi riempie di esuberante felicità. Ho le guance piacevolmente accaldate, le battute che gli rivolgo sono piuttosto brillanti (non per vantarmi) e non riesco a smettere di ridere di un uomo seduto più giù nella fila davanti. Sulla testa porta un albero di Natale – uno un po' kitsch, per di più – e la persona dietro di lui gli bussa sulla spalla, gli chiede di toglierselo e lui lo fa.

«Eh dai, cavolo!», dico, entrando in pieno nello spirito natalizio.

La donna davanti a me si gira e mi lancia un'occhiataccia e io faccio un'espressione umiliata a Jackson, che si limita a sorridere e a stringermi la mano, gesto che non fa che aumentare il mio amore per lui.

Sentendomi al settimo cielo, appoggio la testa sulla sua spalla e sorrido beata, con la mente che divaga da quanto accade sul palco al mondo dell'immaginazione. Mi trasferisco dal mio amato Jackson domani! La donna seduta davanti forse è solo invidiosa perché lei non ha un uomo meraviglioso, bello, simpatico e intelligente che le faccia brillare la vita! E Flo ha ragione. Devo avere più fiducia in me stessa. Dovrei confessare a Jackson quello che provo davvero per lui...

«Oh, ma qui abbiamo due piccioncini!».

L'uomo che stava parlando al pubblico dal palco è improvvisamente apparso nel corridoio accanto a noi. È chinato verso di me e sta allungando un microfono a Jackson.

«Dunque, da quant'è che state insieme voi due?», domanda l'uomo.

Jackson, calmo e rilassato come sempre, sorride e risponde: «Non abbastanza per i miei gusti». Io sorrido, mi stringo ancora di più a lui e c'è un "oh!" generale dal pubblico intorno a noi.

Jackson mi bacia sulla testa e, in preda ai fumi dell'alcol, quasi mi vengono le lacrime agli occhi. Sono sul serio la ragazza più fortunata del mondo!

Il presentatore sta guardando me adesso. «Ti stai divertendo stasera?», mi chiede.

Il microfono vira verso di me e la mia mente confusa prende atto che forse milioni di persone a casa stanno guardando il programma e aspettano tutti che io risponda. Così rivolgo un sorrisone alla telecamera e affermo: «Mi sto divertendo un sacco, grazie mille. Sono la ragazza più fortunata del mondo!».

«Magnifico!». Il presentatore fa la faccia stupita. «E come mai?».

Cerco di articolare la frase: "Perché sono qui insieme a Jackson", ma viene fuori «Pescé shono qui insceme a Gesson».

Il presentatore annuisce. «E c'è qualcosa che vuoi dire a... ehm, al tuo uomo... la sera di questo appuntamento per renderlo il più straordinario degli appuntamenti?».

Mi gira vorticosamente la testa mentre Jackson si china a sorridermi e il microfono indugia trepidante davanti al mio naso. «Shi, in effetti».

Per qualche ragione, mi viene in mente Flo.

Flo crede che io non riesca a essere spontanea. Crede che io non lo sia. Forse, con Jackson, potrò diventare una persona più coraggiosa... la persona che ho sempre voluto essere!

Mi volto verso di lui, sforzandomi di concentrarmi. E ci sono due Jackson!

Adorabile Jackson. È stato così paziente nei miei confronti e desidero tanto dimostrargli quanto è importante per me. E questo adorabile pubblico e il presentatore mi guardano, in attesa di una mia risposta, sperando in qualcosa di eccezionale.

Deglutisco forte. E mi scappano le parole di bocca.

«Gesson Cooper, ti amo. Vuoi shposarmi?».

C'è un attimo di silenzio, poi l'intero studio sospira deliziato.

Si riuscirebbe a sentire cadere uno spillo nell'attimo in cui Jackson si schiarisce la voce. E io, con occhi sognanti, attendo le parole che racconteremo ai nostri nipotini negli anni a venire...

Jackson mi fissa, pietrificato, come se non mi avesse mai vista prima e io mi ritrovo a fissare il suo pomo d'Adamo che non smette di andare su e giù.

Alla fine, si china verso il microfono e mormora: «Ehm... *no*?».

Capitolo 3

È incredibile la rapidità con cui si smaltisce la sbornia quando si ottiene un secco rifiuto alla propria proposta di matrimonio.

È incredibile anche la velocità con cui si individua l'uscita e si scappa dallo studio – anche se si vede doppio e si inciampa qua e là.

Mentre barcollo giù per la scalinata dell'edificio, prego che qualche mezzo di trasporto arrivi e mi porti via da qui. L'ultima cosa che desidero è rimanere in zona ad aspettare un autobus o un taxi e rischiare che Jackson mi raggiunga. Semmai mi seguisse, intendo.

"Mi ha seguita?".

Mi guardo alle spalle, senza sapere bene se desidero con tutta me stessa di vederlo oppure no.

Forse riuscirei a superare la vergogna per l'accaduto – nel giro di circa vent'anni – se Jackson mi corresse dietro a perdifiato e mi dicesse che è andato nel panico quando gli ho chiesto di sposarmi, e che ha risposto la prima cosa che gli è venuta in mente. E che in realtà, ora che ha avuto modo di rifletterci, la storia del matrimonio non era poi una cattiva idea.

Di Jackson, però, non c'è neppure l'ombra ed è questo che mi ferisce quasi quanto il suo rifiuto.

Un autobus si ferma davanti a me sussultando, così ci salto su e sprofondo nel sedile più vicino – per poi accorgermi che va in una direzione del tutto sbagliata. Scendo alla fermata successiva, riconosco vagamente un punto di riferimento – il kebabbaro della zona – e a quel punto capisco che ero sull'autobus giusto, dopotutto. Lo stesso autobus che ora sta scomparendo in lontananza.

Mi tolgo al volo le scarpe e mi metto a correre di gran carriera sul marciapiede, schivando gruppi di persone che mi vengono incontro, tutte in ghingheri per il clima natalizio. Non desidero altro che tornare a casa e confidare tutta l'assurda storia a Flo – e chiederle di non affittare la mia stanza a qualcun altro perché alla fine non andrò più a stare da Jackson!

Ovviamente però, quando arrivo a casa come una furia, lei e Fergus sono accoccolati sul divano. A quanto pare, Fergus è stoicamente seduto a guardare per la duecentoventicinquesima volta la commedia romantica preferita di Flo (Fergus è adorabile).

Vedendomi rientrare così presto, Flo mi guarda con espressione interrogativa.

«Un piccolo intoppo. Non fare domande!». Mi stampo in faccia un sorriso, facendo pensare a dei collant smagliati o a qualcosa di altrettanto innocuo. Poi scappo su per le scale, in camera mia.

Seduta sul letto, con le ginocchia raccolte al petto, mi guardo i piedi e le calze sporche e piene di buchi per via della fuga disperata verso casa. Nel tragitto ho perso una delle mie stupende scarpe nuove, ma ho continuato a correre come un'ossessa, senza preoccuparmene. Ora vorrei essermi fermata. C'è una piccola chiazza di sangue misto a sporcizia sotto il piede, nel punto in cui ho pestato qualcosa di aguzzo.

Porto la mano sulla ferita, la tocco e il bruciore s'intensifica a dismisura.

Le lacrime sgorgano copiose quando la mostruosità di ciò che ho fatto mi colpisce in tutta la sua forza, come una martellata. Mi sono appena rivelata come la più colossale idiota della storia degli strafalcioni televisivi. Probabilmente finirò in tutte le puntate di *Proposte di matrimonio andate male* per i prossimi dieci anni, se sono fortunata.

Lo scenario da incubo dell'ora più agghiacciante, spiacevole e incresciosa della mia vita sembra ripassarmi in mente – forse per scongiurare che in qualche modo, senza l'aiuto di questo richiamo costante, possa dimenticarmene.

"Come se fosse possibile dimenticare questa serata!".

Mi lascio cadere faccia avanti sul letto. Che diamine mi era preso? Non si fa mai la proposta di matrimonio a qualcuno, a meno che non si sia sicuri al 100% che l'altro accetti. Specie se lo si fa in diretta televisiva!

Flo bussa piano alla porta.

«Sto dormendo», rispondo.

Breve silenzio. Poi: «Okay, ma vieni da me quando vorrai parlarne».

«Okay», borbotto contro il cuscino, un po' nauseata. L'alcol mi fa girare la testa.

"Quei maledetti cocktail allo champagne!". Dovrebbero servirli con delle avvertenze: Pericolo. Bere a proprio rischio. Si potrebbe essere costretti a emigrare per sottrarsi alle ingrate conseguenze delle proprie azioni.

Mi infilo sotto le coperte ancora vestita, senza desiderare altro che sparire dalla faccia della terra, figurarsi dal Regno Unito – magari mi prendo un anno sabbatico su Marte –, cosicché nessun essere umano possa più posare lo sguardo sull'anima sventurata che ha chiesto al suo ragazzo di sposarla davanti a sei milioni di persone.

E ha ricevuto come risposta: "Ehm, no?".

Resto sdraiata per circa un'ora, cercando di non pensare all'esperienza più mortificante della mia vita, ma senza molto successo (è come quando ti dicono di non pensare a un elefante viola. Dopo non riesci a pensare a nient'altro, cavolo!).

Poi mi squilla il telefono. È Jackson.

Visto che è da quando sono fuggita dallo studio che aspetto che mi faccia una telefonata, non mi getto subito sul cellulare. Lasciamo che aspetti! In effetti, potrei anche non rispondere. Poteva almeno farmi uno squillo per assicurarsi che stessi bene.

Poi, però, i miei sentimenti hanno la meglio. Forse... forse mi dirà che è dispiaciuto e che è stato un grosso sbaglio e che vuole sposarmi.

Così rispondo. Quando parlo, la mia voce è rotta dalle lacrime.

E che mi venga un colpo se lui non sembra allegro come al solito – nella sua voce non c'è alcun accenno di pentimento –, come se io non avessi appena messo a nudo i miei sentimenti davanti a tutto il Regno Unito!

Piombo in una malinconia ancora più cupa.

«Non ti sei persa granché», mi dice. «La trasmissione faceva schifo. Non vale nemmeno la metà di *Blind Date*». Come se questo dovesse farmi sentire meglio – sapere che, invece di corrermi dietro, è effettivamente rimasto seduto per il resto della trasmissione e l'ha pure seguita con attenzione!

Quando non gli rispondo, lui dice con dolcezza: «Roxy, perché l'hai fatto? Davanti a tutta quella gente poi. Non voglio essere brusco, ma credevi davvero che ti avrei risposto di sì?».

Ho un nodo alla gola. Vorrei chiudere qui la conversazione, ma immagino che meriti una risposta. «Non lo so… forse… mi hai chiesto di venire a stare da te, quindi ovviamente ho pensato che ci tenessi davvero a me».

Ride. Eh sì, ride per davvero. «Certo che ci tengo, Roxy. Però ti ho proposto di venire a stare a casa mia come soluzione pratica, visto che non potevi pagare l'affitto dell'appartamento di Flo».

Una "soluzione pratica"?

«Puoi ancora venire a stare da me… finché non ti trovi un altro lavoro».

Non riesco a parlare. Mi gira la testa, e in modo preoccupante.

«Non fraintendermi, penso che sei straordinaria, Roxy», specifica, aggiungendo altra umiliazione. «Ma credevo che ci stessimo semplicemente, sai, divertendo».

Riesco a recuperare chissà dove un po' di animo. «Jackson, potresti toglierti dalle palle e lasciarmi in pace adesso?»

«E il Ballo d'inverno di sabato? Ci vieni ancora?».

Scoppio a ridere, incredula.

«Hai l'abito e tutto il resto. Sarai la reginetta del ballo», dice, sfoderando il suo fascino. «Roxy, ti prego».

Sto per scoppiare a piangere. Non vedevo l'ora di partecipare al Ballo d'inverno insieme a Jackson. Lo organizza per i suoi dipendenti ogni anno e, a detta di tutti, è piuttosto magico. Adoro l'abito che avevo comprato…

«Pensaci», dice. «Ci tengo tanto a te, Roxy».

Ho un nodo così grosso alla gola da non riuscire a rispondere.

Così, invece, chiudo la telefonata.

Nei due giorni successivi, il mio telefono rimane caparbiamente spento e io mi rifugio nella sicurezza del divano a leccarmi le ferite.

C'è un mucchietto di "beni di prima necessità" sparpagliato a terra. Fazzoletti. Una schiera di tazze da caffè sporche. Scatola gigante di finti After Eight, gentilmente donata da Flo dopo una visita al suo negozio "tutto-a-una-sterlina" preferito. In aggiunta, un manuale di auto-aiuto (che non è affatto d'aiuto) intitolato Andare avanti dopo l'ennesima, catastrofica rottura.

L'albero di Natale che ho decorato insieme a Jackson si erge in tutta la sua abbagliante gloria, impenitente e impossibile da ignorare – uno scintillante richiamo perenne di tempi più felici.

Di tanto in tanto, Flo – ormai messa al corrente di ogni dettaglio – si avvicina in punta di piedi, come se ci fosse una bomba inesplosa sotto le assi del pavimento, e mi porta i messaggi di Jackson, che si è ridotto a chiamare sul fisso. Il nocciolo dei messaggi sembra essere: "Verrai al Ballo d'inverno? O devo trovare qualcun'altra? Perché di sicuro non mi presenterò da solo. Mi richiami?".

Tutto molto commovente, ma c'è qualcosa che mi frena dal telefonargli. Immagino che, in fondo in fondo, per me i suoi gesti non siano sufficientemente spettacolari. Jackson deve sapere quanto mi senta imbarazzata e sconvolta dopo aver fatto la figura dell'idiota in quella trasmissione. E cosa peggiore di tutte, per quanto ubriaca fossi, avere ricevuto un secco rifiuto alla mia proposta. Se avessi rifiutato io Jackson in quel modo, ora farei i salti mortali per sistemare le cose. Non bastano un paio di telefonate.

Tutta la situazione mi ha anche fatto capire che Jackson non hai mai provato per me ciò che io provo per lui…

Il terzo giorno, mi sveglio più positiva.

Quando accendo il telefono, decido che stavolta, quando Jackson chiamerà, risponderò.

Ho avuto un sacco di tempo per riflettere e con il senno di poi sono giunta alla conclusione che è stato sciocco e ingiusto da parte mia metterlo in difficoltà in quel modo, chiedendogli di sposarlo davanti a milioni di persone. Non c'è da meravigliarsi se il poveretto ha detto di no! Deve aver pensato che stava frequentando una che aveva più di una rotella fuori posto. Forse lo pensa ancora, ma questo non gli ha impedito di telefonare per cercare di parlarmi.

Rimango a casa accanto al telefono. A dire il vero, oltre a voler esserci quando squillerà, ho un po' timore di uscire dopo la mia ingloriosa apparizione alla trasmissione del sabato sera. A quanto pare la notizia della mia umiliazione è diventata un tantino virale. Ho trovato un bel po' di articoli su internet – pure con le foto! – che raccontano per filo e segno l'atroce rifiuto in diretta TV e sebbene sappia che non dovrei leggerli, non riesco a farne a meno. E se la gente mi riconoscesse nella triste ubriaca che è stata rifiutata dal ragazzo?

Molto più tardi, stufa di aspettare accanto a un telefono che non squilla mai e bisognosa di aria fresca, col favore delle tenebre faccio un salto fuori per una passeggiata intorno all'isolato. Sono certa che al mio ritorno ci sarà un messaggio per me sul telefono fisso. Ma non è così e mi si spezza il cuore. Forse Jackson è all'estero per affari – come capita spesso – e in tal caso potrebbe chiamare stasera dall'albergo.

Quando è ora di andare a letto, non si è ancora fatto sentire e inizio ad agitarmi. Non si sarà mica già arreso? Dico a me stessa che se non lo sento entro il giorno successivo all'ora di pranzo, gli telefonerò io. In fin dei conti, le relazioni sono rapporti a doppio senso.

Il pomeriggio successivo faccio un profondo respiro e

lo chiamo. Ma con mio stupore, dopo cinque squilli, si attiva la segreteria. In genere, Jackson risponde subito con tono molto professionale, in quanto nove volte su dieci si tratta di un'importante telefonata di lavoro. Gli lascio un messaggio chiedendogli di contattarmi.

Poi, però, decido che non posso rimanere seduta ad aspettare una sua telefonata. Servirebbe solo a farmi impazzire. Farò un salto all'alimentari per comprare del latte e delle nuove scorte di cioccolata. Sono giorni che non esco di casa come si deve e con un po' di fortuna il mondo avrà dimenticato tutto della mia figuraccia in prima serata su una rete nazionale.

Sì, forse ci sono state un bel po' di risatine quando Jackson ha detto "Ehm... no?", ma nessuno mi riconoscerà per davvero. Non adesso...

Con rinnovata determinazione, mi dirigo alla doccia. Venti minuti più tardi, mi avvolgo nel cappotto e nella sciarpa e lascio l'appartamento, riemergendo – dopo il mio letargo volontario – nel gelido pomeriggio dicembrino con la vulnerabilità di un agnellino appena nato. Sta già facendo buio, ed è un bene.

"Diminuiscono le possibilità che qualcuno...".

«Ahi!». Vado a sbattere contro una coppia che sta passando davanti al cancello e l'uomo si volta a guardarmi.

Dà un colpetto con il gomito alla compagna. «Ehi, è lei!», dice, non proprio sussurrando. «La donna che ha fatto la proposta di matrimonio in TV».

«Davvero?». La donna si volta. «Oh, sì! Cavolo, poverina. Credi che riuscirà mai a riprendersi?»

«Nah. Segnata a vita, credo».

E se ne vanno.

Rimango lì a fissarli, sentendomi piccola come non mai. Mi giro, prima di ripescare le chiavi per rifugiarmi in casa.

Poi mi fermo.

Mancano pochi giorni al Ballo d'inverno e ho deciso di dire a Jackson che andrò con lui, alla fine. E se stesse a casa e si sentisse triste quanto me, pensando che tra di noi è tutto finito? Forse quando gli ho telefonato era a una riunione di lavoro e non ha ancora neppure ascoltato il mio messaggio.

Dovrei dargli un'altra possibilità, dovrei lasciargli un altro messaggio e dirgli che non vedo l'ora di indossare il mio nuovo abito...

Provo un'ondata di sollievo al pensiero che, dopotutto, potrebbe non essere la fine per me e Jackson.

Il Ballo d'inverno sarebbe l'occasione perfetta per rimettere insieme i cocci, appianare la catastrofe di sabato sera e far tornare le cose come erano prima.

Mentre sto in strada gli telefono, preparandomi il discorso. Avrò un tono felice e ottimista per fargli capire che sono tornata quella di sempre e che penso al futuro...

«Qui è Jackson», sussurra qualcuno in quello che parrebbe un accento francese. Una seducente voce di *donna*.

Una morsa gelida mi stritola il cuore.

Una serie di risatine all'altro capo del telefono si trasformano in veri e propri gridolini di gioia.

Poi, d'un tratto, cade la linea.

Capitolo 4

Rimango inizialmente stordita, nauseata. Mi tremano le gambe, così mi siedo sul muretto fuori casa e fisso a lungo le luci di Natale appese alle vetrine della caffetteria dall'altra parte della strada. Dopo un po', le luci sfocano l'una nell'altra, ma io rimango seduta con le mani affondate nelle tasche del giaccone, a pensare che tra Jackson e me comunque non avrebbe mai funzionato. E come poteva, se io ho paura di portare la relazione alla fase successiva e Jackson è un vero e proprio attira-pollastre?

C'erano tutti gli ingredienti per una catastrofe. Solo che prima non me ne rendevo conto.

Credevo davvero che questo Natale sarebbe stato diverso perché avevo incontrato Jackson e che avremmo trascorso almeno parte delle festività insieme. Ne ero proprio convinta; avevo addirittura detto a mamma e papà che dovevano prenotare la crociera invernale ai Caraibi che sognavano da anni perché io avrei trascorso il Natale con Jackson. E adesso, è proprio quello che faranno. Partono tra un paio di settimane e saranno di ritorno dopo Capodanno. Così facendo, mi sono proprio data la zappa sui piedi!

Il periodo della festività dell'amore e dei buoni sentimenti è arrivato. E io sarò tutta sola.

Perché mai ho creduto che un uomo brillante e popolare come Jackson potesse avere intenzioni serie con una fallita come me? Voglio dire, riflettendoci, che cavolo ho mai ottenuto finora in vita mia, a parte un lavoro alla fabbrica di biscotti?

Forse avrei potuto ottenere di più. Dopo l'incidente però, la mia autostima ha toccato il fondo e non ho mai superato il trauma. Suppongo che una parte di me pensi ancora che non sono abbastanza in gamba per tentare qualcosa di diverso.

L'espressione di Billy quando ha chiuso la nostra relazione mi è rimasta impressa, ha rifiutato con caparbietà di svanire nella notte dei tempi. È successo undici anni fa, quando avevo solo diciannove anni, eppure ricordo ancora – come se fosse ieri – quello sconvolgente miscuglio di pietà e rimorso nei suoi occhi.

Eppure non sarebbe ora di voltare pagina?

Ho perso Jackson e adesso il mio futuro è un foglio bianco. Un grosso punto interrogativo. Invece di vivere nella paura, probabilmente dovrei vederla come un'occasione d'oro per liberarmi delle catene del passato e cominciare a vivere in modo diverso.

"È troppo tardi, a trent'anni, per ricominciare da capo? Abbandonare finalmente i complessi che mi hanno bloccata e magari trovare un impiego stimolante, invece di limitarmi a lavorare per pagare l'affitto?".

Il primo passo è dimenticare Jackson. Perché, è chiaro, lui è già a buon punto per dimenticare me…

Mi alzo dal muretto, faccio un respiro profondo e costringo le gambe ad avanzare verso il supermercato.

Ho smesso di umiliarmi per Jackson Cooper. È ora di andare avanti…

Arrivata al supermercato, ho un nodo alla gola per le lacrime non versate, ma sono determinata a non cedere.

Vado dritta a prendere il latte, poi mi dirigo risoluta alla corsia dei dolci alla ricerca di un preparato per torte Betty Crocker. Sono preparati per torte al cioccolato straordinari. Loro mi salveranno dalla totale disperazione.

Per ironia, anche l'ultima volta che sono stata qui ero alla ricerca di un preparato per torte.

La nostra fastidiosa vicina, Edna Hartley-Pym, aveva bussato alla porta chiedendoci di portarle delle torte per il banchetto di dolci fatti in casa per il mercatino di Natale dell'oratorio. È una donna a cui è meglio non dire di no, così le avevo promesso una torta al cioccolato, risposta che l'aveva fatta allontanare dalla soglia di casa nostra in modo rapido e indolore.

Pensavo di imbrogliare con un preparato Betty Crocker, ma, per mia tremenda sfortuna, non ce n'erano più e il mercatino era il giorno seguente. Così, ahimè, mi sono ridotta a comprare una torta di Marks & Spencer, sbriciolandola un po' nel contenitore Tupperware per farla assomigliare a un vero dolce fatto in casa.

Inutile dire che Edna ne era rimasta molto colpita.

Per fortuna, ora il reparto dei preparati per torte è stato completamente rifornito. Mi sposto lungo la corsia per scegliere tra il mix per torta al cioccolato e ganache e quello per torta arcobaleno; alla fine, risolvo il dilemma mettendo entrambi nel carrello.

Più giù nella corsia, una donna apparentemente in difficoltà attira la mia attenzione. Sta cercando di prendere qualcosa dal ripiano più alto e continua a saltellare senza successo per afferrarlo. I mugugni che emette per lo sforzo si fanno più disperati ogni istante che passa, perciò, alla fine, mi avvicino e mi offro di aiutarla (essendo così alta, mi capita spesso che le persone mi chiedano di aiutarle a prendere dei prodotti dal ripiano in alto).

La ragazza si volta, scansandosi i capelli scuri dagli occhi. «Oh! Magari, grazie! È l'ultima confezione e mi serve proprio». Ha il viso tutto rosso per lo sforzo. O forse per l'agitazione.

«Di nulla. C'è un motivo se a scuola mi chiamavano "Spilungona"!», le rispondo con un sorriso, mentre raggiungo con disinvoltura il ripiano e le porgo il suo premio – una confezione di farina autolievitante.

«Oh, grazie!», sospira con riconoscenza. «Ho un'attività di catering e che tu ci creda o no, ho terminato la farina».

«Ah! Come si chiama la tua ditta?», le chiedo.

«La vera delizia».

«Gran bel nome».

«Grazie». Mi fa un sorriso affabile. «In realtà, ci lavoro solo io, anche se a volte la mia amica Erin mi dà una mano. Per domani devo preparare dei dolci per la festa di compleanno di un bambino, perciò devo rimediare della farina. Non posso crederci che questa è l'unica confezione rimasta».

«Staranno preparando tutti le torte di Natale».

Sorride e sembra tranquillizzarsi un po'. «Già, è periodo, no? Devo preparare venti torte di Natale per il prossimo fine settimana». Mi porge la mano libera. «Mi chiamo Poppy».

Ci stringiamo le mani. «Roxy».

«Piacere di conoscerti, Roxy. Adesso devo proprio andare. Quei muffin non si prepareranno da soli, purtroppo!».

Fa per andarsene, ma non appena si volta, in qualche modo le sfugge di mano il pacco di farina, che cade a terra e colpisce la fibbia dei suoi stivali, squarciandosi. Il contenuto si riversa sul pavimento. Poppy rimane a guardare il disastro, incredula e frastornata, e io so cosa sta provando. Ha l'aria di chi sta per mettersi a singhiozzare a dirotto qui su due piedi, in mezzo alla corsia numero sette.

«Hai provato al negozio all'angolo?», le domando subito.

Conferma. «Tutto finito».

«Al supermercato di Bridge Street?»

«Anche loro hanno terminato la farina, che tu ci creda o no. Hanno avuto un problema con i fornitori».

Mi arrovello per trovare una soluzione. Poppy sembra molto simpatica. Non posso lasciarla qui, così a pezzi.

«Puoi prendere la farina che ho a casa», le dico, in un lampo di genio. «E io abito proprio in questa via».

Mi guarda con gli occhi sgranati e pieni di speranza. «La tua è un'offerta molto generosa, ma non posso mica...».

«No, sul serio, non c'è problema. Dai».

Dopo aver pagato la spesa, ci incamminiamo per strada e Poppy mi racconta tutto della sua attività di catering. A quanto pare, si è appena aggiudicata un appalto di fornitura di mince pies e di omini di pan di zenzero per una pista di pattinaggio scoperta della zona, durante le due settimane che precedono il Natale.

«È fantastico!», commento, sebbene non possa far a meno di notare che Poppy non sembra pazza di gioia.

«Be', sì. Il problema, amica mia, è che Erin, che di solito mi dà una mano, è in vacanza in Messico».

«Quindi te la devi cavare da sola».

«Esatto».

«Abito proprio qui». Indico il portone blu e attraversiamo il cancello.

Poppy si fa pensierosa. Poi mi lancia un'occhiata. «Non è che prepari spesso dolci?». Mi sorride. «Il fatto che tu abbia della farina è un segnale incoraggiante».

Rido. «Ah, be', l'ultima volta che ho preparato una torta di cioccolato…».

«Se prepara dolci?!», esclama qualcuno a gran voce. «Oh, Dio! Ma certo!».

Ci voltiamo ed ecco la mia vicina, Edna, tutta imbacuccata per uscire, con borsetta al braccio. A ottantadue anni, è un po' sorda, ecco spiegato l'urlo.

Si rivolge a Poppy con il suo accento sofisticato: «La settimana scorsa, la cara Roxanne ha preparato una torta al cioccolato per il mercatino di Natale dell'oratorio e dico solo questo: "Nigella, mangiati il fegato!". Morbida. Soffice. Semplicemente paradisiaca!».

Edna mi fa un sorriso raggiante.

Io ridacchio. «No, no, era…».

«Su, non fare la modesta». Edna scuote il dito in segno di rimprovero. «Faceva venire l'acquolina in bocca, mi creda. La mia amica Celia l'ha acquistata e me ne ha fatta provare una fetta, perché sosteneva che fosse buona proprio come una torta di Marks & Spencer. E non sto esagerando!». Edna si porta un dito alle labbra, sorride e si congeda con un cenno della mano.

Scuoto la testa, come a scusarmi con Poppy. «Sul serio, non sa quello che dice».

«Oh». Poppy fa la faccia delusa. «La verità è che ho proprio bisogno di aiuto, altrimenti l'intero evento sarà un disastro». Dà una scrollata di spalle. «La gente ha bisogno delle mince pies a Natale».

Annuisco con solennità. «E degli omini di pan di zenzero natalizi. Anche se non sarebbe più corretto parlare di "persone" di pan di zenzero, al giorno d'oggi?».

Poppy scoppia a ridere. Poi le trema il mento e il bel viso si contrae in una smorfia. «Oh, Dio. Mi dispiace. È assurdo, davvero. Cioè, ovviamente non è che la gente abbia "bisogno" delle mince pies. È solo che devo rispettare al meglio questo contratto, se voglio che gli affari vadano bene».

Tiro fuori un fazzoletto, che per fortuna pare intonso. Mi sembra incredibile che me ne siano rimasti ancora di nuovi, dopo gli interminabili pianti dei giorni passati.

«Grazie, Roxy». Poppy si tampona gli occhi, sbavando il mascara. «Mi dispiace».

«Ehi, non c'è problema. E se hai bisogno di aiuto... be', al momento non ho un lavoro, quindi...».

«Davvero?». Spalanca gli occhi castani. «Accidenti, non sai quanto ti sarei grata per un paio di mani in più». Mi guarda con entusiasmo. «Non è un po' strano assumere una che hai appena conosciuto? Scusa, pensavo ad alta voce. Cioè, non avrei mai nemmeno pensato di offrirti il lavoro, se tu non mi avessi fatto una buona impressione». Le si illumina lo sguardo. «Forse potresti occuparti anche dei dessert? Ho promesso che avrei cucinato anche per la famiglia e gli amici del mio ragazzo a Natale, sai».

«Oh, no!». Scuoto la testa, terrorizzata. «Non sarei mai in grado di fare una cosa del genere». Forse riuscirei a buttare in padella una manciata di roba per preparare la farcia, fin tanto che ricevessi istruzioni precise, ma dei dessert? Non credo proprio.

«Quella torta al cioccolato che hai preparato doveva essere favolosa!». C'è più che un accenno di disperazione nella sua voce. «E non ci sarà un menù fisso. Potresti preparare i dolci che fai di solito».

Il viso di Poppy è il ritratto stesso della supplica. Non

ce la faccio a dirle che la torta era una farsa e che la mia abilità nel preparare dolci consiste solo nell'aprire una confezione e nel tagliarne a fette il contenuto. D'altro canto, avrò bisogno di un diversivo bello grosso se ho in programma di dimenticare Jackson Cooper entro la prima metà del prossimo millennio. E suppongo che se mi dovessi bloccare, c'è sempre YouTube.

«Quindi non dovrò preparare nulla di complicato?»

«Oh! No, no. Solo cose facili, come magari una mousse al cioccolato e ciliegie. O una deliziosa cheesecake? O una elementare, ma meravigliosa torta meringata al limone?».

"Cose facili?!".

«O del cranachan ai mirtilli rossi?». Poppy ride. «In effetti, ora sto insultando le tue capacità. Ne ho letto la ricetta l'altro giorno ed è così facile, perfino un bambino di cinque anni saprebbe prepararlo!».

Sul volto mi spunta una via di mezzo tra un sorriso e una smorfia. "Farò meglio a stare alla larga dal cranacoso ai mirtilli, allora!".

«E naturalmente, sarai in gambissima a preparare la pasta frolla», incalza Poppy. «Per le mince pies».

Ricordo i miei tentativi all'epoca della scuola. «È passato un po' di tempo», dico cauta per non rovinarle il buonumore, perché Poppy sembra molto più allegra rispetto a prima.

«Oh, non avrai problemi, Roxy. Come tu ben sai, nel preparare l'impasto devi tenere a mente una sola grande regola d'oro...». E sorride, aspettando con fiducia che io risponda alla domanda che ora aleggia nell'aria.

«Ah, sì». Mi scervello. «Quella grande regola d'oro. Quella che molti dimenticano quando preparano l'impasto». "O che non hanno mai saputo. Come me".

Annuisce. «Esatto. E poi ottengono un impasto terribile, con cui ti ci potresti spezzare i denti!».
«Eh, eh, già!». Scuoto la testa per dimostrare che non sono una di quegli ignoranti che impastano sassi.
«Oh, Roxy, è fantastico!». Il corpo di Poppy sembra rilassarsi. «Grazie mille per aver accettato di aiutarmi».
Le sorrido e intanto penso che forse dovrei illuminarla sulla reale entità della mia incompetenza nel campo della pasticceria. Ma ho la sensazione che se pure dicessi: "L'ultima volta che ho preparato delle mince pies ho dato fuoco a me e al resto del vicinato", probabilmente lei lo liquiderebbe rispondendo: "Oh! Cose che capitano!".
Mi guarda con ansia. «Sarebbe solo per le due settimane prima di Natale, però. Ti andrebbe bene?»
«Sì, d'accordo. Dov'è che si trova la pista di pattinaggio comunque?»
«Sulle rive di un lago a circa dieci miglia da qui».
«Ah, sì. Ho capito dove dici».
Fa sì con la testa. «Io starò dal mio ragazzo, che vive proprio lì vicino. È un posto adorabile. Si chiama Log Fire Cabin ed è una baita che si trova in mezzo agli abeti, sulle rive del lago. Molto pittoresco. Specie quando nevica, cosa che spero avvenga!». Poppy alza gli occhi al cielo.
Mi strofino il braccio. «Senza dubbio fa abbastanza freddo per una nevicata».
«Vero, no? Continuo a immaginarmi la neve che cade lenta sui pattinatori. È così romantico». L'espressione di Poppy si fa nostalgica e quasi triste.
«Dev'essere bellissimo», concordo.
«Allora, accetti?»
«Uhm...». Fisso il vuoto, pensierosa. Se andassi a lavorare per Poppy, non avrei nulla da perdere, ma

molto da guadagnare. Mi garantirebbe un indispensabile mezzo di sostentamento – inoltre, mi darebbe qualcosa da fare così da non stare tutto il giorno ad asciugarmi le lacrime e a cercare di non pensare a Jackson e alla sua affascinante nuova donna dal sensuale accento francese.

Mi si spezza il cuore al pensiero di quei due insieme. Tuttavia mi sforzo di sorridere. «Mi farebbe piacere aiutarti».

Poppy sembra estasiata. «Andrà tutto alla grande».

Faccio sì con la testa, meno convinta di lei.

Immagino che dovrò imparare da sola a preparare dolci... e alla svelta!

Una settimana più tardi, dopo essermi imbottita il cervello del maggior numero possibile di tutorial sulla pasticceria, sono sulla strada che porta alla Log Fire Cabin.

Mentre costeggio Guilford, mi accorgo di tutti i preparativi per le festività. Le case sono tutte addobbate con lucine e decorazioni allegre e una ha persino un Babbo Natale gonfiabile appollaiato sul tetto, pronto a scendere giù per il camino. È davvero un peccato che l'entusiasmo per il Natale mi sia finito sotto i piedi.

La mia "Grandiosa umiliazione in diretta TV" brucia un po' meno perché, a differenza di quanto temevo, non sono molti quelli che mi hanno riconosciuta come la sfigata che è stata rifiutata dal ragazzo durante un programma televisivo . È magnifico. Nel giro di un decennio o giù di lì, forse riuscirò anch'io a dimenticare tutta la storia.

Ho provato con tutta me stessa a togliermi Jackson dalla testa, con modesto successo. Ogni volta che mi tornano in mente i bei momenti insieme, mi costringo a ricordare quanto mi ha sconvolta sentire la voce seducente della donna che ha risposto al telefono di Jackson. Ho provato a sperare che si trattasse di sua sorella, ma non ha funzionato per due motivi. Primo, il tono di voce non era quello che ha di solito una sorella. E secondo, Jackson non ha una sorella.

A una parte di me, Jackson manca ancora da impazzire. Credo, però, che sia più l'*idea* di lui ad avere lasciato un vuoto nella mia vita, più che la persona in carne e ossa. Perché ormai ho capito che non eravamo affatto compatibili. Lui non rideva quasi mai delle cose che io trovavo divertenti. O alle mie battute. In effetti, comincio a chiedermi se mi ascoltasse davvero.

Una cosa in particolare garantirà che il periodo necessario a dimenticarlo non si protragga troppo a lungo: con un po' di fortuna, non dovrò mai più vedere in vita mia Jackson o l'interno di uno studio televisivo!

Capitolo 5

Poppy mi ha chiesto di incontrarci alla pista di pattinaggio scoperta che è stata installata sul sentiero del lungolago, un po' più giù rispetto alla Log Fire Cabin, la baita del suo ragazzo.

Proprio accanto alla pista di pattinaggio pare ci sia un boutique hotel decisamente alla moda, di proprietà di una donna di nome Sylvia. È stata un'idea di Sylvia portare la pista di pattinaggio alla comunità della zona, questo Natale; ed è stata sempre Sylvia a ordinare le centinaia di mince pies che io e Poppy prepareremo nei giorni che precedono il Natale.

Una volta imboccato dalla strada principale il sentiero del lungolago, asfaltato di recente, su entrambi i lati non vedo che alberi resi scintillanti dal ghiaccio sotto il sole invernale e degli scorci del lago alla mia sinistra. La Log Fire Cabin si fonde così sapientemente con il territorio circostante che quando la scorgo rimango senza fiato per lo stupore. È un edificio in legno su due piani elegante e moderno, che si fonde alla perfezione con gli alberi e la campagna che lo circondano. Sembra grande abbastanza da poter ospitare un bel po' di persone, ma a detta di Poppy, il suo ragazzo Jed ha prenotato alcune stanze all'hotel, nel caso fossero troppi. Oltre a preparare centinaia di mince pies e di omini di pan di zenzero natalizi, cucineremo per dieci persone tutte le sere.

Ciò significa dieci porzioni di dessert!

Ogni volta che ci penso, sento una morsa allo stomaco.

Passando con l'auto davanti alla baita, noto l'hotel e la pista di pattinaggio più avanti e un attimo dopo sto già entrando nel grande parcheggio improvvisato, in un campo da cui i visitatori possono accedere alla pista.

Mentre parcheggio mi guardo intorno, nel tentativo di scorgere Poppy.

È passata una settimana da quando l'ho salvata con un pacco della mia farina. E adesso, a quanto pare, è lei che sta salvando me.

Gli ultimi sette giorni non sono stati un granché, e sto minimizzando.

Una sera della scorsa settimana Flo è rientrata, dilaniata dal dubbio se riferirmi o meno le ultime novità su Jackson. Gliele ho estorte a forza di lusinghe, anche se sapevo già che mi avrebbe avvilito sentirle. Come previsto, quello che sospettavo era vero. Jackson ha iniziato a frequentare un'altra.

Flo si è lasciata cadere sul divano accanto a me e mi ha dato un abbraccio e il resto della sua barretta di cioccolato Cadbury's, segno, a mio parere, di un'amicizia davvero sincera. I genitori di Flo avrebbero trascinato lei e Fergus a New York in occasione delle feste natalizie per festeggiare il loro fidanzamento e già sapevo che avrei sentito la mancanza della mia migliore amica.

«Secondo me, l'hai scampata bella», ha mormorato Flo e io ho annuito, decisa a non piangere e a guardare il lato positivo.

Senza alcun dubbio vivrò meglio senza un tizio che riesce a voltare pagina con una nuova ragazza con una fretta così scandalosa...

Trovo Poppy e per un po' restiamo appoggiate alla barriera a osservare i pattinatori che percorrono la pista. Alcuni di loro solcano il ghiaccio con sicurezza, mentre altri traballano, con una risoluta concentrazione impressa sui loro volti. Tutti gli altri avanzano a passo di lumaca, aggrappati al bordo.

Io sarei senza dubbio una di quelli aggrappati al bordo, ma siccome sono qui per lavoro, per fortuna non dovrò posare neppure un singolo pattino su quella superficie insidiosa. È bello limitarsi a rilassarsi e osservare...

«Su, buttiamoci!», dice Poppy all'improvviso.

Mi volto, colta di sorpresa. «Cosa? No».

«Forza, è divertente».

«Ma... sbaglio o abbiamo dei dolci da preparare?» "Migliaia di mince pies!".

«Be', sì, ma sei appena arrivata, Roxy. Non intendo metterti subito a sgobbare». Poppy sorride. «Ho riservato qualche ora a mostrarti il posto e a farti ambientare». Si rabbuia un po'. «E a dire la verità, mi ci vorrebbe un po' di divertimento».

La mia faccia deve essere il ritratto stesso del terrore, ma Poppy sta già procedendo spedita verso il posto dove si affittano i pattini, perciò immagino di doverla seguire.

«Andrà tutto bene», mi rassicura, mentre entrambe ci imprigioniamo i piedi in un paio di obbrobri di metallo dall'aspetto malconcio.

Sorrido, come si fa quando il capo ti dice di fare qualcosa.

Prima che me ne renda conto, Poppy mi porta sul ghiaccio tenendomi per mano e mi consiglia di sorreggermi al bordo e di darmi la spinta con il piede destro. È più facile a dirsi che a farsi. Anche rimanere in posizione eretta è alquanto terrificante, perché i pattinatori ci sfrecciano accanto, dandosi delle arie (o almeno così mi pare dalla mia posizione di precaria vulnerabilità).

Quando, infine, riesco a muovere un pattino, mi sembra sicuro e affidabile quasi come mettere piede su una corda tesa sopra il Grand Canyon. Traballo violentemente, stringo la mano di Poppy, poi cerco di spostare l'altro pattino, ma mi ritrovo, nel giro di qualche secondo, a sbattere il sedere sul ghiaccio.

È un dolore ineguagliabile, ma Poppy continua a sorridermi. «Cadono tutti all'inizio. È così che si impara. Tra una settimana scivolerai sul ghiaccio come Torvill e Dean. Davvero!».

Mi mostra come ci si rialza, spostando dapprima il peso sulle ginocchia. Poi mi tende la mano e sono di nuovo in piedi – anche se non me li sento proprio più, i piedi. È come se me li avessero stretti dentro degli strumenti di tortura.

«Poppy, possiamo scambiare due parole?». Una donna grossa e bionda infagottata in una pelliccia sintetica fa un cenno a Poppy. «Ho stilato dei preventivi. Dobbiamo parlare delle mince pies!».

Poppy sorride. «D'accordo, Sylvia. Ci vediamo alla caffetteria?».

La donna di nome Sylvia alza il pollice e Poppy mi rivolge uno sguardo di scuse. «Ci sono problemi per te? Ci vorrà solo un attimo, poi possiamo proseguire con la lezione. Noi saremo laggiù». Indica una costruzione bianca e carina simile a un padiglione. Sotto un tendone a strisce rosa c'è uno sportello passavivande e di fronte ci sono un sacco di tavolini e sedie. È verosimilmente un chiosco che provvede alla ristorazione dei frequentatori della pista.

«Ehm… certo».

«Prova a fare il giro della pista sorreggendoti al bordo. Io torno in men che non si dica». Poppy pattina verso il margine della pista e salta fuori con agilità, come una professionista.

Accenno un sorriso, ma dentro tremo. Mi sento una perfetta idiota a starmene qui con un sorriso finto sulla faccia, senza sapere come cavolo farò a spostarmi di un solo millimetro da questo punto.

"Perché la gente lo trova spassoso? Sono tutti quanti masochisti?".

Sospiro e abbasso lo sguardo sui pattini, supplicandoli di fare la cosa giusta. Loro, invece, disobbediscono di proposito e scivolano in direzioni opposte, così, un attimo dopo, vado ancora col sedere per terra con un botto doloroso.

«Stai bene? Ti serve una mano?».

Alzo gli occhi e vedo il viso di un tipo che mi sorride in modo amichevole. Deve avere all'incirca la mia età e, cosa più importante, dà l'impressione di riuscire a stare in piedi senza traballare.

«Sei molto gentile». Ricambio il sorriso e sposto il peso sulle ginocchia come mi ha insegnato Poppy. «Se mi dai una mano, mi libero di questi oggetti misteriosi e raggiungo la terraferma».

«Se ti va, ti faccio fare un giro», propone. «Io per primo non ti assicuro di rimanere in piedi, ma sono certo che, in due, riusciremo a sostenerci a vicenda».

Faccio no con la testa, irremovibile. «No, ti ringrazio. Ne ho avuto abbastanza per oggi».

«Sei qui con qualcuno?». Si guarda intorno mentre mi aiuta a rialzarmi.

«Con il mio nuovo capo. È alla caffetteria a parlare d'affari, immagino».

«Ti ha lasciata a cavartela da sola?», scherza.
«O a cadere da sola». Smetto di parlare per concentrarmi sulla parte dell'uscita dalla pista, che sembra un po' complicata. Una volta fuori, provo un immenso sollievo. «In realtà, non è che mi abbia abbandonata. Cioè, l'ha fatto... ma suppongo che mi credesse abbastanza matura per pattinare senza andare fuori di testa, come invece ho fatto».
Sorrido al mio salvatore, ma lui mi osserva con la faccia un po' perplessa.
«Potrà sembrarti una domanda strana», dice, «ma io e te non ci siamo già visti da qualche parte?».
Vengo presa dallo sconforto.
«Ehm... no, non credo».
"Perfetto. Eccone un altro che è stato testimone della mia totale umiliazione in diretta TV! Riuscirò mai a far dimenticare alla gente quella serata disastrosa?".
«Okay». Annuisce e lascia cadere l'argomento, con mio grande sollievo. «Mi chiamo Alex, comunque».
«Roxy». Ci stringiamo la mano.
«È il diminutivo di Roxanne?».
Annuisco. «Mia madre è una fan di Sting».
«Ah! Un grande classico, quello. "Rooooox-anne"».
«Già. Peccato che parlasse di una prostituta, però», noto con ironia e lui ridacchia e prende atto della mia battuta con un cenno del capo.
Ci appoggiamo al bordo più sicuro della pista e osserviamo i pattinatori scivolare sul ghiaccio.
«Non è facile, questo scherzetto del pattinaggio», mormora lui. «È da quando sono adolescente che non lo pratico. In Australia, mi sono abituato a passare il Natale in spiaggia».
Lo guardo stupita. «Quindi sei emigrato?»

«Già. Ho fatto gli studi universitari qui, poi mamma e papà hanno deciso che volevano vivere in luoghi più soleggiati, così io li ho seguiti. È stato otto anni fa».

Questo spiega il viso e il collo abbronzati e forse le ciocche più chiare tra i capelli biondo scuro, penso, mentre lo osservo. «Immagino che a Natale le piste di pattinaggio scoperte non facciano grossi affari, in Australia».

Alex sorride e mette in mostra due file di bei denti bianchi.

«Esatto. In effetti, una delle cose che mi mancavano di più vivendo lì erano le stagioni del Regno Unito».

Annuisco con solennità. «Sì, immagino quanto si possa desiderare una passeggiata lungo una fredda spiaggia inglese coperta di nevischio. Ci si stufa piuttosto presto della calda sabbia dorata, dei barbecue e delle nuotate nell'oceano, suppongo».

«Ci sono stato, l'ho fatto, da bravo turista», commenta annoiato.

Rimaniamo a guardarci e scoppiamo a ridere.

«Allora sei qui per rimanere? O te ne tornerai in Australia?»

«Torno a Oz dopo Natale. Lavoro come medico di base a Melbourne. Non sai che divertimento».

Do un'altra occhiata furtiva ai suoi capelli arruffati. «Scommetto che fai surf».

Si gira e mi sorride. «Quindi sono uno stereotipo ambulante, vero?»

«No! Volevo solo dire che hai l'aspetto di uno che fa surf... così abbronzato e con... e con i, ehm, capelli da spiaggia».

«Capelli da spiaggia? Dio, stanno così male?». Ha l'aria davvero preoccupata e mi affretto a scusarmi.

«Scusami, no, stanno benissimo». Mi accorgo di essere arrossita per la confusione.

Mi rivolge un sorriso indolente. «Ehi, va tutto bene, sto solo scherzando. Si dà il caso che faccia surf. Vivo vicinissimo alla spiaggia, perciò sarebbe da cafoni non farlo, in realtà. E tagliarmi i capelli è in cima alla lista delle cose che devo fare oggi».

Un pattinatore esperto per poco non travolge una principiante che sta tentando di rialzarsi da terra e sia Alex che io esclamiamo "Oh!" nello stesso momento.

«Ma davvero la gente pattina per divertirsi?», mormoro, profondamente dispiaciuta per la povera pattinatrice in erba, che sembra essere stata abbandonata a sé stessa dal fidanzato esibizionista.

Alex dà una scrollata di spalle. «Una volta che hai imparato le basi, cominci a sentirti sicura delle tue capacità, ed è a quel punto che diventa divertente». Si volta. «E tu, abiti qui vicino?».

Faccio sì con la testa. «Condivido un appartamento dall'altra parte di Guildford, ma ho appena iniziato un nuovo lavoro qui».

«Cosa fai?».

Faccio una smorfia. «Preparo dolci».

«Perché quella smorfia?»

«Ehm, perché non so preparare i dolci. Mia mamma, che Dio la benedica, lavorava tutto il giorno e detestava le faccende domestiche, così il più delle volte, per cena, mangiavamo bastoncini di pesce e patatine fritte e le torte del supermercato. Inutile dire che è da quando ero ancora in fasce che *non* l'aiuto a impastare torte. Per cui, adesso, non so da dove cominciare».

Scoppia a ridere. «Il tuo nuovo capo questo lo sa?»

«No, ma non c'è problema. Sono andata su internet.

Ora so come si prepara il pan di Spagna semplice e il crumble di mele, perciò credo che me la caverò. Dovrò solo apportare qualche modifica alle ricette di base».

Annuisce lentamente e mi osserva con sguardo divertito. «E dov'è questo posto dove lavori?»

«Proprio lungo la strada, laggiù sulle rive del lago. Si scorge in mezzo agli alberi». Lo indico. «È quel meraviglioso edificio simile a uno chalet, laggiù. La Log Fire Cabin».

Alex sgrana gli occhi, stupito. «Lavori per Poppy?».

Aggrotto la fronte. «Sì, ma tu come...?»

«Qualcuno mi ha nominata?».

Nell'udire la voce di Poppy, per poco non mi prende un colpo. "Avrà sentito molto della mia conversazione con Alex?". Intendevo svelarle poco alla volta che non ho alcun tipo di competenza come pasticciera; forse, però, oramai ho messo le carte in tavola.

«Ehi, Poppy», la saluta Alex, «ho appeno raschiato via dal ghiaccio la tua nuova assistente. Credo che debba rispolverare un po' le sue competenze».

Alex mi rivolge un sorrisone d'intesa e io divento paonazza. È piuttosto chiaro che non si riferisce solo al pattinaggio.

Poppy, però, sembra del tutto ignara. «Roxy mi ha salvata al supermercato, mentre mi disperavo davanti a un pacco di farina. Grazie al cielo. Perché potrebbe avermi salvato la pelle».

«O le mince pies», sottolinea Alex.

Poppy concorda. «Già che ci siamo, ho pronte le cinquecento da impacchettare per la consegna di domani... in più, ci sono duecento omini di pan di zenzero da glassare. Faremmo meglio a darci una mossa, Roxy!».

Poppy si allontana. «Ci vediamo a cena, Alex!».

Guardo Alex, perplessa.

«Soggiorno all'hotel di lusso, qui», spiega. «Ma parecchie sere rimarrò alla Log Fire Cabin. Il ragazzo di Poppy, Jed, è uno dei miei migliori amici dai tempi dell'università. La nostra sarà una specie di rimpatriata natalizia, finché rimarrò qui».

«Ah! Capisco. Be', allora forse ti vedrò più tardi».

«Forse sì. Con i capelli tagliati». Alex sorride mentre raggiungo Poppy.

D'istinto, gli rispondo: «Non sono male i capelli da spiaggia». E lui, sorpreso, mi mostra il pollice alzato, come se fosse assolutamente d'accordo.

Tremavo all'idea di incontrare tutti gli ospiti della Log Fire Cabin. Dover parlare con loro e dover pensare a qualcosa di interessante da dire. Ora che ho conosciuto l'amico di Jed, Alex, sono un po' meno intimorita.

Sarà bello vedere una faccia amica in giro per la Log Fire Cabin…

Capitolo 6

Mentre torniamo in macchina alla Log Fire Cabin, Poppy mi aggiorna su ciò che farò finché sarò lì.

«Ho proprio la sensazione di scaricarti addosso una responsabilità troppo grande», afferma, scusandosi. «Se è troppo, basta che lo dici».

«No, sul serio, va bene». Maggiore sarà il tempo che trascorrerò alla baita ogni giorno, meno me ne starò a casa con le mani in mano ad asciugarmi le lacrime per Jackson e prima lo dimenticherò. Questa è la teoria, comunque.

«Spero di non averti fatto saltare i programmi per il Natale».

Faccio no con la testa e le racconto di mamma e papà che partiranno per la crociera. «Anche la mia coinquilina Flo sarà in viaggio con la famiglia. Passeranno il Natale a New York».

«Oh, com'è fortunata Flo!».

«Vero».

«Dunque... pensavo che potresti occuparti dei dessert, io mi concentrerò sulle portate principali e prepareremo insieme l'antipasto. Che ne dici?»

«Va bene», rispondo, mentre mi si torce lo stomaco per l'agitazione. "Non esisteva un dolce chiamato Eton Mess? Sembra fare proprio al caso mio".

Mentre parcheggio davanti alla baita, le domando come

si sono conosciuti lei e Jed e sulla sua faccia seria si apre un sorriso pensieroso.

«Mi ha telefonato, pensando che fossi la ragazza del fratello, Clemmy. Sai, aveva il numero sbagliato. Così mi ha lasciato un messaggio per invitarmi... cioè, invitare Clemmy... per il giorno di Natale. E, be', io l'ho richiamato e gli ho detto che aveva sbagliato numero e ci siamo messi a chiacchierare...». Solo a ripensarci, il volto di Poppy diventa radioso.

«E poi che è successo?»

«Be', pensavo che sarebbe finita lì, ma c'era qualcosa nella sua voce che mi piaceva molto. E poi mi sono ritrovata per caso in stazione quando lui è andato a prendere Clemmy al treno».

Poppy mi lancia un'occhiata, arrossisce un po'. «Quando dico che "mi sono ritrovata per caso in stazione", in realtà voglio dire che ci sono andata di proposito alla stazione. Forse ero curiosa di vedere Jed di persona. E dopo è come se le cose fossero andate a posto da sole».

«Gli hai parlato?»

«Sì. Ha scoperto che stavo mettendo su un'attività di catering e si dà il caso che lui ne cercasse uno per le vacanze di Natale... e questo è quanto!».

«Com'è romantico!».

Mi sorride raggiante. «Già. Quando poi ci siamo messi insieme, non mi sembrava vero».

«E questo è successo due anni fa? E state insieme da allora?».

Poppy perde il sorriso. «Due anni, sì», mormora, come se avesse dimenticato la mia presenza.

«Vivi alla Log Fire Cabin con Jed?».

Silenzio. Poi si volta. «No, non viviamo assieme. Ho un appartamento in paese, anche se rimango a dormire da Jed una sera in mezzo alla settimana. E quasi tutti i weekend».

«Meraviglioso».

Poppy annuisce. «Ovviamente è più logico che io rimanga qui tutte le sere finché non terminerà il contratto di fornitura, a Natale. Dopodiché, però, me ne tornerò a casa mia!». Sorride, ma il suo è un sorriso forzato.

Mentre superiamo l'imponente entrata, con la moderna scalinata in legno di quercia che sale fino alle camere da letto al primo piano, scende di corsa proprio lui, Jed Turner. Nel vedere Poppy, su quel bel viso compare un sorriso raggiante.

«Ehi, tu».

«Ehi», risponde lei, con un sorriso timido.

«E tu devi essere Roxy. Spero che Poppy ti stia trattando bene».

«Oh, sì. Molto bene». Gli sorrido e ci stringiamo la mano. Poi dà a Poppy un abbraccio frettoloso e un lungo bacio sulla fronte.

Tra le braccia di Jed, Poppy si rilassa completamente solo per un istante. Poi si tira indietro. «Okay. Abbiamo duecento omini di pan di zenzero da glassare». Si alza in punta di piedi e gli stampa un rapido bacio sulla guancia. «Andiamo, Roxy».

Poppy cammina di buon passo fino alla cucina e io le vado dietro, dopo essermi voltata per sorridere a Jed. Lui se ne sta in piedi a braccia conserte, ci osserva con espressione assorta.

Glassare gli omini di pan di zenzero si rivela più complicato di quanto pensassi e ho bisogno di quattro tentativi – e di tante risate imbarazzate da parte mia e di risatine da parte di Poppy – prima che lei mi dichiari abbastanza esperta per lavorare da sola. Sono tremendamente consapevole che sto rallentando il lavoro. Tuttavia, se Poppy è preoccupata, non lo dà a vedere. Non smette di rivolgermi commenti incoraggianti e tesse le mie lodi quando realizzo quasi alla perfezione il cappotto rosso di Babbo Natale con le finiture bianche e i bottoni neri. Sembra un po' strabico, ma a Poppy pare non dispiaccia.

«Bene, se finiamo questi entro le cinque, possiamo rivedere la ricetta delle mince pies e avvantaggiarci per domani. Poi passeremo alla cena. Gli ho detto alle otto stasera, perché immaginavo che avremmo lavorato fino a quell'ora».

Faccio sì con la testa e mi concentro per mettere le pupille di Babbo Natale al punto giusto, stavolta.

«Mi farebbe piacere se rimanessi a cena», dice Poppy d'un tratto e io la guardo. «Ti conviene. Ci sarà cibo a volontà».

Mi sorride per incoraggiarmi.

«Oh, no. Devo proprio tornare a casa, ma ti ringrazio».

"Flo morirà dalla voglia di sapere come sono andate le cose oggi!".

«Ma qui non c'è niente da leggere?», esclama una voce.

Ci voltiamo entrambe e vediamo una ragazza dal fisico statuario, sulla ventina, in piedi davanti alla porta; mastica una gomma con fare piuttosto annoiato. Indossa un abitino corto di seta di colore lilla e delle décolleté color *nude* dai tacchi vertiginosi. I capelli le scendono oltre le spalle formando dei perfetti boccoli color miele.

«Non per fare battute, ma è sempre così noioso qui in campagna?». Incrocia le braccia e si guarda attorno con aria imbronciata.

«Oh, ciao Sophie!», dice Poppy. «Roxy, questa è Sophie. Sta uscendo con un amico di Jed, Jack. Sophie, questa è la mia nuova assistente, Roxy».

Sorrido a Sophie. «Ciao».

Sophie arriccia un po' le labbra, mi guarda un attimo, poi continua a masticare. «Allora?»

«Oh! I libri, certo», dice Poppy. «Se entri nello studio lungo il corridoio, troverai una grande libreria...».

«Non parlavo di libri». Sophie ha l'aria disgustata. Mi fa venire voglia di ridere.

Poppy la guarda con un'espressione interrogativa.

«"Cosmopolitan"?», incalza Sophie con impazienza. «"Harper's Bazaar"? "Vogue"?»

«Ah! No, mi dispiace. Purtroppo non compro riviste di moda». Poppy arrossisce di botto e mi guarda con una smorfia che non riesco a decifrare. «Voglio dire, le compro, a volte».

Sophie adocchia l'abbigliamento di Poppy: un paio di jeans e una semplice maglietta rosa. «Forse dovresti leggerli più spesso. Potresti prendere spunto». Sorride, come a voler dire che la sta solo aiutando.

Se Poppy è infastidita, non lo dà a vedere. Al contrario, fa un sorrisone a Sophie. «Roxy, la qui presente Sophie è una personalità importante nel mondo delle riviste di moda. È il caporedattore di "Dazzle"».

«Oh! "Dazzle"? Wow! Ma è straordinario! Lo leggevo sempre». Sono sinceramente colpita. Ora che ci penso, Sophie è vestita in modo impeccabile – e suppongo che debba esserlo, visto che rappresenta una rivista di tendenza come «Dazzle».

«Ultimamente non lo leggi, però». Il suo tono è un po' accusatorio.

«Ehm, be', a volte sì», rispondo, a disagio. «Dazzle» parla quasi solo di moda, argomento che mi interessava molto da adolescente. Dopo l'incidente, però, ho passato la maggior parte dei miei vent'anni a coprirmi...

Sophie ha l'aria un po' seccata, ma forse è solo la sua espressione naturale. Comunque, meglio non dirle che ormai sfoglio «Dazzle» solo di tanto in tanto, quando ne trovo una copia dal dentista.

«Mia madre insiste nel regalarmi le sue vecchie copie di "The People's Friend", può andar bene?», propone Poppy. La osservo. Sta fissando Sophie con sguardo innocente, ma sono quasi certa che la sua fosse una battuta ironica.

Sophie non si degna neppure di rispondere.

«Com'è l'hotel?», domanda Poppy. Si rivolge a me. «Sophie e il suo ragazzo soggiornano nello stesso hotel di Alex. Sai, quando sono venuta qui la prima volta, non era che un vecchio e triste cottage in rovina. E guardalo ora! Un magnifico boutique hotel! Sylvia ha fatto un ottimo lavoro con la ristrutturazione, non credi?»

«Ha un aspetto adorabile», concordo. «Specie con tutti quegli addobbi natalizi!».

Sophie arriccia il nasino perfetto. «Non è male, direi, anche se le stanze sono piuttosto piccole. Non è bello nemmeno la metà di The Lawns», aggiunge, nominando un hotel a cinque stelle a venti miglia da qui. Famoso per l'eleganza e la cura nei particolari, The Lawns vanta anche uno chef stellato. «Ci siamo stati qualche notte fa». Sophie sospira in modo melodrammatico. «Quanto è romantico! Le stanze sono così grandi che ci si potrebbe dare una festa!». Prende una delle mince pies e la tiene a mezz'aria, mentre la studia con il mignolo sollevato. Ne morde un pezzettino, lo mastica poco convinta, poi getta il resto nel cestino.

Uscendo, esclama: «In bocca per un attimo, sui fianchi per tutta la vita».

Io e Poppy la fissiamo letteralmente a bocca aperta.

«Che gran faccia tosta! Quella lì pensa di essere una diva solo perché lavora in una rivista di moda», borbotta Poppy una volta che Sophie se ne è andata. «E per quanto riguarda la sua notte romantica al The Lawns... scusatemi, devo vomitare!». Poppy scuote la testa, esausta. «Non sono dell'umore giusto per sentir parlare di amori giovanili adesso».

Sospiro sconsolata. «So cosa intendi».

Vorrei fare delle domande a Poppy sulla sua relazione con Jed, ma non la conosco ancora abbastanza... ed è il mio capo, dopotutto.

«Cavolo, sto morendo di fame. Che ora è?». Poppy guarda l'orologio, poi va dall'altra parte della cucina, apre lo sportello del frigorifero e sbircia dentro. Estrae un contenitore Tupperware e ne annusa il contenuto. «Kedgeree avanzato. Ne vuoi un po'?»

«No, ti ringrazio. Prima tu». Sorrido mentre lei prende una forchetta e comincia a masticare rumorosamente il miscuglio di riso e pesce. «Non sarebbe meglio mangiarlo caldo?».

Sorride. «Non fa niente. In questi giorni sembra che non riesca a far altro che mangiare. Dev'essere la preoccupazione».

«La preoccupazione?».

Poppy dà una scrollata di spalle. «Di non riuscire a rispettare il contratto. Da questo dipendono molte cose. Voglio ingrandire l'attività, forse addirittura assumere full-time un paio di dipendenti. Ma se non dovesse andare bene...». Scuote la testa e si ingozza con maggiore voracità.

«Andrà bene. Ce la faremo». Cerco di sembrare rassicurante, anche se non so affatto se andrà bene.

«Pensavo che per dessert potremmo preparare una

zuppa inglese alla frutta», annuncia Poppy. «Ne ho trovata una confezione nella credenza. Rapidissima».

Mi sento infinitamente sollevata. "Sì! La so fare la zuppa inglese con il preparato! La facciamo tutti gli anni a Natale quando sto da mamma e papà!".

Poppy mi porge una bella ciotola in vetro intarsiato, la confezione e una lattina. Accarezzo felice la macedonia inscatolata. "Non si può sbagliare con una lattina!".

«La prepariamo da zero la crema pasticciera?», domanda Poppy.

Rimango a fissare il vuoto, poi lancio un'occhiata verso la confezione. Non sapevo che si potesse davvero preparare la crema pasticciera da zero.

Poppy fa un cenno con il capo. «Lo so, lo so. Hai ragione. Ci vuole troppo tempo! Affidiamoci a quella della confezione». Apre la scatola del preparato per zuppa inglese e guarda all'interno, poi tira fuori le buste per fare la crema, alle quali so già che basta aggiungere dell'acqua calda. Persino io posso prepararla!

Poppy sorride, rimette le buste nella confezione e me la passa. «Fai tu!».

E l'ho fatta io per davvero. Con mio immenso sollievo.

Preparo la zuppa inglese in men che non si dica, come da istruzioni, e quando Poppy mi chiede di montare un po' di panna per guarnire, le domando senza accorgermene dove tiene la "frusta balloon" (ho appreso l'esistenza della frusta balloon guardando i video di cucina su YouTube).

Sgusciare un sacco di gamberetti per l'antipasto è facile, a confronto.

Ogni volta che devo aprire per qualche motivo il frigo, do un'occhiata alla mia zuppa inglese, piena d'orgoglio.

"Primo dolce preparato. E penso di essermela cavata pure bene!".

Dalle sette circa, nell'ingresso c'è un bel via vai, ma io sono troppo impegnata a cercare di impiattare il cocktail di gamberi con stile (come fanno a *Masterchef*) per farci caso. Ben presto, il profumino delizioso delle lasagne di Poppy riempie la cucina e prima ancora che me ne accorga, lei dispone gli antipasti su un grosso vassoio e li porta in sala.

Li osservo allontanarsi come una mamma apprensiva che saluta i suoi bambini il primo giorno di scuola. Quando i piatti tornano vuoti senza reclami da segnalare, sono pervasa da una sensazione di puro sollievo che quasi mi stordisce. Forse ce la farò!

Quando è il momento del dolce, Poppy insiste che devo essere io a portarlo in sala da pranzo. Per me, sostiene, sarà un'ottima occasione per conoscere tutti gli ospiti.

Sono un po' nervosa, ma se non altro conosco già Jed e Alex e ho già incontrato Sophie. In effetti, sono piuttosto impaziente di mostrare la mia zuppa inglese ad Alex per fargli capire che non sono poi questo gran disastro in cucina…

Ho le mani un po' sudate per l'agitazione, così me le passo un paio di volte sui jeans e prendo la ciotola. Mentre percorro il corridoio, sono così concentrata a non inciampare in qualche tappeto che non guardo neppure i commensali.

«Ecco a voi… la zuppa inglese di Roxy!», annuncia Poppy.

Alzo gli occhi e incontro lo sguardo di Alex. Mi fa un sorrisone d'incoraggiamento e di nascosto mi fa l'occhiolino, cosa che rafforza la mia autostima. Come promesso, si è tagliato i capelli. Gli stanno bene corti.

Mi volto verso Sophie. Sta osservando la zuppa inglese con cautela, come se temesse che io l'avveleni. Ha la testa poggiata sulla spalla dell'uomo al suo fianco.

Un attimo dopo, il mio sguardo si scontra con quello dell'uomo e per poco il cuore non mi schizza fuori dal petto.

«Jackson?», esclamo, con le gambe divenute di colpo molli come budino.

«Roxy?», ribatte lui, con lo shock stampato sul bel viso.

Sbianco e mi sento collassare.

Riesco a rimanere in piedi, ma non a salvare la zuppa inglese, che mi scivola dalle mani sudate e atterra sul pavimento in legno in uno spettacolare, coloratissimo schianto.

Capitolo 7

Flo non crede alle sue orecchie, quando, tornata a casa, le riferisco le ultime notizie su Jackson.

Mi fa accomodare sulla poltrona più comoda e mi porge un grosso calice di vino per farmi riprendere dallo shock. Rifiuto la cioccolata che mi offre perché ho la pancia in completo subbuglio. Ciononostante, mentre ascolta il mio resoconto, Flo continua a scartare e mangiare, uno dopo l'altro, tre Mini Roll al cioccolato.

«Si è presentato alla Log Fire Cabin con la sua nuova ragazza e tu hai dovuto servirgli la cena? E non eri stata neppure avvisata?». Ha gli occhi sbarrati per l'incredulità.

Mi passo le mani tra i capelli e fisso con angoscia la mia coinquilina. «Non posso tornare là, Flo. Immagina: dovrò affrontarlo tutti i giorni, sapendo che ogni sera se ne sta accoccolato sotto le coperte insieme all'incantevole Sophie in quel dannato boutique hotel!».

Annuisce con compassione e mi porge il piatto con i Mini Roll.

Faccio un segno di rifiuto con la testa. «Ti ringrazio, ma sento che devo vomitare».

«Quindi quella ragazza francese che ha risposto al telefono...?»

«L'avventura di una notte? Prima di mettersi con Sophie? Oh, Dio, non lo so!», gemo, afferrando un Mini Roll per la disperazione.

«Il bastardo non ha perso tempo», mormora Flo.

«Già. Ma come faccio a deludere Poppy? Conta su di me».

Flo s'incupisce. «Ascolta, tesoro. In amore e in guerra tutto è concesso. Devi fare ciò che è giusto. E se non sopporti l'idea di vedere Jackson e quella Sophie ogni giorno durante le feste natalizie, non devi fare altro che dire a Poppy che hai cambiato idea».

Concordo. «Credo di sì. Sono certa che se le spiego il motivo, capirà. È una persona così gentile».

Più tardi, a letto, me ne sto sdraiata, a occhi sbarrati, e ripenso a quella catastrofe che è stato l'incidente con la zuppa inglese. Jackson sembrava così sconvolto nel vedermi tanto quanto io di ritrovarmelo davanti. In un certo senso, è stato quasi provvidenziale che io abbia rovesciato la zuppa inglese, perché il caos che si è generato per ripulire tutto ci ha permesso di sorvolare sul fatto che eravamo ben più di semplici conoscenti. Sophie continuava a fissarmi in modo strano quando pensava che io non la guardassi, quindi è ovvio che sospettasse qualcosa. L'unica cosa di cui sono felice è che, a quanto pare, tra gli ospiti a tavola nessuno ha visto la mia tragica proposta di matrimonio in diretta TV... A meno che non abbiano finto di non averla vista per educazione.

Al mattino, mi sento completamente svuotata per via delle emozioni vissute la sera precedente. Sono seduta al tavolo della cucina, raggomitolata nella vestaglia, bevo del tè e provo a convincermi a telefonare a Poppy per spiegarle che non mi sarà possibile continuare a lavorare alla Log Fire Cabin. Mi prende lo sconforto ogni volta che immagino la sua reazione. Ma Flo ha ragione. È questione di autoconservazione. Devo farlo.

Mi squilla il telefonino e mi fa prendere uno spavento.

Compare il nome di Poppy.

Guardo Flo, che è intenta a imburrare del pane, ed esclamo: «Ci siamo!».

«Ciao, Roxy? Ascolta, mi odierai, ma devo chiederti di cavartela da sola per oggi».

«Oh! C'è qualcosa che non va?».

Poppy geme: «Non sto bene, Roxy. Penso che gli avanzi di kedgeree che ho mangiato ieri mi abbiano fatto male. Mi sento come se dovessi vomitare da un momento all'altro».

Vengo colta dalla disperazione. Posso deluderla proprio ora che si sente così a pezzi? «Poverina. Allora... vuoi che prepari io le mince pies e i Babbo Natale di pan di zenzero?». Allargo le braccia con fare impotente, rivolta a Flo.

Magari posso andare solo oggi ad aiutarla, finché non starà meglio. Poi le dirò che non posso continuare...

«Oh, Roxy, te ne sarei davvero grata! Ti pagherò il doppio. Perché ovviamente non è giusto nei tuoi confronti, visto che hai iniziato da poco. Ehm, oh! Aspetta, devo scappare!». Riaggancia all'improvviso.

Mi volto verso Flo. «Che potevo fare? Sta male».

Flo scuote la testa. «Non dimenticherai mai Jackson se continui a vederlo».

Sospiro. «Non ti preoccupare. Ora che ho superato lo shock di averlo rivisto, starò benissimo».

Flo sembra scettica, per non dire peggio.

«Sinceramente, fatico a ricordare cosa ci trovavo in lui». Faccio spallucce. «Jackson chi?». Le faccio un sorrisone e mi alzo per andare a prepararmi.

Dopo essere uscita di corsa dalla cucina, mi lascio scivolare contro la parete e alzo gli occhi al cielo. La tempesta di emozioni che provo all'idea di tornare alla Log Fire Cabin è preoccupante, per usare un eufemismo.
Se sono così distrutta adesso, sarà mille volte peggio quando rimetterò piede lì…

Mentre sono in macchina, ogni parte del mio corpo trema, letteralmente, all'idea di imbattermi di nuovo in Jackson.
È uno strano miscuglio di sensazioni, però. Accanto al terrore spasmodico di rivederlo, provo uno strano accenno di irrequietezza, simile all'euforia che provavo ogni volta che dovevo incontrarlo.
Faccio un paio di respiri profondi per calmarmi.
Jackson sta con Sophie ormai. In ogni caso, non ci sarà futuro per lui e me, perciò non devo fare altro che presentarmi alla Log Fire Cabin e fare il possibile per aiutare Poppy. Poi, quando lei starà meglio, le spiegherò in che situazione complicata mi trovo con Jackson e lei capirà certamente che non posso continuare…
Mi sto avvicinando alla curva, ma mi tremano tantissimo le mani, armeggio con la freccia e l'automobilista dietro di me lampeggia.
Dopo aver svoltato, accosto sulla strada che conduce al lago e alla Log Fire Cabin e spengo il motore. Poi fisso i pini ricoperti di ghiaccio che costeggiano la strada davanti a me. Sembra proprio una cartolina di Natale e io, come loro, mi sento gelare… dall'indecisione.
Potrei girare la macchina e tornarmene a casa, telefonare a Poppy e spiegarle tutto. Poi, però, penso a come si sentirebbe dopo la rescissione del contratto. Il modo in cui ci siamo conosciute al supermercato sembrava

voluto dal destino. Ed è stato il destino a ricondurmi da Jackson.

Non sono una che crede molto a queste cose, ma è una coincidenza alquanto singolare che mi sia imbattuta proprio in Poppy che, si dà il caso, ospiterà Jackson a Natale! Forse non è affatto una coincidenza. Forse alcune cose sono destinate ad accadere. E in tal caso, non farei meglio ad accettarle, invece di oppormi?

Rimetto in moto e non so ancora con certezza cosa farò.

La strada, però, è troppo stretta perché io possa fare inversione, perciò non ho altra scelta che proseguire verso la Log Fire Cabin. E a quel punto il mio destino è segnato, perché quando arrivo incontro Alex che sta raggiungendo il portone e mi saluta con la mano.

Lo risaluto e parcheggio in uno degli spazi appositi, mentre sento la nausea che mi risale su per la bocca dello stomaco.

Alex mi aspetta e tiene aperto il portone per farmi entrare per prima.

«Sei tornata», dice.

Sto per rispondergli con una battuta quando noto qualcosa nella sua espressione e, in un lampo di lucidità, capisco.

Lo sa.

«Non ero certo che saresti tornata», mormora, quasi scusandosi. «Non dopo l'altra sera…».

Rimaniamo all'ingresso e mi rendo conto che mi sta risparmiando di parlarne davanti agli altri.

Mi sforzo di sorridere. «Sì, be', come shock è stato un tantinello esagerato. Incontrare Jackson. O "Jack", come lo chiamate voi. E mi sono chiesta se me la sentivo di tornare. Ma, cavolo! Poppy ha bisogno di aiuto. Non potevo deluderla».

Alex annuisce lentamente. «Sapevo di averti vista da qualche parte, ma non mi veniva in mente dove».

«Non sei il primo che me lo dice, dopo quella terribile sera! E immagino che non sarai l'ultimo».

Alex fa una smorfia. «Mi dispiace, non ci ho pensato».

«Non devi scusarti. Almeno tu sei stato discreto e non mi hai seguita lungo il corso della città cantando una versione sguaiata di All by myself che ricordava quella di Bridget Jones».

«Ti è successo per davvero?». Sembra esterrefatto.

Faccio un sorriso triste. «Oh, sì». Mi prende lo sconforto nel ricordare. Non erano che delle adolescenti che si stavano facendo due risate, eppure...

Devo chiederglielo. «Jackson ti ha mai accennato al fatto che... mi conosceva?».

Alex fa no con la testa.

La sua risposta mi gela il cuore. Il fatto che Jackson non abbia mai parlato ai suoi amici più stretti della nostra relazione mi fa sentire ancora più insignificante di prima. E ho detto tutto.

«Per lui, forse è complicato con Sophie qui», mi fa notare Alex. Gli occhi mi si riempiono di lacrime, ma le ricaccio subito indietro e mi sforzo di sorridere. «È vero».

Rimaniamo così, per un po', parecchio a disagio. Poi Alex mi sussurra: «Ascolta, semmai sentirai la necessità di scappare... da qualsiasi cosa, ricorda che sono a tua disposizione per una lezione di pattinaggio».

Mi rivolge un sorriso sornione e furtivo e contro ogni previsione sento che sto per scoppiare a ridere. «Dio, non riesco proprio a immaginarmi così disperata. Lo terrò a mente, però».

«Mi raccomando. Poppy è al piano di sopra, comunque. Mi ha detto di dirti di salire subito».

Ci voltiamo, avendo sentito un rumore di passi alle nostre spalle.
È Jackson, e mi perdo d'animo.
Nell'attimo in cui i nostri sguardi si incontrano, prima di distoglierlo, ammiro le sue gambe lunghe avvolte nei jeans scoloriti, i piedi nudi (che lui detestava, ma io amavo) e la camicia azzurra a quadretti che gli ho regalato per il compleanno, a ottobre.
«Ciao Roxy, sono contento di rivederti». Ecco uno dei suoi sorrisi smaglianti che mi fanno sempre girare la testa. E stavolta non fa eccezione.
Farfuglio un saluto, sentendomi tanto a disagio, proprio il contrario rispetto a Jackson, che sembra avere preso con assoluta tranquillità la mia comparsa alla Log Fire Cabin. In effetti, sembra davvero felice di vedermi.
«Poppy sarà contenta che sei qui», dice in tono affabile.
Mi arriva una folata della sua solita acqua di colonia e quasi mi manda al tappeto.
«Spero che tu non te la stia tenendo tutta per te, Al», commenta scherzando, rivolto all'amico. «Roxy ha del lavoro da sbrigare».
Non so bene cosa gli abbia risposto Alex, perché l'ho già superato dileguandomi su per le scale. Se devo continuare a evitare Jackson in questo modo, saranno due settimane interminabili…

Capitolo 8

Poppy è a letto, adagiata sui cuscini. È pallida. Quando mi vede si lamenta.

«Dovevo saperlo che mangiare del kedgeree avanzato mi avrebbe fatto venire il mal di pancia. Mi dispiace tanto, Roxy».

«Ehi, va tutto bene. Ti senti un po' meglio?».

Annuisce. «Un po', grazie. I sintomi si sono attenuati almeno. Ma penso che dovrò rimanere lontana dalla cucina per un po', per non diffondere i microbi».

«Be', nessun problema, io sono qui apposta». Sembro più sicura di quanto sia in realtà. «Puoi dirigere i lavori dalla comodità del tuo letto».

Poppy sorride. «Per fortuna ho avuto un crollo nervoso davanti a quella confezione squarciata di farina. Altrimenti, non ci saremmo mai conosciute… e allora come avrei fatto? Perlomeno ieri ci siamo avvantaggiate sulla prossima ordinazione di mince pies».

«Esatto. Ne abbiamo preparate centottanta».

«Ottima memoria».

Stringo gli occhi mentre faccio i conti. «Quindi oggi ne dobbiamo preparare solo altre… trecentoventi?».

Le faccio un sorriso smagliante per celare il panico che mi attanaglia solo al pensiero. Non abbiamo neppure parlato dei Babbo Natale di pan di zenzero!

Poppy fa una smorfia. «Più o meno, queste sono le

quantità. Guarda, Roxy, fa' del tuo meglio, ma non sentirti sotto pressione. Domani mattina posso sempre alzarmi prestissimo per preparare quelle che mancano».

«Ti porto qualcosa prima di cominciare?»

«No, grazie. Jed è stato davvero dolcissimo, in realtà. Continua ad affacciarsi per controllare che io sia ancora viva». Ha un sorriso pieno d'affetto. «Ha fatto un salto fuori, ma ha detto che mi avrebbe portato delle riviste contro la noia».

Sorrido. «Quindi non ti basta la copia di "The People's Friend" del chiosco della pista di pattinaggio?»

«Oh, Dio! No!», esclama lei, con un tono altezzoso, realizzando una rimarchevole imitazione di Sophie. «O "Harper's Bazaar" o niente!». Poppy fa per ridere, poi si porta le mani alla pancia, demoralizzata. «Io e Jed dovevamo partecipare a una gara di pattinaggio di coppia martedì sera, alla pista, ma non riuscirò ad andare».

«Magari ti sentirai meglio per quel giorno».

Poppy sospira. «Speriamo. Tuttavia ho già deciso che sono troppo impegnata per partecipare, anche se sarebbe stato divertente. Ho chiesto a Jackson e Sophie di sostituirci».

Sono avvilita. Formeranno una coppia molto elegante sul ghiaccio. Sembra che Jackson riesca bene in ogni cosa in cui si cimenta, perciò non mi stupirebbe se vincessero loro.

«Andremo tutti lì ad assistere. Martedì sera Sylvia chiuderà la pista al pubblico per un paio di ore, così la gara potrà proseguire».

«Sembra bello», mento.

Dà una scrollata di spalle. «È il modo di Sylvia per fare un po' di pubblicità ai commercianti della zona coinvolti nell'iniziativa della pista di pattinaggio, incluso La vera delizia, naturalmente. Ogni attività commerciale ha nominato una coppia che deve rappresentarla... così, per noi, saranno Jackson e Sophie».

«D'accordo, allora, farò bene a cominciare». Le faccio un sorriso stirato, avendo sentito parlare fin troppo di Jackson e Sophie, e mi dirigo in cucina.

Ciononostante, mentre scendo di corsa le scale, mi dico che sono solo due settimane e che il denaro mi farà davvero comodo. E Poppy è una con cui si va d'accordo facilmente. Fatico a ricordare che, in realtà, lei è il mio capo.

Raggiungo la cucina senza imbattermi di nuovo in Jackson. Mi chiudo la porta alle spalle, tiro un sospiro di sollievo e vado alla ricerca degli ingredienti.

Nelle ore successive, mi dedico con tutta me stessa alla preparazione della delicata pasta frolla, come mi ha mostrato Poppy, e seguo la ricetta per il ripieno speciale a base di mela, cannella, frutta secca e spezie. Mentre la grossa palla di impasto si raffredda in frigo e la magnifica composta di frutta bolle sui fornelli, riempiendo la cucina del profumo di mela e spezie natalizie, do un'occhiata alla ricetta del pan di zenzero. Non può essere poi così difficile con le istruzioni davanti, no? E toglierebbe un po' di lavoro a Poppy. Nell'immaginare quanto sarebbe felice se iniziassi a cimentarmi con i Babbo Natale di pan di zenzero, decido di prendere l'iniziativa e tentare di prepararne un'infornata da sola.

Setaccio insieme farina, zenzero e cannella e li verso nel contenitore del robot da cucina, poi aggiungo il burro a cubetti – sentendomi una vera professionista – e lo tengo in funzione finché il composto non comincia a formare delle briciole. Aggiungo lo zucchero e alcune abbondanti cucchiaiate di melassa squisitamente appiccicosa, attivo di nuovo il robot, stavolta più lento, come ha fatto Poppy ieri. Poi stendo l'impasto e utilizzo con precisione lo stampino per creare un sacco di sagome di Babbo Natale, che adagio su una serie di placche unte.

Una volta in forno, stabilisco che, se Poppy fosse qui, proporrebbe di prendere un tè. Accendo il bollitore elettrico e decido di andare di sopra per vedere se lei ne vuole un po'. Prima di tutto, però, sgombero il piano di lavoro, e lo sguardo indugia sul cucchiaio sporco di melassa abbandonato nella terrina. Una rapida occhiata alla porta e mi avvicino alla finestra per ammirare il panorama del lago ghiacciato, mentre lentamente lecco tutta la melassa dal cucchiaio.

Chiudo gli occhi nel quieto tepore della cucina, gusto il sapore celestiale della melassa sulla lingua e penso a Jackson. Prima l'ho sentito all'ingresso, insieme a Sophie. Lei si lamentava perché in campagna non ci sono molte cose da fare e Jackson l'ha presa in giro dicendole che è una ragazza di città.

«Ma che ti prende stamattina?», ho sentito che gli diceva Sophie un attimo prima che il portone d'ingresso si chiudesse alle loro spalle. «Sembri particolarmente allegro. Di solito, non riesco a cavarti una parola di bocca se non ti sei preso almeno tre caffè!».

«Beccata!». Una voce maschile irrompe nei miei pensieri e io mi volto con fare colpevole.

"Jackson?".

Invece c'è Alex sulla porta. Mi sorride, con le braccia conserte. «Tranquilla. Quello è un rituale assolutamente necessario. Dubito che le mince pies vengano bene se non si lecca il cucchiaio».

Ricambio il sorriso. «È una teoria interessante. Tu prepari spesso dolci?».

«Mai, però sono un maestro nell'accendere il microonde».
Annuisco, fingendomi sbalordita. «Gordon Ramsay, mangiati il fegato!».
«Non sono male i biscotti precotti Pop-Tarts».
«Decisamente no». Assumo un'espressione solenne. «Non tutti lo sanno, comunque i Pop-Tarts sono in realtà i nuovi cupcake».
Ci mettiamo a ridere e annuncio: «Sto preparando il tè. Ne vuoi un po'?»
«Prendo un caffè forte, se ce n'è».
«Okay, te lo porto».
«Grazie, Roxy. Sarebbe fantastico. Vado in soggiorno». Mi rivolge un rapido sorriso e scompare.
Il profumo di zenzero che riempie la cucina mi ricorda che devo sfornare i biscotti. Con molta attenzione, trasferisco i biscotti a forma di Babbo Natale su delle grosse griglie per farli raffreddare, sovrapponendoli un po' per farceli stare tutti. La maggior parte è venuta bene, con mio grande stupore. Ce n'è solo qualcuno leggermente bruciacchiato ai bordi.
Successivamente, preparo il tè e lo porto a Poppy. Sta dormendo profondamente rannicchiata sul fianco, così le lascio il tè sul comodino e torno in cucina a preparare il caffè per Alex. All'ultimo minuto, sventolo in aria uno dei biscotti per farlo raffreddare più rapidamente, poi preparo in quattro e quattr'otto un po' di glassa, come mi ha mostrato Poppy ieri e regalo a Babbo Natale un simpatico sguardo strabico. Infine lo sistemo sul piattino di Alex, nella speranza che apprezzi la mia opera d'arte!
Proprio mentre sto per uscire dalla cucina, il portone d'ingresso si apre ed entra Sophie con Jackson alle calcagna.

«Eh, no! Non possiamo fare un servizio di moda in hotel», sta dicendo Sophie. «Prima bisognerebbe ritinteggiare. Per non parlare delle tende in camera da letto!».

«Secondo me, sono piuttosto carine», mormora Jackson. «Si abbinano al piumino».

«Ecco, infatti! È proprio quello che sto dicendo!».

Mi vedono, mentre sto lì in attesa con un sorriso forzato sul viso. «Ciao, Roxy», dice Sophie. «Ehi, ti hanno dato quel nome in onore della prostituta della canzone di Sting?».

Jackson abbassa lo sguardo.

Sorrido raggiante. «Sì, in effetti. A mamma piaceva la canzone, ma dubito che prestasse molta attenzione alle parole».

Sophie mi squadra dalla testa ai piedi.

«Se vuoi andare a fare shopping natalizio, faremmo meglio a uscire adesso», dice Jackson, in tono secco. «Se tardiamo, troveremo il panico in città».

Ho un nodo alla gola. Naturalmente, Jackson non vede l'ora di andarsene da qui.

«Oh! Andiamo a prendere un caffè in quel localino che abbiamo trovato?». Con falsa timidezza, Sophie fa scivolare la mano su per il petto di Jackson e intorno al collo. «Tesoro, ti prego...», lo supplica con una vocetta da bambina.

Jackson sorride e la bacia sulla punta del naso. «Sì, certo».

«Perfetto! Vado a prendere la borsa in soggiorno».

«Potresti portare questo ad Alex, per favore?». Con un sorriso amichevole, porgo la tazza a Sophie. Lei rimane a fissarla per un po', poi nota il Babbo Natale strabico sul piattino e sgrana gli occhi. «Gli servi sul serio quel coso?».

Scuote la testa e ignora la mia richiesta, poi s'incammina in corridoio facendo rumore con i tacchi.

Imbarazzato, Jackson incrocia il mio sguardo e prende lui la tazza per Alex. Osserva il Babbo Natale con espressione corrucciata. «Ehm, devi fare più pratica con la glassa, Roxy. Ha la faccia un po' strana».

Scrollo le spalle. «L'ho fatto strabico di proposito».

«Davvero? Ma...». Sembra sinceramente perplesso.

Scuoto la testa e mi ritiro nella sicurezza della cucina. Dio, tutto questo è orrendo. Devo stare alla larga da Jackson, ma è davvero complicato se può rispuntare in ogni momento.

Mentre sto tirando fuori dal frigo la palla di pasta frolla per iniziare con l'infornata successiva di mince pies, si apre la porta. Quando mi volto, vedo Jackson.

«Roxy». Appena mette piede nella stanza il mio cuore raddoppia le pulsazioni. «Volevo solo dirti che mi dispiace per come sono andate a finire le cose tra di noi». Allarga le braccia, con espressione disorientata.

«Dico sul serio, non riuscivo a credere alle mie orecchie quando hai detto... ehm... quella cosa davanti alle telecamere. Ovviamente, ero lusingato. Chi non lo sarebbe? Ma sono certo che, una volta smaltita la sbornia, hai capito anche tu che era tutto un po' prematuro».

Viene verso di me e prima che me ne renda conto, mi stringe in un abbraccio. «Ma, ehi! Possiamo restare amici, no?», propone, sfiorandomi i capelli con le labbra, mentre resto immobile, con le braccia lungo i fianchi. Fa un passo indietro. «Però è stato bello finché è durato, no?». Mi fa l'occhiolino ed esce senza fretta dalla cucina.

Rimango a fissarlo, sbigottita davanti alla freddezza con cui ha appena liquidato la nostra relazione come qualcosa che "è stato bello finché è durato". Io pensavo fosse decisamente speciale. Che sciocca sono! Jackson non si è mostrato dispiaciuto per il fatto che tra di noi non ha funzionato. E ovviamente non ha nemmeno preso coscienza della rapidità con cui è passato alla conquista successiva… mentre io non ho avuto neppure il tempo di respirare!

Quando la porta si riapre, per poco non rimango stecchita dalla paura.

Stavolta è Poppy, però.

«Scusami, Roxy. Ti ho spaventata?»

«No, va tutto bene. Sembra che tu stia un po' meglio», dico con sincerità, mentre il mio cuore rallenta un po' i battiti.

Fa sì con la testa. «Penso di stare guarendo. Grazie per il tè, comunque». Passa in rassegna il frutto dei miei sforzi con un sorriso felice. «Wow, complimenti davvero!».

«Grazie. Mi sono divertita a prepararli». A dire la verità, sono più sorpresa di Poppy che i miei dolci siano venuti bene. Ma questo preferisco non ammetterlo in sua presenza.

Poppy aggrotta la fronte. «Non hai caldo qui dentro con il forno che manda calore tutto il tempo?». Poppy indossa solo una maglietta a maniche corte e i pantaloni del pigiama. «Togliti il cardigan, così te lo appendo all'attaccapanni».

Allunga le braccia come per aiutarmi a toglierlo, ma, colta dal panico, mi allontano.

Lei mi guarda stupita.

Sentendomi una sciocca, provo a sdrammatizzare. «Scusa, sono un po' una rammollita. Sento sempre freddo. Anche quando fa caldo», aggiungo, confondendo anche me.

Il cuore mi batte all'impazzata. Togliermi il giacchino e mettere in mostra la maglietta smanicata che c'è sotto vorrebbe dire dover parlare dell'incidente; ed è qualcosa che non faccio mai. Solo l'idea di ripercorrere l'orrore di quella sera è sufficiente a farmi venire la nausea e i capogiri. Mi bastano gli incubi...

«Oh! Va bene». Poppy fa spallucce. «Comunque, Jed ha deciso di portare tutti a cena fuori stasera, perciò quando avrai finito di glassare i Babbo Natale di pan di zenzero e di preparare qualche altra mince pie, possiamo riposare e rilassarci».

«Non vuoi unirti a loro per cena?», domando, calmandomi poco a poco.

Poppy si dà delle pacche sulla pancia e fa una smorfia. «Non penso che sia ancora il caso di mangiare».

Per il resto del pomeriggio, Poppy riposa nella sua stanza e io lavoro più veloce che posso per completare l'ordinazione per domani. Com'è ovvio, sono molto più lenta di Poppy, ma so che, se continuo così, ce la farò. Anche a costo di preparare mince pies fino a mezzanotte!

La radio è sintonizzata su una stazione dedicata alla musica anni Novanta e di tanto in tanto mettono qualche vecchio classico, che mi fa cantare mentre continuo a lavorare, a disegnare le faccine di Babbo Natale con la glassa, a stendere l'impasto e a infilare ed estrarre dal forno placche lucenti. Mentre cala l'oscurità al di là della finestra panoramica dell'accogliente cucina, illuminata dalle lampade, e il magnifico profumo di zenzero e melassa calda riempie la stanza, io mi sento un pochino più tranquilla dopo il mio incontro con Jackson.

Si dice che preparare dolci sia un'efficace terapia antistress e ora posso confermarlo in prima persona. Quando si è concentrati a pesare gli ingredienti, a mescolarli, incorporarli e amalgamarli con cura, ad assaggiare spesso e ad annusare il profumino delizioso dei dolci fatti in casa, si ha la sensazione che la mente sia sgombra da qualsiasi stress o pensiero. In quel breve arco di tempo, tutto ciò che conta è ottenere il miglior risultato possibile. E si prova una grande soddisfazione quando le prelibatezze spuntano dal forno, calde e dorate... e dall'aspetto sorprendentemente commestibile.

Poco dopo le sette, mentre sto ancora glassando il mio piccolo esercito di Babbo Natale di pan di zenzero, Jed si affaccia alla porta e mi domanda se non sia meglio per me trasferirmi alla baita per il periodo natalizio. Mi lascia riflettere sulla proposta e mi rendo subito conto che è una cosa sensata. Se saremo tutti i giorni impegnatissime a preparare il consistente ordine per Sylvia, sarebbe decisamente meglio non sprecare tempo prezioso per tornare a casa la sera e ripartire il giorno dopo. Se la mattina presto fossi già qui, potremmo metterci subito al lavoro.

Mezz'ora dopo, Jed esce per portare Jackson, Sophie e Alex a cena fuori. Mentre Jed sta uscendo, sento la conversazione appena bisbigliata che sta avendo con Poppy in corridoio, poi lei entra in cucina e mi domanda se ho deciso di rimanere.

«Sei sicura che ci sia posto per me?».

Fa sì con la testa. «Rimarrà una camera vuota anche quando arriveranno Bob, lo zio di Jed, Gloria e Ruby, dopodomani. Pensavamo che sarebbe venuto anche il fratello di Ruby, Tom, invece andrà dalla sua ragazza per il Natale».

«Chi è Ruby?»

«Oh! È adorabile. È la figlia diciassettenne di Gloria. Un po' irrequieta, ma molto divertente. La moglie dello zio Bob è morta, ma alcuni anni fa lui ha iniziato a frequentare Gloria. Mi sta molto simpatica. È un vero personaggio».

«Chi altro verrà per il Natale?»

«Ryan e Clemmy dovrebbero arrivare domattina».

Aggrotto la fronte e rimango a pensare. «E Ryan è il fratello di Jed?».

Poppy fa sì con la testa. «E Clemmy è la sua ragazza. È incantevole, ti piacerà. Non è affatto come Sophie». Scuote la testa. «Non capisco cosa ci trovi Jack in quella ragazza».

"Siamo in due", penso tra me e me. "A parte il fatto che sembra una modella".

«Allora rimani?». Poppy mi guarda speranzosa.

«Be', se ne sei sicura. Credo sia sensato».

Mi viene una morsa allo stomaco a pensarci. Potrebbe essere sensato da un punto di vista pratico, ma soggiornare qui renderà cento volte più difficile evitare Jackson!

«Bene. Allora è deciso». Poppy sembra contenta. «Per stanotte posso prestarti qualcosa io e tu puoi fare un salto a casa per preparare la valigia domani». Tenta di reprimere uno sbadiglio. «Scusa, sono a pezzi, anche se non ho fatto nulla tutto il giorno. Quando hai finito qui, ti mostro la tua stanza, poi apro una bottiglia di vino per te e io mi preparo una limonata». Fa una smorfia. «Fa bene quando hai la pancia ancora un po' scombussolata. Poi crolleremo davanti al caminetto!».

Capitolo 9

Un'ora dopo, come promesso, stiamo oziando su un divano gigantesco e morbidissimo accanto al caminetto scoppiettante, nel raffinato soggiorno, e io stringo tra le mani un ballon che sembra essere quasi vuoto, invece contiene quasi mezza bottiglia di vino. Lo so perché ho visto Poppy versarcela.

«Scommetto che questa stanza l'hai decorata tu», dico, osservando le lucine che brillano a intermittenza lungo la mensola del camino e il meraviglioso albero di Natale, con lucenti palline rosse e dorate e dei bei fiocchi di tartan.

Sorride. «L'hai capito al volo. Jed è un incapace quando si tratta di queste cose. Cin cin!», dice Poppy, mentre si protende verso di me e fa tintinnare il mio bicchiere. «Grazie ancora per aver accettato di venire a lavorare per me. Mi hai veramente salvato!».

Bevo un sorso di vino bianco. Ha un sapore delizioso, come di uva spina con il miele. «È un piacere».

E lo penso davvero. È così facile andare d'accordo con Poppy e sto scoprendo che ho delle capacità come pasticciera che non avrei mai immaginato. Se solo non ci fosse Jackson, a rendermi nervosa tutto il tempo…

«Non hai mai avuto voglia di fare altro, Roxy? Oltre a lavorare alla fabbrica di biscotti?», domanda Poppy, incuriosita.

Una sensazione di terrore si insinua dentro di me. Le conversazioni sulle mie scelte lavorative, a volte, possono condurre a domande insidiose alle quali non voglio rispondere. E Poppy mi sta troppo simpatica per decidere di mentirle. Così scrollo le spalle e rispondo con disinvoltura: «Mi piaceva lavorare alla fabbrica. Era un buon lavoro, e sicuro… finché non mi hanno licenziata».

Lei annuisce pensierosa, ma so che il mio atteggiamento indifferente non l'ha ingannata. «Quindi hai iniziato a lavorare lì subito dopo la scuola?»

«Ehm, non esattamente». Ho un nodo alla gola. Qui ci stiamo spingendo in una zona ad altissimo rischio. «Ho avuto un po' di, ehm, problemi che hanno ritardato tutto. Ma poi ho trovato lavoro alla fabbrica, e ogni cosa è andata per il meglio, alla fine». Abbozzo un sorriso radioso. «Quindi sono due anni che tu e Jed uscite insieme?».

Gli occhi di Poppy si fanno sognanti e tiro un sospiro di sollievo perché non sono più io l'oggetto della conversazione. «Già. Il periodo più felice della mia vita. L'ho capito non appena l'ho incontrato che era un tipo affidabile… gentile, premuroso, divertente».

«E piuttosto bello».

«Anche quello, sì». Sorride e appoggia la testa sul divano, guardando il soffitto. «Jed è così adorabile. Credo sia il mio uomo ideale, davvero. Ci rendiamo felici a vicenda». Deglutisce e il suo sorriso scompare. «Ma niente va mai come te lo aspetti».

«Cosa intendi?», domando.

«Oh, ho come l'impressione che siamo su due pagine diverse dello stesso romanzo. Fosse per me mi precipiterei al galoppo al "E vissero tutti felici e contenti", ma Jed se ne sta ancora a perdere tempo al Capitolo 1.

E va bene, ovvio. Non siamo tutti uguali. Ma dopo due anni felici insieme, ti verrebbe da pensare che… Non so…». Scrolla le spalle.

«Che si potrebbe parlare del futuro?», suggerisco.

Poppy si volta verso di me. «Esatto».

«E non ne parlate?»

«Nemmeno un fiato. Ogni volta che accenno all'argomento, Jed glissa con astuzia e non mi sento ancora libera di lasciare niente a casa sua».

«Cosa?! Neppure lo spazzolino?»

«Be', giusto lo spazzolino. Ma nient'altro. Queste due settimane sto qui solo per praticità. Persino Jed non può obiettare, se lavoro nella sua cucina!».

«Forse è solo l'idea di impegnarsi seriamente con qualcuno a renderlo nervoso. Questo non significa che non sia ancora pazzo di te».

«Immagino di sì». Poppy fa un sospiro pesante. Poi sorride. «E tu, Roxy? C'è qualche uomo adorabile nella tua vita?»

«Oh, be', ehm… al momento no». Sento che il mio colorito è passato da normale a quello di un peperone in una manciata di secondi.

Poppy sorride. «Ne sei sicura?»

«Be'…». "Devo dirle di Jack?".

«Ehi, ascolta, non voglio ficcare il naso», mette subito in chiaro.

«No, va bene. È solo… be', è tutto un po' imbarazzante. Vedi, il mio ex è qui in realtà».

Poppy strabuzza gli occhi, sbalordita. «Qui? Oh Dio! Intendi Alex? È un ragazzo così carino. Sapevo che lui e la sua fidanzata storica avevano annullato il fidanzamento, e per questo ha deciso di venire qui per il Natale. Ma non avevo capito che eri tu!».

«No, no, non Alex. È... ehm... Jackson».

«Jackson?». Poppy sembra confusa. «Oh, Jack! Wow, tu e Jack stavate insieme?».

Annuisco e nel frattempo mando giù un gran sorso di vino. Per mia sfortuna, nello stesso momento sento il bisogno di respirare, il liquido scende nella parte sbagliata e inizio a tossire violentemente.

Poppy comincia a darmi delle forti pacche sulla schiena fin quando la mia tosse si calma quanto basta per permettermi di parlare. «È stato davvero imbarazzante il modo in cui è finita. In diretta TV».

«In diretta TV?». Poppy sembra sconvolta. «Cosa cavolo è successo, Roxy?».

A quel punto le racconto la storia che non ho raccontato a nessuno, eccetto Flo. Lei mi sta a sentire e lascia trapelare tutte reazioni – curiosità, stupore, shock – prevedibili, tranne il fatto che non scoppia a ridere, cosa per cui le sono infinitamente grata. Perché, finora, è stata la reazione di tutti quelli che mi hanno riconosciuta come "quella poverina alla TV".

Quegli incontri mi facevano sentire infelice e sciocca. Tuttavia, dopo essermi sfogata con Poppy, in realtà sento di potere affrontare meglio tutta la situazione. Riesco a vederne io stessa il lato buffo, invece di sentirmi solo un oggetto di scherno.

«Cavolo! Sei stata coraggiosa», mormora Poppy. «Io non riuscirei mai a fare una proposta di matrimonio in diretta TV. Nessun uomo è così importante da spingermi a mettere in pericolo la mia dignità. Neppure Jed!».

Sorrido. «Non è stato coraggioso, ma stupido. E l'alcol ha giocato un ruolo chiave».

«Be', forse, con il senno di poi, è stato un po' affrettato», concorda. «Ma a volte nella vita bisogna correre dei rischi. E l'hai fatto! Tu e Jack, eh?». Scuote la testa. «Allora, l'hai dimenticato ormai?»

«Oh, sì». Mi sento già avvampare il viso, al punto da poterci friggere delle uova sopra. Ecco che arriva quatta quatta la prima bugia.

Poppy continua a scuotere la testa. «Cosa cavolo hai pensato quando sei entrata e l'hai visto seduto al tavolo?»

«Per poco non svenivo. Ho visto la vita passarmi davanti agli occhi e...».

«Hai fatto cadere la zuppa inglese! Oh, mio Dio! Pensavo che fossi solo un po' agitata».

Suonano alla porta. Poppy aggrotta la fronte. «Non possono essere già di ritorno».

Ascolto il suono felpato dei suoi piedi avvolti nei calzini che attraversano l'ingresso fino al portone. Poi Poppy accoglie delle persone con un gridolino e le invita a entrare – sono un uomo e una donna a giudicare dalle voci.

Mi deprimo un po'. Mi stavo divertendo così tanto a chiacchierare con Poppy. Ora per educazione, dovrò scambiare qualche parola con due persone che non ho mai visto prima.

Decido che andrò in camera mia non appena potrò lasciarli alle loro conversazioni senza sembrare maleducata. In tal modo, eviterò anche di incontrare Jackson e Sophie quando rientreranno. Posso sempre dire che ero stanchissima per essermi svegliata presto, il che è la pura verità...

I nuovi arrivati sono il fratello di Jed, Ryan, e la sua ragazza, Clemmy. Sarebbero dovuti arrivare domani, ma per qualche motivo hanno deciso di presentarsi prima. Non appena Clemmy irrompe nella Log Fire Cabin, mi rilasso; i lembi del cappotto rosso le svolazzano attorno alle morbide curve, sul viso a forma di cuore è stampato un bel sorriso. Quando Poppy fa le presentazioni, Clemmy si dirige subito verso di me, inciampa nella gamba di un tavolino, ma non perde l'equilibrio.

«Attenta!», dice Poppy ridacchiando.

«Ops! Ma chi sono?», ride Clemmy, scansando dietro le spalle i folti boccoli color mogano.

«La donna più pasticciona della terra?», scherza Ryan. Dalla sua espressione un po' imbambolata, mi rendo conto che lui l'adora.

«È un grandissimo piacere conoscerti, Roxy», dice Clemmy, avvolgendomi in un abbraccio ampio e profumato. «Poppy mi ha raccontato che le hai salvato la vita con le tue straordinarie mince pies».

Le sorrido. «Be', non esageriamo».

«Sì, invece», conferma Poppy.

«Be', non vedo l'ora di assaggiarle!», esclama Clemmy.

Poppy apre un'altra bottiglia di vino e ci porta un vassoio con le mince pies in questione. Clemmy ne assaggia subito una e sostiene che è una vera delizia, e che deve prenderne per forza un'altra.

Sorrido, felicissima. «Sono un po' piccoline. Credo che se ne debbano mangiare almeno due per apprezzarle davvero!».

Clemmy concorda. «Non potrei essere più d'accordo».

Rimango seduta ad ascoltare Poppy e Clemmy che chiacchierano senza sosta dei loro programmi per il Natale, mentre Ryan lancia qualche battutina ironica qua e là, quando è effettivamente in grado di inserirsi nel discorso.

Ryan è fisicamente molto diverso da Jed. Il fratello è alto e ha folti capelli castani, invece Ryan è più basso, porta i capelli biondi tagliati cortissimi e ha un fisico da giocatore di rugby. Hanno lo stesso senso dell'umorismo, però.

A un certo punto, l'attenzione torna su di me e mi chiedono se alla mia famiglia dispiaccia che io lavori a Natale, così spiego che, per cambiare, mamma e papà hanno deciso di andare in un posto caldo quest'anno.

Poi sento una chiave girare nella toppa e mi va il cuore in gola. Ho aspettato troppo a ritirarmi nella mia stanza!

Nella confusione che segue, mentre tutti si salutano, sfodero un sorriso forzato e comincio a dirigermi verso le scale. Evito di annunciare a tutti che me ne vado a letto, lo sussurro solo a Poppy, che mi sorride e mi augura di dormire bene.

«Ci vediamo domani, Roxy», mi saluta, mentre sono già per le scale.

Mi volto per risponderle, ma invece di incontrare lo sguardo di Poppy, è sul viso di Jackson che mi cade subito l'occhio. Sophie gli stringe il braccio e gli dice qualcosa di divertente all'orecchio. Ma Jackson mi fissa con un'espressione di affetto così sincero che mi si stringe il cuore. Per un attimo, mi sembra come ai vecchi tempi, quando stavamo insieme.

Poi qualcuno scoppia a ridere e sono ricatapultata nella realtà.

Dopo essermi ripresa, rivolgo un sorriso stentato a Poppy. «Già. A domani allora. Mi alzerò prestissimo per iniziare».

Mi volto, riesco a salire in cima alle scale senza incespicare, nonostante il sospetto che lo sguardo di Jackson mi stia seguendo a ogni passo…

Capitolo 10

La stanza che mi ha dato Poppy è adorabile. Ha le pareti tutte bianche, la moquette color crema e un arredamento shabby chic grigio chiaro – testiera e giroletto, armadio e cassettiera.

Dopo essermi fatta una doccia veloce, indosso il bel pigiama rosa che Poppy mi ha lasciato sul letto e mi viene da sorridere per come mi sta, per le maniche e il pantalone un po' troppo corti per le mie braccia e gambe lunghe. Poi mi infilo tra le confortevoli lenzuola inamidate.

Sistemati i cuscini contro la testiera, mi rilasso e mi guardo intorno. È elegante, ma al tempo stesso anche accogliente – proprio come il resto della Log Fire Cabin –, ma non riesco a fare a meno di chiedermi se non abbia commesso un errore nell'accettare di rimanere qui durante il periodo natalizio. Proprio mentre c'è anche Jackson…

Inspiro profondamente nel tentativo di calmarmi e avverto un delicato profumo di lavanda; quando mi giro verso il comodino, noto che lì sopra c'è una candela profumata in un portacandele di cristallo, accanto a una bassa pila di «The People's Friend». Sorrido pensando al disgusto di Sophie e a come dev'essersi divertita Poppy a metterli lì per me.

Alla lavanda si attribuiscono proprietà magiche per

conciliare il sonno. Ma i suoi benefici sembrano non avere alcun effetto su di me. È passata da molto la mezzanotte quando sento che finalmente mi sto appisolando...

Sono intrappolata in una stanza, non vedo altro che una fitta oscurità. L'aria è densa e acre e fatico a respirare.

Anche se cerco a tastoni la porta e infine trovo la fredda maniglia di metallo, so già che sarà chiusa a chiave. Sento qualcuno che si aggira dall'altro lato e il mio cuore si riempie di speranza, ma quando tento di gridare aiuto, non esce alcun suono.

Il panico erompe nelle mie orecchie come un urlo.

È come se mi premessero un cuscino sulla faccia, soffocandomi. Cerco di afferrarlo, ma con atroce sgomento, mi accorgo che non c'è nulla. Quando capisco, il cuore comincia a martellarmi contro le costole.

"Morirò...".

Sento della musica. Dapprima flebile, poi più nitida – un ritornello monotono che si ripete all'infinito. L'oscurità nera come la pece cede il passo a delle sagome grigie; sagome che riconosco. E mi rendo conto che il suono che sento è la sveglia del mio telefonino.

Mi risveglio dall'incubo tremando; prendo grandi boccate d'aria e ho le mani strette attorno alla gola. Delle lacrime calde mi scivolano tra i capelli mentre fisso il soffitto della camera da letto, in attesa che il battito cardiaco torni alla normalità.

Dopo un po', do un'occhiata all'orologio e mi accorgo che devo alzarmi. Tuttavia, mentre mi sforzo di scendere dal letto per andare a fare la doccia, sento le gambe e le braccia pesanti. Mi ci vuole sempre un po' per tornare alla normalità, ogni volta che ho questi orribili incubi ricorrenti...

Dopo essermi lavata e vestita, vado alla ricerca di Poppy.

Non è in cucina, perciò salgo le scale per andare in camera sua e nel frattempo mi accorgo che ha iniziato a nevicare. Dei grossi fiocchi di neve danzano al di là della finestra e, quando guardo fuori, noto che hanno iniziato ad accumularsi graziosamente sui rami degli abeti. Mentre osservo il panorama da cartolina natalizia dalla finestra, d'un tratto scorgo Poppy lì fuori.

Avvolta in un giaccone imbottito, cammina ingobbita lungo le sponde del lago, fissando le calme acque grigie. Torno di corsa in cucina e sto per bussare alla finestra, ma qualcosa nella sua postura con le spalle curve mi blocca. Forse sta ancora male.

Ora la neve sta cadendo più abbondante e Poppy si starà bagnando di sicuro, ma sembra non accorgersene. Si volta e vedendomi alla finestra mi saluta con un cenno della mano. Poi corre verso le portefinestre scalpicciando sull'erba coperta di neve.

Le apro la porta. «Oh! Starai congelando. Posso prepararti un caffè così ti scaldi?»

«Magari, grazie», dice, battendo gli stivali di gomma sul tappeto.

Mi do da fare con il bollitore. «Come ti senti oggi?».

Nel voltarmi noto la sua espressione abbattuta, ma lei abbozza subito un sorriso. «Oh, molto meglio, grazie. Adesso vado a togliermi queste cose bagnate di dosso». E se ne va.

Beviamo il caffè e chiacchieriamo dell'ordine per domani e Poppy, che ha ancora l'aria molto stanca, dice: «Se iniziamo a infornare entro mezzogiorno, lavorando in due dovremmo completare senza problemi l'ordinazione».

«Ma sei sicura di sentirti bene?»

«Oh, sì, sto bene. Non è stata affatto colpa del kedgeree». Deglutisce e mi guarda con un'espressione strana. In quell'attimo, però, entra in cucina Alex e annuncia che sta andando a pattinare, se qualcuno è interessato.

Poppy reprime uno sbadiglio. «Io torno un po' a letto. Ma a Roxy potrebbero essere utili un paio di lezioni».

«O una ventina», scherza lui, appoggiandosi contro il bancone all'americana e incrociando le braccia.

«Anche un centinaio», concorda Poppy.

«Che facce toste!». Fingo di essere molto offesa. «Dovete sapere che ci sarei nata con i pattini ai piedi. Se mi avessero chiamata Jane Torvill».

«Divertitevi». Poppy ci saluta, recupera la tazza di caffè e va di sopra. Io la guardo mentre si allontana, chiedendomi se abbia bisogno di qualcuno con cui parlare. Non penso di poterglielo chiedere sul serio, però. È il mio capo, in fin dei conti.

Così, invece, accetto l'offerta di Alex di insegnarmi a pattinare.

Stavolta si scopre che so pattinare molto meglio.

Be', quando dico "molto meglio", intendo dire che stavolta riesco a rimanere in piedi per un intero minuto prima che la paura renda le mie ginocchia inutili come un parascintille di cioccolato.

Alex, però, lo rende divertente facendo una finta radiocronaca, come se stessimo pattinando alle Olimpiadi.

«Allora, come va la situazione con Jackson?», domanda.

Mi sbilancio un po' all'indietro, ma lui mi sostiene. «Abbiamo... ehm... fatto una chiacchierata e va tutto bene».

«Sophie è… interessante. Non potrebbe essere più diversa da te».

Rido. «Vuoi dire che sembra una splendida top model».

Mi lancia un'occhiata. «Non volevo dire quello. Per quanto sia una bellezza fuori dal comune, te lo assicuro». Rimane in silenzio, poi dice: «Non hai molta fiducia in te stessa, non è così?».

Mi torna in mente un'immagine – Billy che mi dà la devastante notizia che sancisce la fine della nostra relazione –, ma la scaccio e abbozzo un sorriso. «Neanche tu ne avresti, se avessi fatto la figura dell'idiota in diretta TV».

«Ehi, non hai l'esclusiva sulle figure da scemo, sai?». Sorride. «In più di un'occasione ho desiderato di scomparire».

Più tardi, al chiosco prendiamo qualcosa di caldo da bere e Alex recupera due sedie libere dai tavolini sparsi sul prato. Sediamo infagottati nei cappotti, ci scaldiamo le mani con le tazze di carta e, in qualche modo, finiamo a parlare delle nostre prime storie serie. Be', Alex ne parla. Io eludo con abilità l'argomento del mio disastro con Billy scherzando che mi viene l'orticaria solo a sentirlo nominare.

«Non eravamo fatti l'una per l'altro. Ora l'ho capito», dice Alex, naturalmente piuttosto felice di parlare del suo primo amore, una ragazza chiamata Judith conosciuta all'università. «Lei non capiva affatto il mio senso dell'umorismo e detestava uscire dalla sua comfort zone. Continuo a domandarmi se sarebbe stato divertente invecchiare al suo fianco».

«Davvero?»

«Sì, cioè, e se a settantatré anni mi venisse voglia di gettare al vento la prudenza e di girovagare la Mongolia

Esterna col sacco a pelo?». Sorride. «Judith andrebbe su tutte le furie e insisterebbe che dovrei starmene a casa a pitturare la staccionata?».

Scoppio a ridere. Poi, mentre ci rialziamo per andarcene, riconosco chi sta venendo verso di noi e ho un tuffo al cuore.

Sono Jackson e Sophie, a braccetto. Lei gli sorride, con gli zigomi pronunciati sollevati per la felicità, come se le avessero appena dato la meravigliosa notizia che mangiare cioccolata neutralizza le calorie dei dolci. Jackson le prende il viso tra le mani e la bacia con tenerezza sulla punta del naso e a me si stringe il cuore fino a farmi male, perché era solito farlo anche con me.

Sono talmente avvinghiati l'uno all'altra da non accorgersi di me e di Alex finché in pratica non gli andiamo a sbattere addosso.

Il sorriso di Sophie si accende come una lampadina quando mi vede, il che mi spinge a domandarmi se Jackson le ha detto che stavamo insieme. O forse è semplicemente il tipo di donna che odia avere attorno ogni possibile rivale di sesso femminile.

Una frazione di secondo prima che lui e Alex comincino a scherzare su chi di loro due è il più bravo a pattinare, lo sguardo di Jackson si sposta da me ad Alex e viceversa.

Poi Sophie trascina Jackson verso la pista. «Su, tesoro. Proviamo la nostra routine per la gara a coppie. Deve essere perfetta».

Non ho alcuna voglia di guardarli, ma qualche istinto masochista mi fa tenere i piedi inchiodati a terra.

Alex sorride con approvazione mentre Jackson e Sophie pattinano verso le estremità opposte della pista, poi al segnale di Sophie iniziano a pattinare l'uno verso l'altra, aumentando la velocità finché non si incontrano al centro ed eseguono un giro perfetto, con le rispettive mani strette attorno alla vita del partner. Continuano a girare sul posto così a lungo che mi vengono le vertigini solo a guardarli. Poi si abbracciano ed effettuano alcuni giri di pista, eseguendo molte figure carine e dei sollevamenti parziali.

«Non male», commenta Alex quando, accaldati e sorridenti, i due ci raggiungono a bordo pista.

«Sì, molto bravi», mi sbrigo ad aggiungere, anche se in realtà provo il fastidioso bisogno di entrare in pista e scontrarmi "accidentalmente" con Sophie per farla atterrare violentemente sul suo minuscolo *derrière*.

Per quanto ci provi, non riesco a fare a meno di desiderare di fuggire dalla loro gioia con la maggiore velocità concessami dal bon ton. Così, dopo aver lasciato Alex a chiacchierare, mi incammino sul sentiero che costeggia il lago, senza guardare indietro, sapendo che rischio seriamente di scoppiare in lacrime. Non avrei mai accettato se avessi saputo che avrei dovuto affrontare Jackson e la sua nuova ragazza ogni giorno, a ogni ora!

Alex mi raggiunge quando sono quasi arrivata alla baita. «Scusami, sono stato trattenuto». Mi sorride, quasi senza fiato per essermi corso dietro. «Sophie voleva sapere che genere di "carburante" pre-pattinaggio ho portato a bordo».

Mi ritrovo a ridere, mio malgrado. «Sei un aeroplano? Che le hai risposto? Dubito che approverebbe una bella ciotola di Coco Pops».

«Oddio! Ma non glieli ho mica nominati. Ho detto solo che, per quanto riguarda il carburante, io vado a gasolio!».

«Si è messa a ridere?», domando, ridendo.

«No, ha fatto una faccia strana e mi ha suggerito di prendere sul serio la storia dell'alimentazione, se non voglio subire un tracollo prima dei sessanta».

«Ha proprio ragione».

«Lo so. E mangio le verdure. Ma l'uomo non può vivere di soli broccoli frullati».

«Verissimo. Dovremmo avere una dieta bilanciata».

Alex sorride. «Una birra in ogni mano. Per forza».

Quando apro la porta, sento il tintinnio delle pentole in cucina. Poppy deve sentirsi meglio.

«Bene, torno all'hotel», annuncia Alex.

Lo guardo sorpresa. «Mi hai appena riaccompagnata a casa?».

Lui scrolla le spalle e sono sicura di aver scorto un accenno di rossore sul suo viso.

«Nessun problema. Volevo stare un altro po' in tua compagnia, ecco tutto». Mi fa l'occhiolino e se ne va, incamminandosi lungo la strada.

«A dopo», gli urlo e lui mi fa un cenno con la mano, senza fermarsi.

Mi tolgo scarpe e giaccone e vado in cucina in calzini. Poppy sta preparando il manzo per la cena di stasera. Si volta e dice: «Ciao, ho pensato di iniziare prima per preparare la cena in anticipo. Non so cosa volevi fare come dessert, ma ho gli ingredienti per le palle di cannone al cioccolato, se vuoi».

La guardo, colta alla sprovvista.

"Le palle di cannone al cioccolato?".

Per un bizzarro momento, penso che siano destinate a Sophie.

«Hai mai preparato delle palle di cannone al cioccolato prima?», domanda Poppy.

«Ehm, no, in effetti. Ma se mi dai la ricetta, io le... ehm... preparerò senza alcun problema».

Sfoglia un ricettario e me lo passa. Sono sollevata nell'apprendere che si tratta di una sorta di grosso bignè perfettamente sferico. Al contrario, non sono affatto sollevata nel notare che la palla di cannone al cioccolato ha un aspetto molto raffinato – il genere di dolce ricoperto di glassa lucida servito nei ristoranti stellati da camerieri con i guanti bianchi. La versione del ricettario è ricoperta di pezzetti di una roba color ambra, che nella didascalia definiscono "scaglie".

«Oh, non preoccuparti per la glassa», mi rassicura Poppy, notando la mia faccia allarmata. «So che non abbiamo proprio il tempo per le cose sofisticate. Prepara solo la base».

«D'accordo». Le mostro il pollice alzato con entusiasmo, ma nel frattempo vengo presa dallo sconforto nel leggere la lista degli ingredienti, che sembra essere lunga quasi quanto il mio braccio.

Grazie a YouTube, sono in grado di preparare una torta a base di farina, burro, zucchero, uova e, se necessario, cacao in polvere. Questo impasto, però, è decisamente più elaborato.

«Ti sei divertita a pattinare?», domanda Poppy. «Si sta bene in compagnia di Alex, vero?».

Sorrido. «Sì, grazie. E sì, si sta bene. Lui è molto dolce».

Mi rivolge uno sguardo d'intesa e per un attimo vado nel panico e mi domando se Poppy non stia pensando di combinare una coppia, cosa che ovviamente è l'ultimissimo dei miei pensieri.

Per cambiare subito argomento, mi scappa di bocca: «Tu sei sicura di farcela?». Magari si sente meglio, ma sembra ancora debolissima.

Mi lancia un'occhiata stupita e, per un attimo, ho l'impressione che stia per annuire e rispondere: "Sì, certo, perché non dovrei?".

Invece fa un pesante sospiro, tremando. Dopo aver abbandonato gli ingredienti nella ciotola, con mio orrore si china sul bancone, nasconde la faccia tra le mani, scuote la testa.

«Che succede?». Sono al suo fianco, ma lei continua a scuotere la testa senza guardarmi.

«È il lavoro? Sei stressata?». Le poso una mano sulla schiena. «Perché sono certa che in due possiamo farcela». Le lacrime le gocciolano lungo le dita.

«Non è il lavoro», bisbiglia, infine. «È Jed, non penso che ce la faremo».

Fisso il suo capo chino. «Che vuoi dire? Non lo ami più come prima?».

Le si incrina la voce. «È questo il problema. Lo amo più di quanto lo amavo all'inizio. Solo che non penso che lui provi la stessa cosa per me».

«Davvero?». Sono molto confusa. «Vi ho visti insieme. Mi è sembrato che Jed sia pazzo di te».

«L'apparenza inganna», dice in tono secco.

Strappo della carta da cucina e Poppy si ricompone e si soffia forte il naso, poi si tampona il mascara. Ha smesso di piangere, come se pronunciare le parole che l'angosciavano l'avesse liberata da una specie di oppressione.

«Stiamo insieme da due anni», dice, con la voce ancora rotta dalle lacrime. «Verrebbe da pensare che si sia parlato un po' del futuro, ma non è così. Anzi, è peggio, perché Jed evita del tutto l'argomento. Non siamo mai stati in vacanza insieme... anche se lui sostiene che è dovuto al fatto che è molto impegnato con il lavoro. E non abbiamo assolutamente in programma di andare a convivere. Se provo anche solo ad accennare alla cosa, lui comincia a parlare d'altro. Ogni volta. È come se non volesse affatto impegnarsi seriamente con me».

Mi guarda, con gli occhi pieni di dolore. «E il fatto è che mi starebbe bene, se pensassi che a un certo punto il suo comportamento potrebbe cambiare». Scuote la testa, triste. «Ma comincio a pensare che questo non accadrà mai. Allora, che senso ha?».

Rimango a fissarla, alla ricerca della cosa giusta da dire. «Due anni non sono poi molto per una coppia. Forse Jed vuole solo essere sicuro...?». Mi pento un po' di averlo detto, perché suona poco credibile anche alle mie orecchie.

«Sì, però sento di non poter lasciare qui nemmeno i miei vestiti. In più, è una vita che non facciamo sesso».

«Forse è solo molto impegnato».

Annuisce, lentamente. «Lo studio di architettura che ha rilevato da Bob va molto bene, ma questo vuol dire che deve lavorare fino a tardi. Molto tardi. Si è preso qualche giorno di vacanza per aiutarmi con i preparativi per il Natale. Di solito, però, torna a casa, mangia e si addormenta. Perciò è logico che non ci vediamo durante la settimana. Non avrebbe senso».

«Bene, ecco spiegato tutto allora. Ti preoccupi per niente. È solo la vita che va... che va così, come sempre».

«Non è solo quello, però...». Le vengono di nuovo le lacrime agli occhi e per un attimo intravedo del panico sul suo viso. «Capisco che in una relazione non bisogna precipitare le cose e non vorrei mai mettere pressione a Jed perché si impegnasse troppo presto con me. Dio, sarei anche felice di andare avanti così, a essere sincera. Solo che...».

«Solo che?».

La porta si apre e ci voltiamo entrambe.

È Sophie, con i lucenti capelli biondi che svolazzano come nello spot di uno shampoo. Con indosso degli shorts viola e un top bianco che mette in mostra la pancia piattissima e abbronzata, sgambetta con grazia in cucina.

«Ciao, Poppy! Attacchi questa sul frigo, per favore?». Mentre corre sul posto e mi ignora completamente, porge a Poppy quella che sembra essere una gigantesca fotografia. «Sto pensando di entrare a far parte di un'agenzia di modelle, così mi sono fatta scattare delle foto e ho pensato che tu avresti potuto attaccarne una al frigo. Sai, per farti smettere di mangiare merendine e mettere su peso».

Poppy mi lancia un'occhiata, poi guarda subito altrove. «Cavolo, grazie, Sophie. Davvero premuroso da parte tua», dice.

Sophie accenna una scrollata di spalle. «Be', a che serve essere il caporedattore di una famosa rivista di lifestyle femminile se non si diffonde la propria conoscenza e si aiutano le persone a migliorarsi?».

Do un'occhiata alla foto, oltre la spalla di Poppy.

Sophie è magnifica. Ha lo sguardo rivolto verso il mare, sdraiata su un lettino da spiaggia su un'assolata spiaggia tropicale, che è probabilmente lo sfondo finto di uno studio fotografico. Il bikini che indossa, in pratica, è inesistente ed esalta alla perfezione il suo corpo magnifico.

«Stai benissimo», dice Poppy, passandosi le mani sulle guance rigate di lacrime senza farsi notare. «Ma fare la modella non complicherà il tuo lavoro alla rivista? Essere il redattore di un periodico così famoso deve essere decisamente impegnativo, suppongo».

Sul viso di Sophie compare una strana espressione. «*Capo*redattore. Sì, certo. Ma gestirò tutto, non c'è proprio alcun problema. Si dà il caso che i miei sottoposti mi reputino straordinaria. Ho sentito il mio vice dire a qualcuno che sembro Wonder Woman e Margaret Thatcher messe insieme!».

«La Lady di ferro», mormora Poppy, senza smettere di fissarla.

«Cosa vuoi dire?», ribatte Sophie, mettendosi subito sulla difensiva.

Poppy aggrotta la fronte. «Che il soprannome di Margaret Thatcher era "Lady di ferro"?»

«Oh, d'accordo. Be', comunque, la puoi attaccare quella?».

Osservo Poppy che, obbediente, utilizza una calamita da frigo per sistemare la foto.

È impossibile guardarla senza provare ammirazione. «Come cavolo riesci a rimanere così magra?», domando, sbalordita.

«Ci vuole impegno». Mi squadra dalla testa ai piedi. «Non potrai mai fare la modella perché hai il busto grosso. Hai l'altezza giusta, credo, ma hai le gambe sproporzionate rispetto al resto del corpo. Sono troppo corte».

«Vero». Incrocio lo sguardo di Poppy e lei fa una smorfia alle spalle di Sophie.

Sophie si volta. «E tu avrai sempre la tendenza a mettere su peso, Poppy, soprattutto se continui a preparare dolci per mantenerti».

A Poppy si gela il sorriso.

«Ma, ehi! Su col morale!». Sophie smette di correre sul posto ed effettua qualche allungamento improvvisato. «Anche le persone comuni possono migliorare il loro aspetto, se seguono una dieta sana». Il suo sguardo s'illumina. «In effetti, ho deciso di scrivere un libro intitolato *Come avere un viso e un corpo da sogno*. Ho anche preparato una breve presentazione, così posso ripassarla con tutti voi una sera, dopo cena. Che ne dite? Vi darà un sacco di consigli».

«Be', io...». Poppy mi guarda, sembra entusiasta quanto me di questa proposta di intrattenimento per il dopocena.

«Perfetto! È deciso allora». Sophie le sorride. «Vi piacerà. Il libro parla di come affrontare tutte le zone più problematiche». Lo sguardo di Sophie si sposta su di me, scende giù, indugia sul mio busto grosso prima di posarsi sulle mie patetiche gambe corte.

«Tu e Jackson siete emozionati per la gara di pattinaggio a coppie di martedì sera?» domanda Poppy.

«Cosa? Oh, quella. Sì, abbiamo provato una breve routine piuttosto emozionante, a dire la verità. Jackson sostiene che sarò la stella dello show, con il mio costume ricoperto di strass». Fa un sorrisetto compiaciuto. «Il bello di essere un caporedattore è che hai a disposizione un sacco di bei vestiti! Bene, vado a correre. Ciao, ciao!». Ci fa un cenno con la mano, poi si allontana correndo.

Poppy ha l'aria davvero molto depressa. «A quel paese il costume da pattinaggio ricoperto di strass! Oddio! E la lezione su "come avere un viso e un corpo da sogno"?». Sospira. «Non vedo l'ora».

Io non sono più allegra di lei. «Avrei fatto volentieri a meno della lista dei miei difetti fisici. Soprattutto se elencati da *lei*!».

Poppy annuisce, solidale. «La tendenza a mettere su ciccia, come no! Cioè, ha ragione, ovviamente, eppure...».

«Deve essere proprio faticoso, però, mantenersi così

"perfetta"». Mimo le virgolette con le dita. «Almeno noi ci gustiamo quello che mangiamo».

«Quindi stai dicendo che sono una cicciona?», domanda Poppy, portandosi le mani ai fianchi. «Bene, suppongo che sia giunto il momento in cui decido che quando è troppo, è troppo: devo iniziare una dieta da fame, in modo da poter rispettare i canoni rigorosi, ma parecchio discutibili, imposti dalla società della vera bellezza femminile!».

«Cosa?». Rimango a fissarla. «No! Non intendevo...».

Noto la scintilla di malizia nei suoi occhi e scoppiamo entrambe a ridere.

«Sei facile da abbindolare», dice Poppy. «Di sicuro, non inizierò una dieta da fame. Non inizierò *nessuna* dieta perché non funzionano. Finisci con il riprendere tutti i chili persi e pure qualcuno in più, oltretutto».

Annuisco. «Hai proprio ragione».

Rimango in silenzio, poi aggiungo: «Però mi piacerebbe lo stesso avere quel fisico».

Fissiamo entrambe con sguardo cupo la foto sul frigo e nel frattempo coltivo l'affettuoso pensiero di utilizzare Sophie come bersaglio per freccette.

Poppy non risponde e, quando mi volto verso di lei, rimango sconvolta nel notare le lacrime che le scendono lungo il viso.

«Oh, Poppy, non permettere a Sophie di condizionarti. Io me ne frego dei suoi commenti sulle mie gambe tozze», mento.

«Tu non hai le gambe corte».

«Be', tu non sei affatto cicciona! Sono convinta che per Jed sei assolutamente perfetta così come sei».

Con mio sgomento, questo non fa che rendere più violento il pianto di Poppy.

«Non è per Sophie», farfuglia tra i singhiozzi.
Si volta verso di me, con il viso pieno d'angoscia. «Oh, Roxy! Mi sono cacciata in una situazione complicatissima e non so cosa fare».

Capitolo 11

«Ehi, forza. Siediti». Conduco Poppy al bancone accanto alla finestra e lei si lascia cadere su uno degli sgabelli. Strappo un altro po' di carta da cucina, mi siedo di fronte a lei e attendo che si calmi.

Alla fine, alza gli occhi. Eppure esita ancora, come se non riuscisse a dire quello che pensa. Poi fa un sospiro pesante, afflitto.

«Sono incinta».

È come se le sue parole riecheggiassero nella stanza.

In cucina c'è silenzio, fatta eccezione per l'orologio alla parete, che scandisce i secondi che passano fino alla mia risposta.

Non so bene cosa dire. "Oh, ma è meraviglioso!" non sembra affatto appropriato, visto che Poppy si strugge all'idea di avere un bambino, così mi limito a posare una mano sulla sua.

Abbozza un sorriso tra le lacrime. «Scusa. Non dovrei opprimerti con questi discorsi».

«Certo che devi. Non puoi tenere segreta una cosa del genere. Immagino che Jed non lo sappia».

Solo a nominarlo, torna a rattristarsi.

"Oh, Dio! Forse il bambino non è di Jed!".

«Jed non lo sa». Assume un'espressione ammonitrice. «Ti *supplico*, non dirglielo, Roxy!».

Scuoto la testa. «Non ne farò parola con nessuno.

Promesso. Spetta a te decidere quando dare la notizia».

«L'ho scoperto solo ieri. Ho fatto il test di gravidanza perché non capivo come mai non mi passava la nausea». Sul suo viso rigato di lacrime appare un accenno di sorriso, mentre si posa una mano sulla pancia, come a proteggerla. «Ho sempre desiderato diventare mamma. E Jed sarebbe un papà perfetto».

Mi sento sollevata. "È di Jed il bambino!".

«Allora... sei contenta?».

Poppy sospira. «Non so cosa pensare. Jed ha messo in chiaro che non è pronto a fare il grande passo e io temo seriamente che se gli dico che stiamo per avere un bambino, si sentirà obbligato a fare la cosa giusta e a chiedermi di andare a vivere da lui. È un uomo adorabile, so che è quello che farà, ma...». Manda giù le lacrime e osserva sconsolata fuori dalla finestra la neve che cade sul lago.

«Ma così non saprai mai se sta con te perché vuole starci davvero», dico lentamente.

Lei si volta e annuisce. «Penserei sempre che sta con me per via del bambino e non credo che ce la farei a vivere così». Scrolla le spalle. «L'ultima cosa che voglio è far sentire in trappola l'uomo che amo».

Sospiro. «Ma lo sai che devi dirglielo, vero?».

Alza lo sguardo, pieno di angoscia. «No! Assolutamente no!».

«E che farai? Rimarrai ad aspettare, nella speranza che Jed ti chieda di trasferirti da lui *prima* che scopra del bambino?».

Poppy fa spallucce.

«È da pazzi», le dico piano.

Le comincia a tremare il mento, ma ha lo sguardo determinato. «Allora sono pazza».

Il portone d'ingresso si apre e sentiamo delle voci all'ingresso. Ryan dice qualcosa con la sua voce profonda e Clemmy si mette a ridere. Devono essere tornati, pieni di buonumore, dopo aver pranzato insieme a Guildford. Poppy si asciuga rapidamente il viso con le mani e si sistema i capelli, poi va a sciacquarsi le mani al lavello.

Siamo una bella coppia. Da un lato, c'è Poppy che pensa che Jed non tenga abbastanza a lei da impegnarsi seriamente; dall'altro ci sono io, che so per certo che nel caso di Jackson questo corrisponde alla realtà.

Per quanto abbia tentato di ignorarlo, il solito dolore c'è ancora. "Riuscirò mai a pensare a Jackson senza avere la sensazione che la mia esistenza sia terminata in quei maledetti studi televisivi?".

Un attimo dopo, le mie speranze che Clemmy e Ryan tirino dritto senza passare in cucina vengono distrutte.

«Salve, gente!», urla Clemmy, raggiante di felicità. E di vino, forse. «Oh! Qui dentro c'è sempre un profumino delizioso. Non è così, Ryan?»

«È andato bene il pranzo?», domando.

Il sorriso di Clemmy si fa più ampio. «Un incanto, grazie, Roxy». Lancia a Ryan uno sguardo civettuolo. «Non mi riferisco solo al cibo e alla compagnia».

Ryan si aggira intorno alla padella con il ripieno per le mince pies fatto in casa e ci guarda dentro.

«Non ti azzardare», lo redarguisce Clemmy, ridendo.

«Sto solo guardando». Ryan si volta e tiene in alto le mani, sorridendo. «Giuro».

«In realtà, dovrei essere io a tenere le mani bene in alto», commenta Clemmy, che ha nascosto le sue dietro la schiena e ha l'aria di chi non sta nella pelle per la felicità.

«Ta-dà!». Mostra la mano sinistra con un movimento

del braccio ampio e teatrale. «Ci siamo appena fidanzati!».

C'è un attimo di silenzio.

«Oh, wow! È fantastico!», esclamo, mentre Ryan si porta al suo fianco, con un timido sorriso. «Non è grandioso, Poppy?».

Rivolgo a Poppy un'occhiata ansiosa, ma lei abbozza un gran sorriso. «È la notizia più bella che abbia mai sentito. Congratulazioni a tutti e due!».

Poppy si avvicina e li abbraccia entrambi. Poi Clemmy si precipita ad abbracciare anche me e l'atmosfera si carica di emozione.

«Dovremo organizzare un party per festeggiare», propone Poppy.

Clemmy sospira estasiata. «Non sono mai stata così felice!».

Ryan le mette un braccio attorno alle spalle, con espressione orgogliosa.

«Al ristorante, Clem si è addirittura inginocchiata».

«Gliel'hai chiesto *tu*?». Poppy rimane a bocca aperta. «Ben fatto, amica!».

Provo ad annuire con entusiasmo, ma non è semplice perché nella mia mente vengono proiettate come un film dell'orrore le scene della mia disastrosa dichiarazione.

«Già. Dopo siamo andati dritti a scegliere l'anello. E Clem ha già in programma di andare a scegliere l'abito», precisa Ryan. «Qualcosa mi dice che si trascinerà dietro anche voi due».

«Provate a fermarmi!», dice Poppy con allegria, con il sorriso ancora stampato sul volto, ma so che soffre. «Potete scusarmi solo un attimo? Vado a prendere il telefono nell'altra stanza».

Nel precipitarsi fuori, prima che la porta si chiuda

alle sue spalle, esclama: «Ma che bella notizia! Sono felicissima per voi!».

Sento il rumore dei passi di Poppy su per la scala, ma per fortuna i due piccioncini sono troppo presi dagli eventi per accorgersene.

Scappo di sopra il prima possibile.

Poppy è seduta sul letto, adagiata su dei cuscini, con il viso smunto e triste. Quando mi vede, fa una smorfia. «Dio, mi dispiace tanto, Roxy. Starai pensando che sei venuta a lavorare per una vera demente! In genere non sono così, davvero. Devono essere gli ormoni della gravidanza».

«Di quanti mesi sei?» domando, sedendomi sul bordo del letto. «Sei riuscita a capirlo?».

Mi fa un sorriso amaro e si massaggia le tempie. «Visto che in questo periodo il sesso è un po' una rarità, sono riuscita a individuare il giorno esatto. Sono di sei settimane e quattro giorni».

«Mal di testa?».

Annuisce. «È proprio martellante. Sono contentissima per Ryan e Clemmy. Voglio bene a entrambi e stanno così bene insieme, ma...». Tace, incapace di continuare.

Le faccio un sorriso triste, sapendo ciò che prova, e lei mi dice: «Tra l'altro, mi ripropongo sempre di dirti che non so come riesci a sopravvivere qui».

«Cosa intendi?»

«Be', se fossi arrivata in un posto che non conosco e mi fossi resa conto di dover servire da mangiare e in pratica convivere il mio ex, penso che a quest'ora avrei dato di matto e me la sarei svignata».

Faccio un sorriso ironico. «Ci ho pensato. Ma eri così tesa per il lavoro che non volevo piantarti in asso».

Inclina la testa da un lato e mi sorride, mentre le si riempiono gli occhi di lacrime.

«Ehi, adesso non fare la sentimentale con me. Il lavoro mi serviva e sopravviverò alla situazione!».

«Grazie, Roxy. Te ne sono grata. Sono stata così presa dalle mie faccende che non mi sono mai fermata a pensare quanto debba essere spiacevole per te. Ti capirei perfettamente se non riuscissi a rimanere qui un secondo di più. Davvero, lo farei».

Sarebbe così facile darle ragione e tirarmene fuori, specie ora che Poppy sa perfettamente per quale motivo me ne andrei. Ma c'è qualcosa che mi frena, anche se non so bene cosa.

«Sai che c'è? A quel paese Jackson Cooper! Perché dovrei permettere a un uomo di farmi rinunciare a un lavoro che mi piace?!».

Sorride raggiante. «Ehi, buon per te. E ascolta, c'è qualcuno di gran lunga migliore di Jackson Cooper là fuori, per te. Ne sono certa».

Sorrido per cortesia. Vorrei esserne anch'io così sicura.

«In questa storia, è lui che ci rimette». Poppy scuote la testa. «Immaginare di scegliere l'insetto stecco Sophie e non te. Quell'uomo è un idiota».

Rido. «Apprezzo il tuo sostegno. Davvero. Ma credo che là fuori ci siano frotte di uomini che penserebbero il contrario».

Poppy sospira contrariata. «Be', se è così, allora il mondo è pieno di uomini imbecilli e superficiali!».

Capitolo 12

La preparazione della mia palla di cannone al cioccolato non procede bene.

In effetti, appena sfornata e messa a raffreddare su una griglia, non ricorda tanto una "palla di cannone al cioccolato", quanto dello "sterco di vacca marrone e informe". Perché è diventata così *piatta*?

Do un'occhiata all'orologio. C'è tempo per fare un altro tentativo?

Sono quasi le sette, però, e Poppy vuole servire la cena alle otto. Ce la farei per un soffio. A meno che… A meno che non prepari un sacco di glassa al cioccolato e l'ammucchi in cima per compensare la forma schiacciata della torta.

Mi sembra una buona idea, perciò mi precipito a recuperare gli ingredienti. La glassa al burro e cioccolato piace a tutti, no?

Il burro è freddo di frigorifero, così lo metto per un po' nel microonde per ammorbidirlo. Quando lo tiro fuori, al centro è ancora duro come un blocco di granito, invece ai bordi ha iniziato a sciogliersi. Ciò nonostante, lo butto lo stesso in una ciotola e ci verso sopra lo zucchero a velo. "Occhio non vede…".

Persino amalgamare zucchero a velo e cacao in polvere dev'essere un'arte. Il modo in cui lo faccio io è chiaramente quello sbagliato perché risalgono dappertutto dei grumi del miscuglio. È un lavoro davvero difficile e, presto, c'è più composto sul piano di lavoro che nella ciotola. Ma ho preparato una vagonata di glassa al cioccolato, perciò dovrebbe bastare…

Non appena ho finito di versare le cucchiaiate di glassa sulla torta e di darle la forma di una cupola, entra in cucina Poppy, che sembra essersi ripresa. Se non altro ha riacquistato un po' di colorito.

Rimane a fissare il mio unico esemplare di palla di cannone al cioccolato. «Wow. Interessante. Non l'ho mai vista preparare così».

«Oh, sì, io le do sempre questa forma». Mi sento arrossire. «La glassa al cioccolato… ehm… si accompagna benissimo alla base della torta».

La esamino nervosamente. Se solo l'ammasso di glassa non pendesse un po' da un lato, come se cercasse di scivolare via per la vergogna.

Poppy tiene la testa inclinata e osserva la torta. «Invece sai come potrebbe migliorare? Togliendo solo un pochino di glassa».

Approvo. «Idea eccellente. Immagino che il rapporto tra torta e glassa sia… ehm… un po' sproporzionato».

Poppy prende una spatola, elimina dieci centimetri di glassa dalla cima della torta e li fa cadere in una ciotola. «Ecco». Fa un passo indietro e annuisce soddisfatta. «Perfetta». Immerge il dito nella ciotola e ne lecca via la glassa. «Mmm. Deliziosa».

«Già, così va molto meglio», concordo. «Si vede chi è la vera cuoca, qui».

Sorride. «Non essere così modesta, Roxy. Sei bravissima». Poppy approva con un cenno della testa il nuovo aspetto del dolce, che ora – essendo piatto come una frittella – assomiglia ancora più di prima a dello sterco di vacca. «Sono sicura che questa palla di cannone sarà una vera bomba!».

«Bum! Bum!». La mia risatina stridula assomiglia a quella di una strega.

Convinco Poppy a lasciarmi dire agli altri che ha un forte mal di testa e che è andata a riposare.

«Non ti preoccupare. La servo io la cena», propongo senza riflettere, sembrando più sicura di quanto sia in realtà. A dire il vero, dentro di me tremo. Il solo pensiero del sorriso di Jackson che mi segue per i tavoli mentre servo gli antipasti mi rende ansiosa e apprensiva. Mi domando se ha davvero detto a Sophie che io e lui stavamo insieme. Se pure non l'ha fatto, è probabile che lei mi avrebbe trattata con freddezza comunque come se fossi un animaletto poco pulito che può saltarle addosso in qualsiasi momento.

Posso dire che Poppy è sollevata di non essere costretta a partecipare all'amena conversazione a cena.

Non si parla d'altro che del fidanzamento di Ryan e Clemmy.

Per fortuna, Jackson è seduto al mio stesso lato del tavolo, così non devo preoccuparmi di evitare il suo sguardo.

Lo stesso Jackson non sembra affatto seccato dal fatto che io gli abbia rovinato le vacanze natalizie presentandomi qui in modo così inaspettato. Dopo l'imbarazzante incontro iniziale, ha reagito in modo piuttosto tranquillo alla mia presenza. Vorrei tanto poter dire la stessa cosa.

In cucina, apporto i tocchi finali alla portata principale di Poppy, e Clemmy mi aiuta a servire i piatti.

Sophie rimane costernata quando le metto davanti il suo. «Ah, carne rossa?». È seduta alla mia sinistra e

Jackson è accanto a lei, dall'altro lato. «Lo sapevi che la carne rimane nell'intestino per circa centocinquanta giorni dopo che l'hai mangiata?»

«Vuoi che ti porti qualcos'altro?», domando.

«Tipo?».

Mi scervello a pensare cosa c'è di pronto. Oh, cavolo! In teoria sarei una cuoca, dovrei essere in grado di servire un altro piatto, se mi viene chiesto.

«Uhm, fagioli e salsicce su pane tostato?». Ce n'era di sicuro una scatola nella credenza. «Con una spolverata di pepe nero macinato?» aggiungo, nel tentativo di farlo sembrare un piatto sofisticato.

Qualcuno emette un suono che ha tutta l'aria di essere un risolino e che poi si trasforma in un colpo di tosse.

Sophie mi guarda come se fossi qualcosa di spiacevole sulla sua scarpa e non si scomoda neppure a rispondermi.

Dopo aver tagliato con diffidenza all'incirca tre centimetri quadri di carne, spinge con determinazione il resto verso il bordo del piatto.

Alex attira la mia attenzione e le labbra mi si curvano in una risposta silenziosa. Per un orribile istante, temo di essere presa da un attacco di ridarella e di non riuscire più a fermarmi, così mi vedo costretta a guardare subito altrove e a pensare a qualcosa di tragico.

"Gattini abbandonati".

Quando ci avviciniamo al momento del dolce, comincio a sentirmi decisamente nervosa per la palla di cannone al cioccolato.

A quanto pare, facevo bene a esserlo.

Appena la poso al centro del tavolo, Sophie le dà un'occhiata e scoppia a ridere. «Dio mio, ma che roba è? Un cumulo di letame spappolato?»

«Piuttosto divertente, per essere una tua battuta», commenta Jackson.

«Ehi!». Sophie lo fulmina con lo sguardo. «Ti informo che in sala riunioni sono famosa per la mia arguzia e il mio umorismo spumeggiante!».

Incrocio lo sguardo di Alex, che inarca le sopracciglia in modo impercettibile.

«Bene, io sono per tenerci proprio alla larga da questo coso. È chiaro che contiene abbastanza zucchero da ammazzarci tutti». Dà un'aggraziata scrollata di spalle.

«Ora credo che tu stia un tantino esagerando», ribatte Jackson, sarcastico. «Per quanto devo ammettere che assomiglia un po' a un mucchio di letame». Guarda oltre le spalle di Sophie e mi sorride. «Mi ricorda quella...».

D'un tratto, si rende conto di dove si trova e tace.

Mi batte forte il cuore quando, con il volto in fiamme, mi alzo per tagliare a fette il dolce deforme. So perfettamente cosa stava per dire Jackson. Una volta ho provato a preparare un pan di Spagna al cioccolato che dopo essere uscito dal forno si è sgonfiato senza quasi lasciare traccia. Così l'ho ricoperto di glassa al cioccolato e ho tentato di farlo passare per una torta brownie.

«Ti ricorda cosa?», domanda Sophie, spostando rapidamente lo sguardo da me a Jackson e viceversa.

Mi vengono i brividi nel tagliare il cumulo di letame, che, in realtà, si rivela di una sofficità sorprendente. Il mio unico desiderio è scappare da qui; è tutto così maledettamente imbarazzante.

«Bene, per quanto mi riguarda, non vedo l'ora di assaggiarla», afferma Alex. «E, Roxy, grazie per aver preparato il mio dolce australiano preferito! Pensavo che non mi stessi ascoltando quando te ne ho parlato».

Lo guardo, domandandomi se sto effettivamente impazzendo.

Forse lo stress mi sta distruggendo i neuroni, perché non ricordo affatto di aver parlato di dolci con Alex. Abbiamo parlato di molte altre cose... ma di sicuro non di dolci australiani!

«È una ganache di Ayers Rock», spiega Alex con disinvoltura, rivolgendosi a Sophie. «Mia nonna la preparava sempre e devo dire che la somiglianza con la sua è straordinaria, Roxy!».

Sono senza parole. «Questo è... ehm... meraviglioso! Ne sono davvero felice, Alex».

Lui sorride e mi fa un cenno d'approvazione. «Mia nonna ne sarebbe colpita. Per me una fetta bella grossa, per favore».

Quando gli porgo il piatto, gli faccio un sorrisone riconoscente.

Sophie osserva con scetticismo la "ganache di Ayers Rock", ma perlomeno questo la mette a tacere. E, in realtà, la torta si rivela davvero gustosa, una volta superato il suo aspetto terrificante, e Ryan, Clemmy e Alex fanno il bis.

«Sicura di poterla mangiare?», domanda Sophie d'un tratto, mentre Clemmy si avventa di gusto sulla seconda fetta.

Clemmy si blocca con la forchetta a un palmo dalla bocca.

«Pensavo volessi dimagrire per il vostro gran giorno. Non è quello che fanno tutte le promesse spose?».

Cala un silenzio breve e pieno d'imbarazzo.

«Perché dovrebbe voler perdere peso?», domanda Ryan, mostrandosi genuinamente perplesso. «Lei è perfetta così com'è».

Clemmy arrossisce. «Oh, grazie!». Dà un colpetto col gomito a Ryan e si porta il dolce alla bocca. «Forse, però, dovrei cercare di mettermi in forma. È da un po' che ci penso. Forse comincerò a correre».

«Davvero?». Ryan la guarda sorpreso.

Clemmy sorride, la sua immutata cordialità è degna di nota, considerando che Sophie le ha appena dato della cicciona. «Sophie non ha tutti i torti. Il matrimonio è l'occasione giusta per una svolta all'insegna della salute e di una buona forma fisica».

«Esattamente», conferma Sophie, compiaciuta. «Anche se, a dirla tutta, bisognerebbe perseguire con costanza la buona forma fisica, non solo in vista delle occasioni speciali».

«Allora forse comincerò domani», annuncia Clemmy, accondiscendente come sempre.

Sophie annuisce. «Be', nessuna sposa vuole *ballonzolare* verso l'altare, o sbaglio?»

«Sophie!», mormora Jackson.

«Che c'è?». Si volta verso di lui, indignata. «Che ho detto?».

Jackson sbuffa. «Non tutte le donne hanno come scopo quello di entrare in una taglia 38! E si dà il caso che io la pensi come Ryan. Clemmy è bellissima così com'è».

Clemmy arrossisce. «Grazie, Jackson. È carino da parte tua». Si volta verso Sophie per placare gli animi. «Ma credo che comincerò a fare più attività fisica».

Sophie rivolge a Jackson uno sguardo come a dire "vedi, te l'avevo detto". Poi i suoi occhi si illuminano. «Ah! Ho un'idea. E se ti facessimo apparire in uno speciale della rivista? Quando pensavi di sposarti, Clemmy?»

«Oh, non prima del prossimo Natale, credo».

«Perfetto! Quindi hai un sacco di tempo per rimetterti in forma con il mio nuovo programma di fitness. Potremmo fare un sacco di foto "prima" e "dopo". E il mio nuovo libro si farà una bella pubblicità!». Aggrotta la fronte. «Mi raccomando, dovrai assicurarti di non riprendere nemmeno un chilo, così le foto del matrimonio saranno meravigliose!». Sorride a Clemmy. «Che ne pensi?»

«Oh, be', non sono convinta». Clemmy non sembra affatto eccitata all'idea di apparire su «Dazzle».

«Dove lo farai?», domanda Sophie.

«Scusa?»

«Qual è la location?»

«Qualche posto carino ed economico», ribatte Ryan.

Clemmy lo ammonisce con lo sguardo, scherzando. «Pensavamo al municipio e Jed è stato così gentile da suggerirci che potremmo tenere qui il ricevimento, in un tendone da giardino». Clemmy sorride a Jed.

«Oh, no! Certo che no!». Sophie è sconcertata. «È il tuo grande giorno. Non puoi trascorrerlo a casa di qualcun altro!».

Clemmy ride e si guarda intorno. «Be', non è una semplice *casa*...».

Sophie si sporge verso di lei. «Se potessi scegliere qualsiasi location, dove ti sposeresti?».

Clemmy esita, intimorita da tutta questa pressione.

«Avanti. Usa l'immaginazione. Un qualsiasi luogo del Regno Unito! Dove lo faresti?»

«Un qualsiasi luogo del Regno Unito?», ripete Clemmy. «Oh, be', è facile. Al Maple Tree Manor. Ci sono stata al matrimonio di una mia amica ed era a dir poco grandioso. Ma è decisamente fuori dalla nostra portata».

«Il Maple Tree Manor?». Ryan manda un fischio. «Dovremo aprire un mutuo solo per pagare il catering!».

Sophie alza gli occhi al soffitto, pensierosa. Poi posa lo sguardo su Clemmy, con un sorriso raggiante. «Va bene, tu partecipa allo speciale per la rivista...», Sophie fa una pausa enfatica, «...e la società coprirà *tutti* i costi della location e del catering. Avrai un matrimonio a costo zero al Maple Tree Manor, la location dei tuoi sogni!». Sophie si appoggia allo schienale della sedia con aria trionfante e incrocia le braccia, senza togliere nemmeno per un istante gli occhi dal volto di Clemmy.

Clemmy diventa paonazza per la confusione. Guarda Ryan, che fa spallucce. È un ragazzo così alla mano; immagino che a lui vadano bene entrambe le soluzioni e che sia felice di far scegliere alla fidanzata.

«È magnifico», dice Clemmy, lentamente, rivolgendosi di nuovo a Sophie. «Puoi farlo davvero?».

Sophie scoppia a ridere. «Certo che posso. Sono il caporedattore. Spetta a me l'ultima parola, su tutto».

Clemmy deglutisce, ha l'aria combattuta. «Non saprei. Cioè, sembra meraviglioso. Ma io... io non sono sicura di essere abbastanza coraggiosa per apparire sulla rivista. Dovrò togliermi i vestiti per le foto del "prima"?»

«No, no, certo che no. Probabilmente avremo solo bisogno di qualche scatto di te in palestra o in tenuta da running».

Clemmy fa una risatina nervosa. «Prima dovrò comprarmi la tenuta da running».

«Clemmy, non farlo se non te la senti», dice Jed e dal tavolo si leva un brusio di approvazione.

In tono esitante, Clemmy propone: «Potremmo... io e Ryan... pensarci un po' su, Sophie?»

«Certamente». Sophie dà una scrollatina di spalle. La

osservo, è di profilo. Sembra rilassata, ma dalla piega decisa delle labbra si capisce che tiene molto a questa sua idea dello speciale per la rivista.

Per la prima volta, mi domando quanto dev'essere sotto pressione Sophie per continuare ad alimentare la curiosità dei lettori di «Dazzle». E quanto dev'essere sotto pressione per recitare la parte del caporedattore di una rivista di moda e bellezza. Lei rappresenta tutto quello che «Dazzle» ha da offrire in termini di stile ed eleganza. Suppongo che, per lei, una giornata in tuta, felpa e senza trucco sia impensabile.

Clemmy lancia a Ryan un'occhiata che lascia trasparire il suo timore, ma, al tempo stesso, anche la sua eccitazione.

«Mi piacerebbe vedere il Maple Tree Manor», dico. «È lontano da qui?».

Clemmy fa no con la testa. «È a sole venti miglia». Il suo sguardo si illumina. «Potremmo andarci e dare un'occhiata. Io, te e Poppy». I suoi occhi si posano per un istante su Sophie. «E ovviamente anche tu, Sophie», aggiunge con prontezza.

«Oh! Oh! Sembra che si possa fare quindi, Sophie», scherza Ryan.

Clemmy gli affonda un dito nelle costole per gioco. «Non ho ancora deciso, ma non c'è nulla di male nel dare un'occhiata, no?».

Le sorrido. «Proprio nulla».

«Tu ti dichiareresti mai a qualcuno, Roxy?», mi domanda, sorridendomi raggiante, all'altro lato del tavolo.

Smetto di masticare, sconvolta. "Come le è venuta questa domanda?".

La sala piomba nel silenzio e comincia a girarmi forte la testa. Sono dolorosamente consapevole che Jackson è seduto al fianco di Sophie. Avrei fatto volentieri a meno di questo promemoria della mia serata della vergogna.

Clemmy si rattrista. «Scusami, Roxy. Non volevo farti una domanda così personale. È colpa mia e del mio viziaccio di dire stupidaggini».

Scuoto la testa. «No, no, va tutto bene. Mi hai solo colta alla sprovvista, ecco tutto». Guardo Alex, che mi osserva con un'espressione tesa. Qui, lui è l'unico – oltre Jackson – a sapere che mi sono resa ridicola al riguardo.

Potrei dire la verità e mettere tutti i commensali in imbarazzo, soprattutto Jackson.

Oppure... potrei dimostrare a Jackson che l'ho dimenticato del tutto, ridendoci su.

Prendo un profondo respiro. Poi, lentamente, annuncio: «Una volta l'ho fatta la dichiarazione. Ma lui ha detto di no».

«Oh!», esclama Clemmy, inorridita.

«Ma poi mi sono svegliata e ho capito che era solo uno spaventoso incubo!».

Tutti sorridono sollevati. Tutti tranne Jackson (gli ho lanciato una rapida occhiata), che si limita a fissare con espressione cupa il piatto. Solo per un attimo, assaporo un'effimera vittoria su di lui. Almeno per una volta, è lui quello a disagio, non io!

«Ancora non ci credo», dice Clemmy, «di aver trovato il coraggio di fare a Ryan quella domanda. Non pensavo di essere così audace».

«Sei stata audace per davvero!», dice Jed con sincerità. Poi sorride e solleva il bicchiere per brindare a Clemmy.

Osservo Jed con curiosità. Intende dire che lui non sarebbe così coraggioso da fare la dichiarazione a Poppy? O solamente che non crede nel matrimonio? Qui gatta ci cova.

Clemmy si porta le mani sulle guance accaldate e sorride raggiante. «Ora però sono così felice di averlo fatto». Si rivolge a Ryan. «Immagina quanto sarebbe stato orribile se te l'avessi chiesto e tu mi avessi risposto di no. In tutta sincerità, avrei preferito morire!».

«Non ti avrei mai risposto di no, Clem». Ryan la prende per mano, fissandola con un'espressione adorante. «Penso tu lo sappia. Altrimenti non me l'avresti chiesto».

«Be', può darsi». Clemmy si rannicchia felice contro di lui.

Lancio un'occhiata a Jackson. È seduto comodamente al suo posto, ha l'aria rilassata, mentre tutto questo parlare di proposte di matrimonio mi fa infervorare, e non in senso positivo.

Tengo lo sguardo fisso sulle ginocchia, nauseata. Siamo solo a metà dicembre, il che significa che dovrò sopportare altri *undici* giorni di questa situazione imbarazzante.

Potrebbe rivelarsi il Natale più lungo della mia vita…

Capitolo 13

Il giorno successivo, mi alzo prima del solito e passo all'appartamento per prendere dei vestiti e il minimo indispensabile per il resto del mio soggiorno alla Log Fire Cabin.

Flo è già partita per le vacanze e nell'appartamento c'è un'atmosfera insolitamente fredda e un po' tetra. Per questo, mi sento di colpo felice di trascorrere il Natale altrove, anche se in compagnia di Jackson Cooper!

Sulla via del ritorno, mi focalizzo sulla mattinata che mi aspetta.

È il giorno dopo il disastro della palla di cannone al cioccolato – e per mia sfortuna un nuovo giorno significa un nuovo dolce. Accenno a Poppy che per stasera penso di preparare un crumble di mele, ma lei annuisce poco convinta e dice: «Mi sembra una buona idea, Roxy. Però sono certa che potresti ambire a qualcosa di più elettrizzante, che valorizzi al meglio le tue doti culinarie!».

«Ehm, già», gracchio, annuendo.

Nascondo il viso contratto per il panico e mi chino sul forno per controllare l'ultima infornata di mince pies.

"Cialtrona!".

Il crumble di mele è l'unico dolce che io abbia mai imparato a preparare, ma Poppy pensa che sia troppo insulso.

"Che cavolo faccio adesso?".

Scoprirà che sono una grande imbrogliona e a quel punto la nostra recente amicizia finirà. Questa consapevolezza mi rattrista molto. Ci conosciamo solo da pochi giorni, ma è come se fossimo amiche da una vita. Ci tengo da morire a non deluderla...

All'ora di pranzo, quando Poppy va al supermercato per comprare altre provviste, mi infilo il cappotto, esco e mi incammino sul prato coperto di brina, con una tazza di tè in una mano e un panino al prosciutto nell'altra. La neve caduta ieri non ha attecchito, ma le previsioni annunciano abbondanti nevicate nei prossimi giorni.

Rimango a fissare l'acqua, in cerca di ispirazione. Poppy mi ha detto di scriverle un messaggio con gli ingredienti di cui ho bisogno per il dolce di stasera... però non ho la minima idea di cosa preparerò, perciò non le scrivo.

«Un penny per i tuoi pensieri?». Mi prende un colpo quando la voce di Alex irrompe nel mio panico crescente.

Mi volto e lui dice: «Scusami. Non volevo spaventarti».

«Avevo la testa da tutt'altra parte», gli spiego in tono cupo. «Cercavo di decidere se preparare una torta al cioccolato o optare per l'alternativa».

«Che sarebbe?». Alex inclina la testa.

«Darmela a gambe. Perché, ammettiamolo, ogni volta che cerco di fare qualcosa di raffinato, combino un disastro».

«Non è detto».

Gli faccio una smorfia. «Ti dico solo questo: palla di cannone al cioccolato».

Alex sbotta a ridere. «Forse è meglio seguire le ricette che conosci già».

«Ma ne conosco solo due: il pan di Spagna farcito e il crumble di mele».

«Allora prepara un crumble di mele. Io lo adoro. È il mio dolce preferito».

«Secondo Poppy, non è abbastanza elaborato». Sospiro, sconfortata.

Alex annuisce lentamente. «Allora... preparali entrambi».

Rimango a fissarlo. «Cosa intendi?»

«Prepara una torta di mele e schiaffaci sopra un po' di pan di Spagna sbriciolato».

Rido. «Wow, riesci a farlo sembrare tremendamente invitante». Mi arrovello. Non sono convinta che funzioni, ma dato che non mi viene in mente niente di meglio, forse vale la pena tentare.

«Me la dai una mano? Per favore!», lo supplico e lui mi segue in cucina con un'alzata di spalle. «Devo controllare se abbiamo gli ingredienti».

«Va bene, cosa ti serve?». Si strofina le mani, poi raccoglie dalla fruttiera un paio di mele da tavola. «Abiamò le mele. Adèso sci sevvono la favina e il buvvo».

Mi precipito alla dispensa, sghignazzando per l'orribile accento francese di Alex e all'improvviso mi sento molto più felice. Con il suo aiuto, forse (e sottolineo, forse) posso risollevare la situazione e tirare fuori qualcosa di commestibile!

Ben presto abbiamo messo insieme una gran quantità di ingredienti, nonostante Alex continui ad "aiutarmi" tirandone fuori altri dalla dispensa.

«Un po' di salsa Worcester? O un goccio di scivoppo d'ascèro?».

Scuoto la testa. «Smettila di farmi ridere. È una cosa seria. Dev'essere pronto prima che rientri Poppy».

«*D'accord*, mia piccola schiavista».

«In effetti, non è una cattiva idea», ammetto, prendendogli dalle mani una bottiglia di sciroppo d'acero e tirando fuori dalla dispensa un vasetto di cannella. Utilizziamo la cannella con le mele per il ripieno delle mince pies e viene buonissimo. Forse quest'accoppiata renderà anche il mio crumble una vera e propria delizia!

«Noci?», esclama Alex.

«Sì, le compro in genere».

«No. Intendevo *queste* noci». Mi tira un grosso sacchetto e mi scappa un gridolino, temendo di non afferrarlo.

«Noci pecan. Buone. Ehi, ora forse cominciamo a ragionare».

Sorride. «Siamo una bella squadra».

«Vero». Gli rivolgo un sorriso timido e per un attimo mi batte più forte il cuore (forse perché provo sollievo a non dovermi più occupare di tutto da sola).

La porta si apre ed entra Jackson. «A quanto pare qui qualcuno si sta divertendo. Posso unirmi alla festa?».

Guardo Alex e ci scambiamo un sorriso imbarazzato.

«Alex mi stava solo aiutando con il dolce di stasera», dico a Jackson, ma l'interruzione mi ha un po' demoralizzata.

«Bene, ora che ti ho permesso di beneficiare della mia notevole esperienza», ironizza Alex nel dirigersi verso la porta, «lascio fare a te, Roxy». Arrivato alla soglia, si volta e mi rivolge un sorriso forzato, poi esce dalla cucina.

E io, a disagio, rimango insieme a Jackson. È strano, ma mi sento un po' in colpa… come se non dovessi far vedere a Jackson quanto mi stavo divertendo insieme ad Alex. Il che è ridicolo, ovviamente, perché Alex e io siamo solo amici e non c'è nulla per cui dobbiamo sentirci in colpa…

«Non immaginavo che fossi una pasticciera così brava,

Roxy», dice Jackson, esaminando gli ingredienti sul piano di lavoro.

Gli sorrido e decido di fare la faccia tosta. «Oh, sì. Il mio crumble ha vinto un sacco di premi. Stasera te ne farò assaggiare un po'».

«D'accordo. Allora, è meglio che ti lasci lavorare in pace. E ti dirò, non vedo l'ora di assaggiare il mio dolce, Roxy». Mi fa uno dei suoi sorrisi smaglianti e il doppio senso appena accennato nelle sue parole mi infiamma le guance.

Prima di uscire, si ferma. «Sono contento di vedere che vai così d'accordo con Alex», sottolinea alzando un sopracciglio, e se ne va.

Rimango a guardare la porta chiusa e ho quasi voglia di mettermi a ridere.

"Jackson è geloso?".

Ripensare a me e Alex che scherziamo e a Jackson che arriva e vede tutto, mi fa girare la testa. Sento addosso una strana inquietudine e non so perché. A meno che non sia dovuta all'assurdità della situazione.

Ciò nonostante, il pensiero del dolce che devo preparare per stasera basta e avanza a farmi concentrare – e poco dopo, sto già preparando l'impasto, al quale aggiungo le mele a cubetti, lo sciroppo d'acero, la cannella e le noci. Poi passo a preparare il delizioso crumble per guarnire la torta.

Come tocco finale, taglio un'altra mela a fettine finissime e le dispongo sulla torta a formare un motivo, infine guarnisco con alcune noci di burro e una generosa spolverata di zucchero di canna.

Dopodiché inforno l'impasto e incrocio le dita.

Quando sento Poppy rientrare, aleggia per la casa un fantastico profumino di mele miste a zucchero, burro e cannella. Non desidero altro che assaggiarne una fetta! Spero solo che oltre a essere buono sia anche bello.

«Dio, ha un profumo magnifico!», esclama Poppy, non appena mette piede in cucina. «Cos'è?».

Sto per estrarre la torta dal forno e mi blocco, pensando che avrei dovuto inventare un nome per il dolce. Poi, però, non appena Poppy posa gli occhi sulla parte superiore con le mele e il crumble dorato e croccante, esclama: «Oh! Sei un genio! Una torta crumble alle mele!».

Sorrido trionfante, stupita che il mio sia un dolce vero. Con un nome vero. Non me lo sono solo inventato, dopotutto! Mi sento così sollevata, avrei voglia di mettermi a ballare per tutta la cucina.

«Con cosa lo servi?», domanda Poppy piena d'entusiasmo, e non so cosa rispondere.

«Ehm, con la panna, credo. O forse con il gelato. Sì, con il gelato, decisamente».

Quando fa per uscire, per portare al piano di sopra parte della spesa, Poppy mi fa l'occhiolino. «Roxy, conoscendoti non sarà il vecchio e barboso gelato alla vaniglia!».

«Certo che no». La mia risata è un po' troppo acuta. Poi, non appena Poppy si allontana, corro verso il frigorifero a vedere che gusti ci sono.

Eh già, come sospettavo.

Nient'altro che la vecchia e barbosa vaniglia.

E adesso che faccio?

Mi viene subito in mente Alex. Se non fosse stato per lui, non sarei mai riuscita a inventare una torta che, a quanto pare, è già stata inventata! Forse tirerà qualcos'altro fuori dal cilindro…

Alla svelta, prima che Poppy rientri, mi precipito in

soggiorno dove Alex e Jackson se ne stanno stravaccati a guardare il calcio in TV.

Si voltano entrambi.

«Ehm, Alex, posso rubarti un attimo?».

Lui si alza dal divano sorridendo e risponde «*Absolument!*», con il suo tremendo accento francese.

«Qualcosa che non va con la torta?», domanda, quando non siamo più a portata d'orecchio di Jackson.

«No, in realtà va tutto bene».

Ci scambiamo uno sguardo colpito e ci diamo il cinque, in segno di vittoria.

«Ho bisogno di qualcosa con cui servirla», lo informo, guardandolo con ansia. «Qualcosa di davvero delizioso».

Alex annuisce e ci pensa su. «Del gelato».

«Abbiamo solo la vecchia e barbosa vaniglia».

Scrolla le spalle. «Potrebbe andar bene. Che ne dici della salsa al caramello?»

«Non ne abbiamo».

«Allora preparane un po'».

«Stai scherzando?». Lo guardo come a intendere che non ha tutte le rotelle a posto.

«No, in realtà no». Ride. «So per certo che mia mamma la prepara per il budino al caramello. Credo servano solo zucchero e burro. Cerca su internet».

La porta della camera da letto di Poppy si chiude e sentiamo il rumore dei suoi passi per le scale. Do un colpetto con il gomito ad Alex e sibilo: «Grazie, adesso potresti squagliartela, per favore? Sbrigati!».

Mi fa il saluto militare e un sorrisone feroce e si allontana prima dell'arrivo di Poppy.

Mi sento stranamente allegra e senza fiato, come se avessi appena preso parte a qualche operazione segreta e sotto copertura di qualche film della serie *Carry On*.

Tiro fuori alla svelta il telefono, cerco su internet e, come previsto, la ricetta della salsa al caramello sembra abbastanza semplice. Penso che persino *io* riuscirei a prepararla! Ci sono solo tre ingredienti: zucchero, burro e panna. E per fortuna, ce li abbiamo tutti.

«Ti va di fare una passeggiata intorno al lago?», domanda Poppy, rientrando in cucina. «Sono a pezzi. Credo di avere bisogno di un po' di aria fresca. E tu hai tutto l'aspetto di una che è stata indaffaratissima da quando sono salita di sopra».

«Oh, sì», confermo, con sincerità. «Sì, una passeggiata mi ci vorrebbe proprio».

"Preparerò la salsa al caramello più tardi".

È un pomeriggio freddo e rigido. Una violenta gelata ha regalato agli abeti uno scintillio simile a quello dei diamanti, così, per uscire, io e Poppy ci infagottiamo in abiti ancora più caldi.

«Hai più pensato se dirlo a Jed?», domando con circospezione, mentre passeggiamo al lato della stradina asfaltata. «Del bambino».

«No». Mi guarda preoccupata. «Non hai detto niente a nessuno, vero?»

«No, certo che no».

Passeggiamo in silenzio per un po', con il nostro respiro che nell'aria gelida forma piccoli sbuffi di vapore. Dalla pista di pattinaggio, il suono delle canzoni natalizie giunge fino al lago e mi rende un po' nostalgica e mi ricorda che mamma e papà festeggeranno il Natale a bordo di una nave. Di solito, in questo periodo, non vedrei l'ora di mettermi in viaggio verso la costa meridionale per trascorrere le festività insieme a loro. Questo sarà un anno anomalo.

«Forza, Clemmy!», incita una voce autoritaria. «Un po' più veloce».

Io e Poppy ci voltiamo al rumore di passi alle nostre spalle. Sophie sta facendo jogging per la strada con la sua caratteristica andatura, che per qualche ragione mi ricorda quella di un coniglietto pasquale saltellante. Clemmy la segue ansimando e sbuffando, a una certa distanza.

«Ne sarà valsa la pena quando riuscirai a infilarti quell'abito da sposa taglia 38!», la incoraggia Sophie. «Salve, ragazze», esclama, superandoci di corsa. «Vi va di unirvi a noi? Stronchereste la ciccia post-abbuffata natalizia sul nascere, prima ancora che abbia la possibilità di finirvi sui fianchi!».

«Ehm, no, stiamo bene così, grazie», risponde Poppy.

«Magari un altro giorno», aggiungo io.

Sophie ride. «Già, è quello che dicono tutti... e quel giorno non arriva mai! Clemmy, alza i piedi, per l'amor del cielo! Ti trascini come se fossi su un carrello».

Alla fine, Clemmy ci raggiunge, ma è troppo spossata per parlare. «Ho bevuto solo un centrifugato di broccoli e sedano. Come faccio ad allenarmi solo con quello?», ansima e dopo aver sollevato con strenuo sforzo la mano di qualche centimetro, si allontana barcollando. La saltellante Sophie è solo un puntino all'orizzonte, ormai.

«Povera Clemmy, le piace così tanto mangiare», commenta Poppy.

«Deve desiderare quella location con tutto il cuore per sottoporsi a una simile tortura!».

«La corsa, intendi?»

«No, essere la vittima sacrificale di Sophie!».

Poppy conferma con un mugugno. «Perché deve avere quell'aria così allegra quando corre?»

«Lo so. È del tutto innaturale».

Poppy decide di farsi una pattinata, io invece, pur

indossando i pattini, preferisco rimanere appoggiata al corrimano nell'area spettatori a osservare.

Sento una voce maschile nelle vicinanze e mi va il cuore in gola.

"Jackson?".

Mi guardo intorno, ma non si vede nessuno, per cui alla fine deduco di averla immaginata.

All'inizio, dopo esserci lasciati, vedevo Jackson ovunque. In un uomo slanciato con un familiare cappotto blu che camminava lungo il corso della città. Nel tipo con i capelli scuri rasati in fila davanti a me al supermercato. Su una rivista, in un volto dal sorriso così smagliante da poter illuminare tutta la stanza. Naturalmente, non si trattava mai per davvero di lui. Ma ogni volta, era un colpo al cuore. E a quanto pare, mi succede ancora!

Vorrei solo poter cancellare queste stupidaggini una volta per tutte.

Il guaio è che a un certo punto ho creduto per davvero che io e Jackson saremmo stati insieme per sempre.

E poi, puntuale come un orologio, mi viene un nodo alla gola nel ricordare i bei momenti passati insieme...

«Ehi, ciao!». C'è Alex al mio fianco. «Come sta l'inventrice della ganache di Ayers Rock e della torta crumble alle mele?».

Rido. «Grazie per essere venuto in mio soccorso... in entrambe le occasioni».

«Direi che te la sei cavata bene», bisbiglia, enfatizzando il gesto di guardarsi furtivamente alle spalle, come se possa esserci qualcuno a origliare.

«Quella palla di cannone al cioccolato era venuta bene, secondo me». Lo guardo con superiorità.

Annuisce. «A mio parere, i giudizi sono stati davvero ingiusti. Non assomigliava affatto a un mucchio di letame. Era più un ammasso di… comunque, non indaghiamo!». Mi fa un sorrisone ironico, così gli do un ceffone sul braccio.

«E io che pensavo che fossi dalla mia parte», mi lamento, fingendomi sconvolta.

«Lo sono, lo sono. In effetti aveva un sapore ottimo». Scrollo le spalle. «Immagino sia una bella lezione su come non si debba mai giudicare un libro dalla copertina».

«O una formazione rocciosa australiana, stranamente piatta, dalla sua glassa al cioccolato?».

Sorrido e affondo ancor di più le mani nelle tasche per ripararle dal freddo. «Pensavo che Sophie avrebbe riso come un'isterica alla sua battuta sul mucchio di letame».

«Era una torta buonissima, in realtà», afferma una profonda voce maschile alle mie spalle, facendomi trasalire.

"Jackson".

Stavolta, è davvero lui. Non l'ho immaginato.

Sorride prima ad Alex e poi a me, e viceversa. Poi posa lo sguardo sui miei pattini. «Che ne dici di fare un giro della pista?»

«Oh, no. Sono una schiappa. Rimarrò qui a guardare». Agito le braccia come a volerli scacciare, nella speranza che lui e Alex entrino in pista e mi lascino in pace.

Però non è da Jackson accettare un no come risposta.

Sorride ad Alex, mi afferra la mano e prima ancora che io abbia modo di protestare, mi conduce all'ingresso. Entrato in pista, si mette di fronte a me, mi prende le mani e mi attira a lui. Perdo l'equilibrio, ma mi tiene ferma. Sento il calore delle sue mani attorno alla vita e un attimo dopo stiamo pattinando insieme – o meglio, Jackson mi sospinge e io mi stringo a lui per salvarmi la pelle; la gran parte del tempo non ho nemmeno modo di mettere in pratica ciò che Poppy mi ha insegnato sul darsi la spinta con un piede alla volta. Jackson mi fa volteggiare sul ghiaccio e, dopo un po', mi accorgo che questo mi rilassa e comincio a provare una certa euforia.

La mano di Jackson attorno alla vita mi dà la sicurezza necessaria per correre dei rischi. Mentre pattiniamo in coppia, è lui la guida, proprio come lo è sempre stato nella nostra relazione.

Scivolando lungo il perimetro della pista, la brezza gelida mi punge le guance, che si accendono di un rosso splendente. Splendo anche nell'animo, mi sento al sicuro tra le braccia forti di Jackson e quando mi sorride, mi batte forte il cuore, come sempre. È come se noi due fossimo balzati indietro nel tempo e fossimo tornati a essere una vera coppia. Quasi riesco a dimenticarmi dell'esistenza di Sophie. Voglio continuare a volteggiare sul ghiaccio tra le braccia di Jackson per l'eternità...

Osservo le facce lungo il corrimano della pista e noto che Alex è rimasto a guardarci.

Ha un'espressione strana e quando lo saluto, gli ci vuole un po' per ricambiare. Al giro successivo, gli passiamo davanti e io gli faccio un sorriso sdolcinato, ma stavolta è già pronto con un entusiastico pollice alzato.

«Non startene lì», gli urla Jackson. «Entra in pista».

Provo a girarmi senza perdere del tutto l'equilibrio per vedere la reazione di Alex, ma all'improvviso vengo costretta a fermarmi bruscamente. Sono con la schiena contro il corrimano perimetrale e Jackson mi sta fissando con un'intensità che mi toglie il fiato.

Le sue braccia mi cingono ancora la vita anche se non rischio più di cadere e provo un gigantesco tuffo al cuore. Credevo che quel giro di pista fosse in onore dei vecchi tempi, ma ora, d'un tratto, gli occhi blu di Jackson mi fissano in un modo che è tutto fuorché indifferente e amichevole.

«Mi sei mancata, Roxy», dice, alzando la voce per sovrastare il volume di *Merry Christmas Everybody* degli Slade. Mi fa un sorriso sornione. «Non mi vergogno ad ammettere che per poco non morivo di paura quando mi hai chiesto di sposarti. E che pensavo di essere riuscito a lasciarmi alle spalle la nostra relazione e ad andare avanti. Ma trovarti qui mi ha fatto tornare alla mente tutto quanto. I nostri ricordi insieme. E ora...». I suoi penetranti occhi azzurri fissi nei miei mi rendono le ginocchia molli come budino, come sempre.

Ho il cuore in gola. «E ora?»

«Ora non riesco più a smettere di pensare a te». Mi guarda con una tale nostalgia che ogni parte del mio corpo fibrilla di una gioia incontenibile che pensavo di non provare mai più.

"A Jackson mancavo. Credeva di poter andare avanti, ma adesso non riesce più a smettere di pensare a me".

Lo guardo, ammaliata dalla sua dichiarazione che sembra uscita da una favola... pronunciata, tra tanti posti, proprio sul ghiaccio. È così romantico! Il suo viso si avvicina al mio e il cuore mi va su di giri perché capisco che sta per baciarmi...

Poi, all'improvviso, scorgo Poppy all'altro lato della pista. Se ne sta immobile sul ghiaccio a fissarmi e lo shock che le leggo in viso mi riporta con violenza alla realtà. Mi divincolo da Jackson e schivo con destrezza il suo bacio.

Che cavolo penso di fare lasciandomi trascinare di nuovo da lui? L'ultima volta che l'ho baciato davanti a un pubblico, è stato un completo disastro. Lo ammetto, quella volta il pubblico si aggirava intorno ai dieci milioni di spettatori, a differenza della cinquantina di persone che gironzolano per la pista oggi. Ma chi mi assicura che non accadrà di nuovo la stessa cosa?

Si direbbe che con il mio rifiuto abbia colto Jackson alla sprovvista. Immagino che non gli capiti molto spesso.

Mi allontano ancora di più con la scusa di guardare l'orologio. «E Sophie?», gli domando con noncuranza.

Jackson fa spallucce. «E Sophie, cosa?»

«Hai appena detto che ti manco. Credi sia giusto nei confronti di Sophie?».

Fa una smorfia. «Rilassati, Roxy. Voglio bene a Sophie, ma stiamo insieme da poco. Non è ancora una cosa seria».

«Non credo che lei la pensi allo stesso modo». "Trascorreranno lo stramaledetto Natale insieme! Più seria di così!".

«Può darsi. Ma se ne farà una ragione».

«Quindi questo significa che per te la nostra era una relazione seria?»

«Era seria come tutte le altre relazioni che ho avuto. Eri speciale per me, Roxy, e potresti esserlo di nuovo». Scrolla le spalle. «Se vuoi».

Mi guarda in un modo che mi fa battere forte il cuore. Ma una vocina dentro di me mi mette in guardia di non cedere al suo fascino perché finirà in tragedia.

Mi torna in mente Poppy; mi guardo attorno in preda all'ansia, ma lei non si vede.

«Forza. Andiamocene da qui», propone Jackson all'improvviso, afferrandomi per il polso e tirandomi verso l'uscita.

«Cosa?». Tento di oppormi. «Ma dove?».

Scrolla le spalle. «In qualsiasi posto. Faremo un giro in macchina, lontano da qui, così possiamo riallacciare i rapporti». Sul volto ha un sorriso birichino, al quale mi è stato sempre impossibile resistere. «Su. Lo sai che ti va».

Scuoto la testa. «No, Jackson. Oggi pomeriggio lavoro».

«Ma di sicuro ti meriti una pausa pranzo. Di' a Poppy che devi andare a comprare qualcosa a Guildford».

«Non posso». A stargli così vicina, mi martella il cuore nel petto, ma adesso i campanelli d'allarme suonano con maggior fragore.

Mi abbraccia e cerca di farmi girare su me stessa, ma quel movimento improvviso è fatale. Le lame dei pattini scivolano in avanti e io cado; la violenza con cui atterro sul ghiaccio mi fa venire le lacrime agli occhi.

Jackson mi sorride e mi tende la mano. Tuttavia, l'essere atterrata così bruscamente sul di dietro mi ha riportato alla realtà, in più di un senso. Non so cosa pensare della dichiarazione di Jackson, che afferma di voler tornare insieme. Una parte di me vorrebbe gettarsi tra le sue braccia e dimenticare tutto quello che è accaduto dopo la proposta di matrimonio. Eppure c'è qualcosa nel modo in cui mi ha riavvicinata che mi rende diffidente. Non si può dire che Sophie mi stia simpatica, ma la poveretta non merita di essere liquidata con superficialità come ha appena fatto Jackson. E non posso fare a meno di domandarmi se il suo estemporaneo ardore abbia qualcosa a che vedere con l'aver sorpreso me e Alex che scherzavamo in cucina.

Ignoro la sua mano tesa, poi mi metto in ginocchio come mi ha mostrato Poppy e mi rialzo. «Jackson, adesso devo tornare al lavoro».

Lui perde il sorriso. «D'accordo. Fa' come ti pare», mi risponde, incrociando le braccia. «Ci vediamo, Roxy».

Abbandonata sul ciglio della pista, lo osservo andar

via, con il cuore pesante. Avevo dimenticato che Jackson tende a mettere il broncio quando le cose non vanno come dice lui. D'altra parte, mi ha appena confidato quello che prova per me, perciò non posso biasimarlo se si sente deluso dal fatto che io debba tornare al lavoro.

Guardo l'orologio. Devo trovare Poppy e tornare alla baita. D'un tratto, la scorgo al chiosco che riconsegna i pattini e come una stupida decido di risparmiare tempo attraversando la pista invece di pattinare lungo il perimetro.

Sono a metà del mio tragitto lentissimo e irto di pericoli, quando una specie di grosso giocatore di rugby che sta pattinando all'indietro per far colpo sulla sua ragazza non mi vede e si schianta contro di me. Riusciamo a rimanere in piedi e lui continua a pattinare. Un attimo dopo, però, perdo il mio incerto equilibrio e cado.

Rimango seduta, mi guardo attorno in cerca di Jackson, provo a racimolare le forze per rialzarmi. Ma stavolta sembra un'impresa colossale. È come se tutti i sentimenti risvegliati dalla dichiarazione di Jackson mi avessero privata di ogni energia, e di punto in bianco sento che sto per scoppiare a piangere.

All'improvviso, sbucato fuori dal nulla, eccolo al mio fianco che mi tende la mano... e io la afferro con gratitudine, prima che lui mi aiuti a rialzarmi con un solo semplice gesto.

Alzo lo sguardo e gli sorrido riconoscente, sentendomi nuovamente al sicuro.

Ma non è affatto Jackson.

È Alex.

Capitolo 14

«Devi salvarmi in continuazione!».

Alex mi sorride. «Lo so. Spero di poterne fare un lavoro a tempo pieno».

«La richiesta è stata inoltrata». Mi massaggio miseramente la spalla. L'ho battuta piuttosto forte quando sono caduta sul ghiaccio.

Mentre Alex si china a raccogliere un guanto che qualcuno ha smarrito qui vicino, mi guardo rapidamente intorno nel tentativo di individuare Jackson. Niente da fare.

«È tornato all'hotel», dice Alex.

«Jackson?», domando con finta indifferenza, anche se sono tradita all'istante dal rossore del viso. «Ah! Capisco».

"Magnifico. Probabilmente Sophie è in camera loro a farsi la doccia, dopo essere andata a correre con Clemmy. No, no, non voglio nemmeno pensarci!".

I miei sentimenti mi confondono. Qualcosa mi dice che rimettermi insieme a Jackson sarebbe un grosso errore, allora perché il mio cuore sussultava di gioia quando Jackson mi ha detto che gli mancavo? Non dovrei essere turbata di saperlo insieme a Sophie adesso, nella loro stanza d'albergo – invece lo sono.

Il fardello della disperazione si abbatte su di me e quasi mi schianta di nuovo sul ghiaccio. Poi mi viene in mente qualcosa che mi fa stare anche peggio. In quel tumulto di emozioni, ho dimenticato che forse Poppy non è stata l'unica a vedere il nostro "quasi-bacio" sul ghiaccio. Senza dubbio anche Alex è stato testimone del modo in cui mi sono resa ridicola.

L'angoscia mi serra la gola. Alex mi è molto simpatico e mi sta a cuore quello che pensa di me – e di sicuro non avrà un'alta opinione, adesso. E se pensasse che voglio rubare Jackson a Sophie?

Tutta questa situazione è un gran casino, mi dico, strofinandomi sovrappensiero la spalla dolorante.

«Ti sei fatta male?», si preoccupa Alex. «Forse è il caso che dia un'occhiata alla spalla?»

«No!». Mi ritraggo atterrita.

Alex ha l'aria sconcertata, ed è comprensibile. Poi mi sorride perplesso e mi fa notare, con dolcezza: «Sono un medico, in fondo».

Scuoto leggermente la testa, sentendomi una sciocca. «Sì. È ovvio». Mi sforzo di ridere. «Perdonami! La spalla è a posto».

Annuisce lentamente. «D'accordo».

So che Alex si sta ancora domandando che cosa ha detto di tanto strano da scatenare una reazione così esagerata da parte mia, e d'un tratto mi rendo conto che sono stufa di nascondere a tutti la verità. Forse dovrei semplicemente raccontare ad Alex dell'incidente. Così capirebbe tutto.

Un attimo dopo, però, mi accorgo di non poterlo fare. "Le vecchie abitudini sono dure a morire…".

«È meglio che vada», gli dico quando scorgo Poppy ai margini della pista che mi attende. Alex mi posa una mano sulla vita e mi conduce da lei schivando abilmente i pattinatori che ci passano accanto.

Mentre passeggio verso casa insieme a Poppy, la conversazione è un po' tesa e so che lei si starà chiedendo cosa cavolo succede. Così, alla fine, tiro in ballo l'argomento.

«Comunque, quando mi hai visto avvinghiata a Jackson poco fa, in realtà non voleva dire proprio nulla».

«Ne sei sicura?». Poppy mi studia.

«Altroché! Stavamo solo... parlando dei vecchi tempi».

Mi sorride comprensiva. «Sarebbe più che normale se provassi ancora dei sentimenti per lui».

Sospiro. «Immagino sia così. Ho provato in tutti i modi a convincermi che Jackson è acqua passata, ma suppongo di non aver mai smesso davvero di amarlo».

«E anche per lui è così?»

«Ha detto che gli mancavo e che non riesce a smettere di pensare a me». Il mio battito accelera al ricordo.

«Bene, forse vi rimetterete insieme», commenta Poppy con dolcezza.

Solo a pensarci, sono pervasa da un'ondata di felicità. Non è così semplice, però.

«Prima deve dire a Sophie che è finita».

Poppy concorda. «Già».

Passeggiamo in silenzio per un po', entrambe immerse nei nostri pensieri.

Poi Poppy si lamenta: «Oh, Dio! Me ne stavo per dimenticare. Sophie ha minacciato di provare la presentazione davanti a noi, stasera. Per il libro su salute e bellezza che sta scrivendo».

«Forse se ne è dimenticata».

Poppy fa una faccia buffa. «Non ci resta che sperare».

Proprio quando stiamo per arrivare alla baita, un'automobile sfreccia verso di noi nella stradina. D'istinto, afferro Poppy per il braccio e ci lanciamo nella scolina, solo per vedere il conducente dell'auto frenare a secco e svoltare bruscamente a sinistra, nel parcheggio di fronte alla Log Fire Cabin. La vettura si ferma in uno stridere di freni, la portiera si apre e il guidatore ruzzola fuori.

«È Ruby», dice Poppy. «Oh, Dio! Deve aver superato l'esame. Dimenticavo che ha da poco compiuto diciassette anni. Adesso non ci sarà più verso di fermarla».

Mi volto verso Poppy per vedere se sta scherzando, invece sembra preoccupata sul serio.

Un attimo dopo, la portiera lato passeggero si apre e ne scende barcollando una donna più grande, dai meravigliosi capelli ramati. «Cristo santo, Ruby! E lo sai che non impreco mai». La donna si lascia cadere contro la fiancata dell'auto e fissa il cielo per qualche istante, come a voler innalzare una preghiera per il miracolo di essere ancora viva.

«Oh, smettila, mamma», sghignazza Ruby. «Non pensavi mica che avrei mantenuto una media di trenta miglia all'ora, vero? Dove sta il divertimento?»

«No, ma non mi aspettavo che le ruote si sollevassero per davvero da terra quando siamo passate sopra quei dossi laggiù!». Con una spinta, si allontana dall'auto. «Cristo, devo bere qualcosa!».

«Ciao Gloria. È bello rivedervi». Poppy va loro incontro e Gloria si tira su. Poppy fa le presentazioni, tentando nel frattempo di abbracciare Ruby, che si divincola con agilità.

«Grazie al cielo. Delle persone normali e sane di mente», sottolinea Gloria, dando un pizzicotto sulla guancia a Poppy e facendo a me un sorriso. «Non come mia figlia, che, a quanto pare, ha come passatempo preferito quello di farmi impazzire di paura».

«Tu sei già pazza, mamma, perciò che senso avrebbe?», ironizza Ruby. Si rivolge a Poppy e bisbiglia a voce abbastanza alta per farsi sentire da tutte e tre: «Mamma è entrata in menopausa e questo l'ha un po' ammattita».

«Ruby!». Gloria le lancia un'occhiataccia e agita energicamente la sciarpa leopardata davanti alla faccia, mentre un brillante rossore le accende le guance.

Ruby ridacchia. «Possiamo entrare? Zio Bob è già arrivato?».

È un sollievo rimanere in cucina con Poppy tutto il pomeriggio, al riparo dalla possibilità di imbattermi ancora in Jackson. Per quanto la cucina non sia più il luogo tranquillo che era quando sono arrivata, con Ruby che fa avanti e indietro per prendere da bere o un Babbo Natale di pan di zenzero.

«Quella ragazza mi manderà al manicomio!», borbotta Gloria entrando per preparare l'ennesima tazza di caffè forte. «Roxy, Ruby studia recitazione e ha deciso che vuole fare la stunt woman nei film».

Poppy si gira verso di me. «Bob è un architetto e ha progettato un elegante palazzo a cinque piani adibito a uffici... e Ruby ha fatto prendere un colpo a Gloria calandosi lungo la facciata come trovata pubblicitaria».

Gloria geme. «Oh, non ricordarmelo. Avevo il cuore in gola. Aveva solo sedici anni».

Poppy scoppia a ridere. «Però le foto sul giornale erano fantastiche!».

«Che c'è? Ancora a parlare di me?». Entra Ruby, incollata al telefono e seguita da Sophie.

«Va tutto bene», la rassicuro. «Mi raccontavano della tua discesa in corda doppia».

Ruby aggrotta la fronte. «Quella è roba da bambini. Io muoio dalla voglia di provare il *tombstoning*, ma a mamma per poco non è venuto un infarto quando gliel'ho detto».

Gloria la fissa minacciosa. «Non provarci mai più…».

Ruby sbuffa e spalanca il frigo. «C'è un po' di sidro? No, mamma, non la faccio quella cosa del tombstoning. Non sono così stupida, che tu ci creda o no. Troppa gente è andata incontro a una morte raccapricciante».

«Il tombstoning? Che cavolo è?», domanda Sophie.

«Oh, ci si tuffa in mare da una scogliera», spiega Ruby. Rimane a guardare Sophie. «Hai davvero la pelle così liscia o è merito dei cosmetici?».

Sophie le fa un sorriso compiaciuto. «È merito soprattutto della dieta sana e del programma di esercizi che sto sviluppando. Scriverò un libro al riguardo».

«Un libro? Wow!», esclama Ruby, colpita. «A me piace nuotare».

Sophie annuisce in segno d'approvazione. «Il nuoto è un'ottimo sport. Uno dei migliori, in effetti». Aggrotta la fronte. «Gloria, le donne mature non dovrebbero bere del caffè così forte. Specie se stanno andando in menopausa, ed è chiaro che è il tuo caso, a giudicare dal rossore del viso. Dovresti smettere subito e preferire, piuttosto, l'infuso di camomilla».

Gloria finisce di mescolare due cucchiaini stracolmi di zucchero nel caffè e ne beve un sorso, sollevando la tazza verso Sophie. «Be', sai che c'è? Cavolate! Si dà il caso che le gioie della vita siano poche. Perché mai dovrei iniziare a fare rinunce solo perché sto invecchiando?»

«Perché ti si vede sul viso?». Sophie fa scorrere il dito dal naso fino al mento. «Qui hai delle rughe che ti fanno sembrare più vecchia di quello che probabilmente sei, Gloria, e questo accade, in parte, perché hai la pelle molto disidratata».

Regna un silenzio pieno d'imbarazzo, mentre tutte cercano di non guardare le rughe di Gloria.

Persino Ruby sembra esterrefatta, una volta tanto.

Poppy ride. «Cavolo, si direbbe che tu abbia già cominciato la presentazione, Sophie!».

Sophie la ignora. «La caffeina fa malissimo per le rughe profonde, Gloria. Devi bere più acqua per rimpolpare le rughe. Specie intorno agli occhi, dove la pelle è sottilissima e più esposta ai segni del tempo». Dà un'alzata di spalle. «Ti aiuterebbe anche a perdere peso».

«Veramente? Be', grazie Sophie», risponde Gloria, in tono mellifluo. «Forse berrò più acqua. Ora, si potrebbe avere una mince pie, Poppy cara?»

«Certo». Poppy ne mette un po' nel piatto e comincia a distribuirle, proprio mentre entra Ryan.

«Qualcuno ha visto Clem?». Gli si illumina lo sguardo. «Oh! Le mince pies».

Poppy ridacchia. «Com'è che tu arrivi sempre nell'istante preciso in cui si serve da mangiare?».

Ryan sorride. «Ho fiuto per il cibo ipercalorico».

Prendono tutti una mince pie, tranne Sophie che scuote appena la testa disgustata.

«Che presentazione terrai, Sophie?», domanda Ruby, visibilmente affascinata, continuando a masticare.

Sophie manda indietro i capelli. «Sto scrivendo un libro che parla di salute e bellezza e mi sono offerta di parlarne un po', ma ho l'impressione che non interessi a nessuno».

«Ah». Ruby osserva Sophie con aria pensierosa per un istante. «Be', io adorerei ascoltarti», afferma.

Sophie sgrana gli occhi. «Oh, be', in tal caso lo farò».

Poppy attira la mia attenzione e ci scambiamo una smorfia.

«Magnifico!». Ruby mostra il pollice alzato. «Wow! E stai scrivendo un libro? Ma che figata!».

Sophie fa spallucce. «Be', si dà il caso che io sia la caporedattrice di una delle testate più di tendenza del Paese. Dovrei essere in grado di scrivere». Fa una risatina modesta e squillante.

Ruby aggrotta la fronte. «Aspetta. Sei Sophie Fairfax? Caporedattrice di "Dazzle"?».

Sophie accenna un sì con la testa, a quel punto la bocca di Ruby si spalanca per la meraviglia.

La porta si apre e Clemmy fa irruzione in cucina ansimando. Ha le guance arrossate per il freddo e delle grosse chiazze di sudore sotto le maniche della felpa rosa, nonostante il freddo che c'è fuori.

«Ciao, Gloria! Ruby! Bob è appena arrivato... dice che vuole dare una festa di fidanzamento per noi, Ryan! Non è carino da parte sua?».

Non posso fare a meno di rivolgere uno sguardo preoccupato a Poppy. Lei, però, sorride e propone: «Grande! Da mangiare lo prepariamo io e Roxy».

Clemmy scuote la testa. «Non ce n'è bisogno, Poppy. C'è questo posto fantastico che si chiama La foresta incantata che ha aperto a qualche miglio da qui. Sembra sia molto romantico e magico di sera. Sugli alberi ci sono dappertutto lucine e cose così. Bob conosce il proprietario e prenoterà lì una sala ricevimenti. Non è magnifico? Stavo pensando che sarebbe divertente una festa in maschera».

Ruby, che ha continuato a osservare Sophie con aria pensierosa sin dalla lezione impartita a Gloria sull'invecchiamento precoce, salta giù dallo sgabello. «Sembra interessante. Io mi vesto da Evel Knievel».

Clemmy fa la faccia delusa. «Oh, pensavo che potremmo mascherarci dai nostri film preferiti e indovinare quali sono».

Ruby sorride. «Tu e Ryan vi potete vestire da *La bella e la bestia*».

«Ehi, tu!», la richiama Ryan, fingendo di prenderla a scapaccioni.

«Non penso che Evel Knievel abbia recitato in qualche film», borbotta Ruby. «Magari posso vestirmi da Wonder Woman».

«Purché non te ne vada in giro a buttarti giù da grattacieli», ammonisce Gloria, «o da palazzi in generale, fa' come vuoi».

«Sophie, tu da cosa ti mascheri?», domanda Ruby.

«Be', non saprei».

Ruby rimane a riflettere per un attimo, poi punta il dito verso Sophie. «Elsa di *Frozen*», annuncia decisa.

«Io mi maschero da *Pretty Woman* – degli inizi», dice Gloria con tristezza. «All'inizio del film se ne va in giro a pavoneggiarsi senza molto addosso, così sarò in grado di ridurre al minimo le vampate».

«Se lo fai, non sarò più tua figlia», si lamenta Ruby. «E in ogni caso non assomigli per niente a Julia Roberts».

«Grazie, figlioletta cara».

Ruby si dirige verso la porta con il telefono incollato all'orecchio. «Chloe?», dice, mentre si allontana. «I vecchiotti daranno una festa di fidanzamento in maschera. Sì, Clemmy e Ryan si sono fidanzati. Oh! E indovina chi c'è qui? Sul serio, non indovinerai mai, perciò te lo devo dire io. Solo la caporedattrice di "Dazzle"!».

Sento il suono del portone d'ingresso che si apre e mi sforzo di ascoltare.

Filtra la voce di Ruby. «Oh! Ciao, zio Bob. E tu devi essere Jackson. Sono tutti in cucina».

Mi va il cuore in gola. Non posso affrontare Jackson adesso – soprattutto se c'è Sophie nella stanza.

Quando entrano in cucina, però, Poppy e Gloria vanno subito a salutare Bob, che è appena arrivato da Londra, mentre Jackson va da Sophie.

«Roxy, questo è Bob, lo zio di Jed», dice Poppy. «Lui e Jed sono soci. Bob, questa è Roxy, il mio personale angelo di Natale. Mi ha decisamente salvato la vita accettando di darmi una mano».

Bob mi guarda con affetto e mi stringe la mano. «Sul serio? Be', è un vero piacere conoscerti, Roxy».

Sorrido timidamente alle lodi esagerate di Poppy.

Bob ha l'aria simpatica. È un po' più grande di Gloria – sulla sessantina –, ma nonostante i capelli brizzolati, sembra molto più giovane della sua età, forse perché emana una bella ed esuberante energia. Poppy mi ha detto che Gloria ha divorziato cinque anni fa e ha conosciuto Bob poco più di un anno fa nella città dove vive, Newcastle, una sera che era uscita con "le ragazze". Bob si trovava nello stesso pub a bere qualcosa dopo un incontro di lavoro. Non possono essere più diversi, ma la loro relazione sembra funzionare.

Nella chiacchierata che segue, Jackson e Sophie sono coinvolti nelle presentazioni – e con un sospiro di sollievo, io sgattaiolo fuori dalla cucina e scappo in camera mia.

Capitolo 15

Mi butto sul letto e rimango a fissare il paralume.

In testa ho un turbinio di pensieri ed emozioni, simili a una girandola in una giornata ventosa.

Da quando, poco fa sulla pista, Jackson mi ha confessato i suoi sentimenti, la mia mente è in tumulto. Non pensavo che lo avrei mai sentito ammettere di essersi pentito di avermi perduta.

Me lo sono immaginato un sacco di volte: Jackson che capiva di aver commesso un grosso errore e mi supplicava di dargli un'altra possibilità. E in quegli scenari di fantasia, io lo riprendevo sempre con me. Perché tutti meritano una seconda possibilità.

Ma come mi sentirei se Jackson mettesse fine alla storia con Sophie per stare con me?

Ora, mentre fisso il soffitto, mi rendo conto che la risposta a questa domanda non è scontata come pensavo.

Non è che sto usando un eventuale senso di colpa nei confronti di Sophie come scusa per continuare a fuggire da una relazione seria con Jackson? Allo stesso modo in cui inventavo di continuo scuse quando stavamo insieme per evitare di diventare troppo intimi?

Con Jackson facevo quello che ho sempre fatto nelle mie relazioni.

Mi ripetevo che era troppo presto per fare sesso; che volevo aspettare almeno tre mesi prima di entrare in intimità con lui perché, a quel punto, il rapporto avrebbe avuto maggiori possibilità di durare.

Mi si riempiono gli occhi di lacrime cocenti.

Chi cavolo volevo imbrogliare? Era tutta una scusa e basta.

È tempo di guardare in faccia la realtà: anche se ero sconvolta quando è finita con Jackson, c'era una piccolissima parte di me che si è sentita effettivamente sollevata dopo la nostra separazione.

Perché allontanava la peggiore delle paure…

Il mio stupendo cane, Gus, è entrato nella mia vita quando avevo dodici anni.

Siccome ero figlia unica e vivevo in un piccolo borgo sul mare a tre miglia dal paese più vicino, conducevo un'esistenza decisamente solitaria. Avevo un po' di amici fidati, ma era complicato incontrarli dopo la scuola e credo che mamma e papà pensassero che un cane avrebbe costituito per me un buon compagno di giochi.

Dall'istante in cui portarono a casa dal canile Gus, il Border Terrier di due anni, io lo amai con tutto il cuore. Legammo immediatamente. Era il miglior amico che una ragazzina potesse avere e veniva con me ovunque.

Quella notte fatale – la notte in cui tutto cambiò per sempre – ero rimasta a dormire a casa di Flo. Era agli inizi di settembre e i genitori di Flo avevano organizzato un barbecue. Avevano invitato una cinquantina di ospiti, inclusi alcuni nostri vecchi compagni di scuola, e io portai con me Gus. Era il mio diciannovesimo compleanno e ricordo che ero molto eccitata, perché mi avevano accettato da poco a un corso di formazione per contabili presso una grossa società con sede a Londra. Avrei iniziato il mese successivo e mi ero organizzata per rimanere a Londra durante la settimana e tornare a casa nei weekend. Sapevo che Gus mi sarebbe mancato molto, così volevo approfittare di tutto il tempo che avevo a disposizione prima che Londra bussasse alla porta.

Ricordo che fu una bellissima serata. Tutti i nostri amici fremevano per un misto di eccitazione e ansia per il futuro, come accadeva anche a me e Flo. Ci sentivamo tutti alla vigilia di una nuova vita.

Se avessi saputo cosa mi aspettava, non mi sarei sentita così scioccamente entusiasta e felice.

A mezzanotte, erano già andati via tutti. Aiutai a risistemare, poi la mamma di Flo preparò del tè e andammo tutti a dormire.

L'incendio divampò alle prime ore del mattino.

Dormivo profondamente e fui svegliata dal rumore di Flo che bussava alla porta e urlava il mio nome.

Non appena aprii la porta, avvertii l'odore di fumo. Tuttavia, per un attimo rimasi imbambolata, ancora immersa nel mondo dei sogni. Forse anche quello era un sogno?

Poi Flo gridò: «Forza, dobbiamo uscire!». Mi afferrò per un braccio e mi trascinò fuori. La sua espressione terrorizzata mi spinse a reagire.

Mentre barcollavo giù per le scale, fui sopraffatta dal panico. Il fumo si levava già fino al primo piano ed entrambe non smettevamo di tossire quando raggiungemmo la porta d'ingresso e corremmo fuori per metterci in salvo in giardino.

Un attimo dopo, però, ormai in giardino a fissare il fuoco che avvolgeva un lato della casa, fui colta dallo sgomento.

"Gus!".

Mi guardai furiosamente attorno, ma di lui non c'era traccia, così lo chiamai urlando.

Nulla.

Con il cuore in gola, fissavo l'edificio in fiamme e dentro di me sapevo già quello di cui mi ero a malapena accorta.

"Gus dev'essere ancora in casa".

Prima che qualcuno riuscisse a fermarmi, mi precipitai alla porta e attraversai di corsa l'ingresso, urlando il suo nome come un'ossessa e cercandolo in ogni stanza. La porta della cucina era spalancata, all'interno le fiamme infuriavano. Il loro crepitio e la puzza di fumo mi fecero raggelare il sangue, ma sapevo che se Gus fosse stato là dentro a quell'ora sarebbe già uscito. Perciò era salvo, perlomeno. Stavo per andare di sopra a cercarlo, quando udii un suono.

Era così flebile nel violento crepitare delle fiamme. Ma lo udii.

Mi mozzò il respiro.

"Gus era nel ripostiglio! Di sicuro era in cerca di biscottini per cani, e deve essere rimasto intrappolato!".

Esitai solo per un attimo. Dopodiché, scovai una via d'accesso attraverso la finestra che non era stata ancora lambita dalle fiamme, ne approfittai e ci saltai dentro. Spalancai di botto la porta del ripostiglio e rimasi senza fiato quando la mia mano entrò in contatto con il metallo incandescente della maniglia.

Gus balzò fuori abbaiando e scomparve tra le fiamme.

Presa dal panico, gridai il suo nome e in quel momento fui gettata a terra da qualcosa di pesante. Caddi a faccia avanti e l'oggetto in fiamme piombò su di me. Fui investita da un dolore cocente. Un dolore che non avevo mai provato prima di allora. Gli abiti presero fuoco ed ero talmente sotto shock che tentai con tutta la forza di allontanare quell'oggetto senza sapere di cosa si trattasse, lo spingevo via anche se il bruciore mi faceva urlare per l'agonia.

E quando, finalmente, riuscii ad allontanarmi rotolando sulla schiena per spegnere le fiamme, senza saperlo mi ero avvicinata ancora di più al focolaio dell'incendio. Quell'intensa sofferenza e quel calore infernale erano diventati insopportabili.

Ricordo solo che una sagoma scura corse verso di me e urlò il mio nome.

Poi divenne tutto buio.

Ricordo di essermi svegliata e di essere stata colta dal panico perché ero immobilizzata. Gridai e tentai di muovermi, ma non ci riuscii. Dei volti incombevano su di me. Uno di loro, una ragazza dai capelli scuri, continuava a ripetere il mio nome e a dirmi che andava tutto bene e che dovevo rimanere immobile. Avevo avuto un incidente e mi trovavo all'ospedale. Ma sarebbe andato tutto bene.

Sapevo che era successo qualcosa di brutto, ma avevo una gran confusione in testa – provocata dai medicinali, scoprii in seguito – ed era come se cercassi disperatamente di recuperare dei frammenti di ricordi in mezzo a una fitta nebbia. Gli antidolorifici che assumevo erano potentissimi e non ottundevano solo il dolore fisico delle ustioni.

Tuttavia ricordavo di aver barcollato giù per le scale insieme a Flo. Di aver visto l'incendio. Di aver cercato Gus. Di averlo fatto uscire dal ripostiglio e di averlo chiamato quando era corso verso le fiamme…

«Gus!».

Cos'era successo a Gus? Dovevo andare da lui, ma non

riuscivo a muovermi per colpa di quegli stupidi bendaggi che mi avvolgevano strettissimi il braccio e la spalla.

L'infermiera dai capelli scuri fu lì in un batter d'occhio.

«Il mio cane. Cos'è successo al mio cane?», implorai.

Lei rimase perplessa. «Il tuo cane? Non lo so, Roxy. Però possiamo chiederlo ai tuoi genitori».

«Dove sono? Mamma e papà?». D'un tratto mi ricordai che non erano lì con me. Come mai? «E Billy?»

«Shhh, va tutto bene. Rilassati», mi tranquillizzò l'infermiera. «Sono fuori che aspettano. Presto potranno entrare».

«Ma io voglio vederli adesso. Possono dirmi di Gus», gemetti.

Penso che i farmaci mi avessero fatto perdere di nuovo conoscenza. Quando mi svegliai, seduta accanto al letto c'era mia madre. Sembrava stanca e grigia, come se fosse invecchiata di dieci anni in una sola notte.

«Roxy», sussurrò e mentre si chinava su di me per tenermi dolcemente per mano, una lacrima le solcò la guancia.

Nel vedere mia madre, anche il mio viso si rigò di lacrime. «Gus sta bene?».

Pronunciai quelle parole con profonda preoccupazione e quando mia madre fece sì con la testa, mi sentii infinitamente sollevata.

Mamma sorrise. «Il birbantello doveva essere terrorizzato, chiuso nel ripostiglio. Quando l'hai fatto uscire, è scappato fuori di corsa, che sia benedetto. Il papà di Flo ha detto che correva come un proiettile!».

Scoppiai a ridere, ma la risata si trasformò in pianto; a quel punto si avvicinò l'infermiera e disse a mamma che era ora che facessi un pisolino.

«È stato il papà di Flo a portarmi fuori?», domandai,

quando mi tornò in mente la sagoma scura china su di me.

«Sì. E io e tuo padre non lo ringrazieremo mai abbastanza». Mia madre rideva tra le lacrime. «Adesso rilassati, tesoro, e più tardi farò entrare papà».

«E Billy? Lo sa?».

Annuì. «Muore dalla voglia di vederti, ma al momento solo i familiari stretti possono entrare. Ti prometto che entrerà non appena possibile».

Distesa sul letto, dopo che mia madre se ne fu andata, mi misi a pensare che potevo sopportare qualsiasi dolore, ora che sapevo che Gus stava bene.

E presto Billy sarebbe venuto a trovarmi, ne ero certa.

Billy fu fantastico. Quando uscii dalla terapia intensiva e venni trasferita in reparto, Billy cominciò a venire tutti i giorni per tirarmi su di morale; di solito mi portava dei pensierini, come riviste e grappoli d'uva e, una volta, uno stupendo braccialetto con un ciondolo di giada, che sosteneva fosse dello stesso colore dei miei occhi.

Aveva appena iniziato a frequentare l'Università di Manchester e mi mancava da morire. Comunque, tutti i fine settimana tornava a casa in treno e io non avevo alcun dubbio che il nostro amore avrebbe resistito alla lontananza. Billy sarebbe rimasto a casa per tre intere settimane a Natale e avevo in programma di renderle davvero speciali.

Vivevo per le sue visite del fine settimana, soprattutto dopo l'inizio della difficile e spesso atrocemente dolorosa fisioterapia. Quando mi veniva voglia di mollare tutto, era il pensiero di Billy che mi spingeva a continuare.

Ero determinata a lavorare il più duramente possibile per ristabilirmi. Sapevo di dovermi sottoporre a degli innesti cutanei alla schiena, nonché alla spalla e al braccio destri, ma una volta finito, sarei potuta tornare quella che ero prima che l'incidente mandasse tutto in frantumi. Alla società di revisione contabile mi avevano tenuto il posto, perché, com'era logico, ero mancata alla prima giornata di corso. Sapevo che ce l'avrei fatta, perciò ero decisa a non abbattermi e a lavorare sodo con la fisioterapia.

Billy stava facendo nuove amicizie, i corsi gli piacevano, e io ero contentissima per lui. Un fine settimana di inizio novembre, tornò a casa tutto entusiasta per un viaggio a Dubai che stavano organizzando lui, i suoi amici e le loro ragazze.

«È il mese prossimo», annunciò controllando il telefono. «Per allora starai bene, no?».

Lo guardai rammaricata. «Non penso, Billy».

«Davvero?». Posò il telefono sul comodino e notai che aveva cambiato lo screensaver con una foto di gruppo, forse delle persone che frequentava all'università. «Ma non stavi facendo grandi passi in avanti con la fisioterapia?». Sembrava sinceramente perplesso.

«Be', sì, è così. Ma ci vorranno mesi, non settimane, prima che riesca a fare di nuovo delle cose normali, tipo andare in vacanza».

«Ah! D'accordo».

Aveva l'aria davvero delusa. Lo presi per mano. «Possiamo andare a Dubai noi due, solo io e te, quando starò meglio, no?». Sorrisi. «Magari potrò anche pagarti il viaggio, una volta che comincerò a guadagnare con il corso di contabilità».

«Sì, sì, certo». Diede un'alzata di spalle, come se per lui non facesse differenza.

«Allora non ci sei rimasto tanto male che stavolta non possiamo andare?».

Scosse la testa. «Devi pensare a rimetterti, Roxy. Adesso è questa la cosa più importante».

Sorrisi e mi chinai su di lui per baciarlo. Sapevo perfettamente che la strada verso la guarigione sarebbe stata tutta in salita. Grazie al cielo Billy lo capiva.

Mentre era uscito a prendere il caffè, presi il suo telefono e diedi un'occhiata alla foto dello screensaver. Al centro c'era Billy e sebbene non li conoscessi di persona, riconobbi subito i suoi nuovi amici, Evan e Mark, e le loro ragazze, Rachel e Tilly, dalle foto che Billy mi aveva mostrato in precedenza. C'era una ragazza dai lunghi capelli biondo ramato che non avevo mai visto e tenni a mente di domandare a Billy chi fosse.

Era davvero frustrante vedere Billy solo nei fine settimana in cui tornava a casa dall'università – e comunque sempre in un ospedale! Ma vedere quella foto di gruppo mi rese ancor più determinata a guarire alla svelta.

Sorrisi. Ben presto ci sarei stata anch'io in quelle foto, insieme a Billy e ai suoi nuovi amici.

Era lo sprone perfetto per continuare a lavorare sodo con la fisioterapia.

Sapevo che, con lesioni come le mie, se non si fa esercizio tutti i giorni, il corpo inizia a irrigidirsi e a perdere poco a poco le abilità motorie. Per questo, nonostante il dolore e la frustrazione costanti che provavo nell'essere confinata in un letto d'ospedale, mentre gli alberi al di là della finestra assumevano una magnifica tonalità rosso ruggine, riuscii a rimanere allegra e ottimista.

Eppure c'era una cosa che continuavo a evitare.

Non avevo chiesto di vedere le ustioni sulla schiena.

Mi ero abituata alle infermiere che mi cambiavano le bende tutti i giorni e all'aspetto che aveva assunto il mio braccio, tuttavia sapevo che la schiena era stata la parte più danneggiata dalle fiamme.

Così, un giorno, mentre toglievano le bende, chiesi di vedere quanto era grave l'ustione. Le due infermiere si scambiarono uno sguardo incerto, perciò dissi: «Sapete, prima o poi dovrò vederla, quindi tanto vale che lo faccia adesso». Sono sincera quando dico che pronunciai quella frase con una tale disinvoltura da poter fare concorrenza a Meryl Streep. Le infermiere non avrebbero mai immaginato in che stato di agitazione precipitavo solo all'idea.

Così, infine, mi fu concesso di vedere. E immediatamente desiderai di non averlo fatto.

La mia schiena, un tempo liscia e priva di imperfezioni, adesso era ricoperta da un'orribile massa di tessuto cicatriziale. La lesione si estendeva fino alla scapola e si snodava intorno alla spalla e lungo il braccio destro.

D'un tratto, avvertii una sensazione di stordimento e credetti davvero di stare per svenire.

Fu in quel momento che compresi di essermi illusa. Mai e poi mai sarei tornata la persona che ero prima dell'incidente. Il mio corpo era deturpato. I miei giorni spensierati erano finiti.

Notando un movimento, una delle infermiere guardò dietro di me. Rimase di sasso. «Billy», disse.

Provai una stretta al cuore. Oddio! Non volevo che Billy mi vedesse così... non senza averlo avvertito. E non finché le lesioni non avessero avuto almeno la possibilità di guarire. Se non altro, però, ora Billy sapeva quanto era grave. Mi aveva vista nel momento peggiore e adesso potevamo andare avanti...

Non mi voltai. Soprattutto perché qualsiasi movimento mi provocava dolori atroci e prima di compierne uno dovevo sempre prepararmi psicologicamente. Ciò nonostante, Billy sgattaiolò fuori lo stesso mentre le infermiere cambiavano le bende e mi facevano indossare la larga camicia da notte. Poi uscirono e Billy rientrò e si sedette sulla sedia accanto al letto, fissando il pavimento, con le spalle incurvate, come se stesse evitando di guardarmi.

Lo presi per mano. «Va tutto bene, Billy. Ha un aspetto peggiore di quello che è in realtà. Davvero. Quasi non mi fa più male ormai». Volevo rassicurarlo a tutti i costi, così si sarebbe sentito più a suo agio. «Gli innesti cutanei ci metteranno un po' a guarire, ma presto tornerò alla normalità».

Alzò gli occhi e mi rivolse un sorriso freddo. «Certo che lo farai, Roxy».

Nelle settimane successive, mi ritrovai spesso a pensare alla vacanza insieme a Billy, solo lui e io. Avevo calcolato che se prenotavamo per gli inizi dell'estate avrei avuto tempo a sufficienza per guarire e ricominciare a condurre una vita normale. Siccome sapevo che Billy sarebbe venuto a trovarmi il sabato mattina, mi feci portare da mamma dei cataloghi per sfogliarli insieme.

Mi sentivo positiva ed entusiasta quando Billy entrò nel reparto, quella mattina. Mi aiutò a sedermi su una sedia a rotelle e mi spinse fino alla sala comune che per fortuna era vuota.

Mi fece accomodare su una sedia e si sedette accanto a me.

«Pensavo che potremmo prenotare un viaggio a Dubai per l'anno prossimo», proposi, sfogliando entusiasta il catalogo sulle mie gambe e mostrandogli un hotel che avevo scelto.

Billy prese il catalogo e osservò la pagina.

«Che ne pensi?», domandai.

Annuì con aria assente e continuò a fissare il catalogo. Mi domandai se fosse successo qualcosa, perché sembrava distratto, come se non stesse neppure guardando l'hotel.

Ripresi il catalogo. «Scusa, sei appena arrivato. Non c'è fretta. Pensaci su e tra un paio di settimane, quando tornerai, organizzeremo qualcosa, va bene?»

«Non sarò qui tra due settimane». Lo bisbigliò rivolto al pavimento, perciò quasi non capii.

«Eh?». Lo guardai sorpresa. «È successo qualcosa all'università?».

Deglutì e si osservò con attenzione le unghie prima di alzare finalmente lo sguardo. «È il fine settimana a Dubai».

Mi sentii schiantare il cuore. "Aveva ancora intenzione di partire?".

Billy scrollò le spalle. «Avevo già prenotato e pagato i voli. Sarebbe un peccato mandarli sprecati», disse, grattandosi il naso e comportandosi in modo stranamente sfuggente.

Ci riflettei e mi resi subito conto che aveva ragione.

Naturalmente detestavo l'idea di non poter partire per un'avventura a Dubai con Billy e i suoi nuovi amici, ma sarebbe accaduto solo stavolta.

«Va bene», acconsentii. «È logico. Verrò la prossima volta». Sorrisi e gli presi la mano, felice per lui dopo lo shock iniziale. Trascorrere i restanti fine settimana in ospedale per venirmi a trovare non era proprio lo spasso del secolo. «Ti divertirai un mondo, ne sono sicura».

Allora mi venne in mente una cosa. «Ma il mio biglietto? Parte qualcun altro al posto mio?».

Ci fu un breve silenzio.

«Ehm... Natalie», rispose.

«Chi è Natalie?»

«Lo sai. Natalie. La migliore amica della ragazza di Evan».

«Ah! Non ti ho mai sentito parlare di questa Natalie».

Billy s'incupì. «Davvero? Sono sicuro di averti parlato di lei». Divenne paonazzo.

Scossi la testa. «No che non l'hai fatto. Ma non importa».

Ripensai alla ragazza dai capelli biondo ramato sullo screensaver di Billy. Era quella Natalie? Perché Billy non mi aveva mai parlato di lei? Parlava sempre degli altri ragazzi. Allora perché di lei no? E perché adesso faceva di tutto per evitare di guardarmi negli occhi?

Fui colta dal panico.

Ma ripetei a me stessa di stare calma. Ero troppo suscettibile. Billy mi amava. Eravamo pazzi l'uno dell'altra sin da quando ci eravamo messi insieme, due anni prima.

Poi Billy fece un pesante sospiro e disse: «Roxy, dobbiamo parlare».

Lo guardai angosciata, con il cuore in gola.

Alla fine, riuscì a guardarmi in faccia. «Io... esco con Natalie. È simpatica e andiamo d'accordo. E con lei è... non lo so... *semplice*». Allargò le braccia come se, per lui, questo colpo di scena fosse sconcertante quanto lo era per me.

Rimasi a guardarlo, non credevo alle mie orecchie.

«Mi dispiace, Roxy. Non sapevo come dirtelo, ma penso sia meglio così». Si sforzò di sorridere. «Hai bisogno di tempo per guarire. E io ho gli esami, perciò non potrò continuare a venire nei fine settimana. È più semplice se ognuno va per la propria strada».

Mi venne un nodo alla gola. «Da quant'è che esci con questa Natalie?», domandai con voce rotta.

«Non da molto». Si guardò le mani. «Un mese circa».
«Un mese?!».
Scrollò le spalle, sembrava mortificato, ma non rispose.
«E con lei è *semplice*, vero?». Scoppiai in una risata amara. «Invece, con me è difficile e noioso perché mi sono andata a ustionare e non posso uscire da questo maledetto ospedale?».
Billy si rabbuiò. «Adesso stai facendo la melodrammatica».
Rimasi a guardarlo, incredula, e mi domandai se lui mi avesse mai amata davvero. Se mi aveva amato, in quel momento di sicuro avrebbe voluto stare con me, aiutarmi a superare il periodo peggiore della mia vita, no?
A quanto pareva, no.
Voleva volarsene a Dubai con Natalie!
«Non potevi dirmelo che ti scopavi un'altra?», reclamai. «Invece di lasciarmi pensare che tra noi andava tutto a gonfie vele?»
«Te lo sto dicendo adesso, Roxy», borbottò.
Le lacrime cominciarono a rigarmi il viso e io le asciugai con rabbia. «Come puoi farmi questo? A noi? Dopo tutto quello che siamo stati l'uno per l'altra? Non mi ami più?».
Billy abbassò lo sguardo sul pavimento, si passò lentamente una mano tra i capelli.
Allora ebbi una folgorazione.
«Sono le ustioni, vero? Non sono più bella come prima, perciò non ti interesso più. Non ti piaccio più. Invece è ovvio che Natalie ti piace!». Afferrai il suo telefono dal tavolo lì vicino, ma mi cadde dalla mano tremante e finì sul linoleum. «È lei quella sullo screensaver?», volli sapere, indicando il telefono mentre Billy lo raccoglieva. «Immagino che avrei dovuto chiedermi perché non avevi una *mia* foto sul telefono!».

A quel punto, i miei nervi cedettero del tutto. Billy tentò di mettermi un braccio attorno alle spalle, ma mi fece male. Gridai di dolore e lui si tirò indietro. E poi cominciai a urlargli addosso di andarsene e che non volevo vederlo mai più.

Se ne andò senza dire una parola. E fu allora che il mondo mi crollò addosso.

Credo di aver saputo sin dall'inizio che Billy non sarebbe stato in grado di accettare la nuova me: la persona traumatizzata e infelice che ero divenuta dopo l'incidente.

Durante le settimane e i mesi pieni di angoscia che seguirono, mi ripetevo che ero felice che Billy se ne fosse andato. L'ultima cosa che desideravo era stare con un uomo che mi compativa e provava disgusto per le mie cicatrici...

Capitolo 16

Sono decisamente agitata quando servo la mia torta crumble alle mele, ma con mio enorme sollievo nessuno si mette a ridere – neppure Sophie! In effetti, sembrano tutti molto colpiti.

Faccio girare tra i commensali il bricco di salsa al caramello che ho preparato senza intoppi e i mormorii di approvazione sono un balsamo per la mia anima irrequieta.

Il momento migliore è quando Alex mi fa l'occhiolino mentre nessuno ci guarda. Be', ho detto così, ma non appena smetto di sorridergli, mi volto verso Jackson e lo sorprendo a osservarmi con un'espressione strana. La sua non sembra propriamente gelosia. Piuttosto, sembra divertito, come se stesse tramando come spostare la mia attenzione da Alex a lui…

Dentro di me, gemo. Tutta questa situazione con Jackson è fin troppo complicata.

Dopo aver mangiato il dessert, che con mia sorpresa va giù che è una meraviglia, ci riuniamo tutti – chi più, chi meno entusiasta – in soggiorno per la presentazione del libro su salute e bellezza di Sophie.

Sono decisamente curiosa di ascoltare ciò che ha da dire. Purtroppo, però, l'esposizione di Sophie ha un ritmo alquanto monotono che ti fa concentrare più sul suo singolare tono di voce che su quello che dice. Di conseguenza, comincio ad appisolarmi sul bordo del divano e Poppy è costretta a darmi una gomitata per farmi svegliare.

«Perciò un delizioso centrifugato di sedano e broccoli è per tutti il modo perfetto per iniziare la giornata!», sta spiegando Sophie. Mostra un pacco di sedano e un cespo di broccoli, come se stesse facendo scoprire per la primissima volta la verdura a noi selvaggi. «Magari con un pezzettino di carota per conferirgli un sapore più dolce». Mette via gli altri ortaggi e con il mignolo alzato mostra una carota con il sorrisetto compiaciuto di chi mette sempre in pratica ciò che predica.

Poppy, schiacciata contro di me sul divano, con Ryan e Clemmy dall'altra parte, si china di qualche millimetro e mi bisbiglia: «Indovina che vorrei farci con quella carota».

Camuffo una risata con un colpo di tosse.

Ruby, che è seduta con le gambe incrociate sul pavimento e pende dalle labbra di Sophie, si gira e mi guarda storto.

«E se dovete fare uno spuntino, cercate di mangiare come i bimbi», afferma Sophie. «Pensate a degli stuzzichini, come delle carote a bastoncini, dei pomodori ciliegini e dei cubetti di melone: tutte cose che i bimbi della materna hanno nei portapranzo».

Ruby alza la mano e Sophie le fa un sorriso. «Sì, Ruby?»

«Mi domandavo... quando dici che va bene mangiare come i bimbi, vuoi dire che possiamo fare colazione al McDonald's?».

Ryan sbotta in una fragorosa risata e Jed gli va dietro.

Sophie ignora di proposito i ragazzacci in fondo alla classe e sorride paziente a Ruby. «Be', no, Ruby. McDonald's è più che altro un fast-food. E la roba del fast-food mette a soqquadro l'apparato digerente. Te lo sconsiglio proprio».

«Ah! D'accordo». Ruby si volta e ci guarda tutti storto. «Era solo per chiedere».

Lancio un'occhiata ad Alex per vedere la sua reazione. È riuscito a rimanere serio. Jackson non alza lo sguardo dalle ginocchia nel tentativo di non sorridere, cosa che, per ovvi motivi, seccherebbe Sophie. Si volta verso di me, e io guardo altrove.

Continuo a sorprenderlo mentre mi sbircia con la coda dell'occhio. Mi fa sentire a disagio, perché Sophie è seduta proprio lì... eppure, al tempo stesso, ogni volta sento un tuffo al cuore. A cena era seduto di fronte a me, il che mi metteva davvero in imbarazzo, e sentivo le dita gonfie come salsicce che mi impedivano di utilizzare forchetta e coltello come si deve.

Dopo la presentazione di Sophie, dico a Poppy che mi sento a pezzi e mi dirigo in camera mia, nella speranza di sfuggire alle attenzioni di Jackson. Non appena arrivo in cima alle scale però mi sento chiamare, e quando mi volto, Jackson sta salendo i gradini due a due per raggiungermi.

«Hai pensato a quello che ti ho detto?», mi chiede posandomi una mano sulla vita.

Annuisco, con il cuore che batte all'impazzata.

«Allora, che ne pensi? Ti sono mancato?», mi domanda con dolcezza.

«Certo». Deglutisco. «Ma questo...». Faccio un gesto evasivo con il braccio. «È tutto un po' improvviso. Cioè, iniziavo a dimenticarti e ora...».

Mi sorride. «E ora?».

I nostri sguardi si incontrano e, di botto, faccio fatica a respirare. Tutte le farfalle del mondo hanno spiccato il volo nel mio stomaco. Jackson riesce sempre a farmi sentire così. È una sensazione talmente piacevole e familiare, e una parte di me non desidera altro che gettarsi tra le sue braccia.

«Jackson? Sei lassù?». La voce di Sophie risuona su per le scale.

Mi aspetto che lui se ne vada all'istante, invece rimane e mi guarda con un grande sorriso nostalgico. «Scendo subito», risponde alla fine.

«D'accordo. Be', non metterci troppo».

Lo scalpiccio dei suoi tacchi all'ingresso si fa sempre più lontano e io ricomincio a respirare.

«Tu non sei libero di stare con me, Jackson», gli faccio notare. «E Sophie?».

Sospira. «Le voglio bene, ovvio. Ma… tu sei diversa, Roxy».

«Sì», scherzo. «Peso quasi venti chili di più e non ho un briciolo di gusto nel vestire».

«Ma sei così dolce. Lo pensano tutti. E sei molto bella, a modo tuo».

«Già». Cerco di non stizzirmi per il suo totale fallimento nel contraddire l'accurato riepilogo delle differenze tra me e Sophie. E nell'apprezzare la mia battuta. Nonostante questo, è un momento molto romantico, in realtà. Forse non è il caso di fare battute.

«Ieri sera Jed e Alex parlavano di che persona straordinaria tu sia».

«Davvero? Che ha detto Alex di me?», domando. «E Jed?», aggiungo, provando un improvviso sollievo.

"Alex non ha una cattiva opinione di me, dopotutto! Nonostante mi abbia quasi sorpresa a sbaciucchiare Jackson sulla pista di pattinaggio!".

«Oh! Ti hanno elogiata», risponde evasivo.

«Non lo so, Jackson. La rapidità con cui hai voltato pagina mi ha sconvolta. Mi ha dimostrato che non mi hai mai amata con la stessa devozione totale con cui ti amavo io».

«Mi amavi? Al passato?». Jackson sembra sinceramente costernato. «Ti prego, dimmi che mi ami ancora, Roxy. Chiuderò con Sophie, se serve».

Rimango a guardarlo, perplessa.

Non sono una fan accanita di Sophie, ma lei non merita affatto di farsi rovinare il Natale così. E c'è qualcos'altro che mi assilla in questa affermazione, per quanto la mia mente ora sia troppo confusa per capire cosa sia.

Eppure non si può negare quello che provo anche solo standogli vicina.

«Jackson?». È di nuovo Sophie che attraversa l'ingresso facendo rumore con i tacchi.

«Arrivo, principessa», risponde Jackson. Si volta e in un lampo è già per le scale, lasciandomi più confusa che mai.

Vado a letto e faccio qualche respiro profondo per placare i pensieri che mi frullano in testa. Due ore più tardi, però, sono ancora sveglissima, come se avessi bevuto un'intera caffettiera della fortissima miscela brasiliana che beve Alex.

Alla fine ci rinuncio, mi infilo vestaglia e pantofole e scendo al piano di sotto. È l'una passata e dormono tutti. Mentre attraverso in punta di piedi l'ingresso immerso nel silenzio, vedo le piacevoli braci nel caminetto e sono tentata dal loro bagliore accogliente, perciò entro in soggiorno e mi dirigo verso il divano più comodo.

Quando sto per gettarmici sopra, mi accorgo che qualcuno è arrivato prima di me.

Con indosso un paio di jeans, ma a piedi nudi, Alex se ne sta sdraiato sul divano con le mani intrecciate a sorreggere la testa e fissa le fiamme. Sembra immerso nei suoi pensieri, per cui aspetto un attimo prima di annunciare la mia presenza.

Colto di sorpresa, alza lo sguardo e vedendomi, sorride e cambia posizione per farmi spazio. «Ehi! Che ci fai ancora sveglia? Non riuscivi a dormire?».

Scuoto la testa. «Tu piuttosto, perché sei ancora qui? Non dovresti essere all'hotel?».

Mi sorride. «Nella mia solitaria camera singola, vuoi dire? Nella minuscola cameretta che affaccia sui bidoni?»

«Ah!». Annuisco, rannicchiandomi all'altra estremità del divano. «E scommetto che hai pagato un extra per questo privilegio».

«Hai colto nel segno». Si china verso di me, stende le braccia e le gambe lunghe ed emette un lungo brontolio che si trasforma in uno sbadiglio. «No, è solo che qui stavo comodissimo e non mi andava proprio di alzarmi».

«Finché non sono arrivata io a rovinarti la pacchia».

Mi osserva, pensieroso. «Non la metterei così».

«Sembravi così assorto. Mi dispiace di aver interrotto qualche ragionamento brillante».

Gli sfugge una breve risata, poi recupera il suo bicchiere di whisky. «Nulla per cui proveresti interesse», risponde con un sorrisetto strano, prima di fare un lungo sorso di whisky. «Ti va di farmi compagnia?». Alza il bicchiere.

«Uhm, sì, grazie». Un goccetto potrebbe aiutarmi a dormire. «Solo un goccio, però».

Alex balza in piedi in un effluvio di qualche delizioso profumo da uomo e mentre lui non c'è, mi accomodo contro lo schienale del divano e rimango a guardare il fuoco.

Torna e mi porge un bicchiere. Poi si siede, recupera il suo e insieme ci mettiamo a osservare il caminetto.

«Come va tra te e Jackson?», mi domanda, dopo un po'. «Pensi che potreste tornare insieme?».

Lo guardo, colta alla sprovvista. «Cosa te lo fa pensare?». "È così evidente che c'è ancora qualcosa tra me e Jackson?".

Alex scrolla le spalle. «Ho solo l'impressione che tra di voi ci siano delle questioni in sospeso, ecco tutto».

Evito il suo sguardo, fingendo di essere affascinata dalle fiamme. «Con la top model Sophie sulla scena? Non credo proprio». Tento, ma senza successo, di mantenere il mio tono privo di amarezza.

«Non buttarti giù. Hai un sacco di doti che lei non ha», mormora lui. «Tu sei molto… *diversa*».

«Sì, peso quasi venti chili di più e non ho un briciolo di gusto nel vestire», dico, ripescando la battuta che prima era caduta nel vuoto.

Alex ride. È un bel suono profondo che si fonde con il crepitio del fuoco e placa la mia anima agitata. «Non volevo dire questo. E lo sai». Scuote un dito, fingendosi arrabbiato con me.

«Be', anche tu meriti di essere felice, dopo la… ehm… rottura del fidanzamento».

Sorride con nostalgia e si passa una mano tra i capelli biondo scuro. «Ti riferisci a Milly».

«Nome adorabile».

«Ragazza adorabile», dice di tutto cuore. «Solo che non era fatta per me, come si è scoperto».

«Cos'è successo, se posso chiederlo?»

«Certo che puoi chiederlo», mi risponde dolcemente.

«Hai qualcosa sulla guancia, comunque». Indica il punto esatto sul suo viso.

«Sarà mascara». Mi lecco il dito e provo a strofinarlo via. «Tolto?»

«Tolto. Ma ne hai un altro po' qui». Indica un punto vicino all'orecchio e mi metto a strofinare anche lì, prima di rendermi conto che mi sta prendendo in giro.

«Scemo». Rido. «Ce l'avevo davvero il mascara sulla guancia?».

Sorride. «Sì. La prima volta».

«Allora, che mi dici di Milly?»

«Ah, sì. Milly». Si sgranchisce con fare indolente e noto i muscoli ben definiti delle sue braccia.

«Non stavi mica cercando di sorvolare sull'argomento, vero? Con le tue tattiche di distrazione con il mascara?».

Alex arriccia le labbra pensieroso. «Può darsi».

«Allora, cos'è successo? Scusa, non sei tenuto a dirmelo, se non vuoi».

«No, mi fa piacere».

Sorrido. «Forse è un po' macabro, comunque da quando io e Jackson abbiamo rotto, mi affascinano i racconti delle separazioni altrui».

«Svitata».

«Lo so. Tra simili ci si intende, però».

Cambia posizione e appoggia il gomito allo schienale del divano per sorreggersi la testa. «Allora, Roxy, per soddisfare la tua passione per il macabro... Milly era l'amore della mia vita. Non era una bellezza convenzionale e di certo non era una top model, ma lei corrispondeva alla mia idea di perfezione assoluta. Era bizzarra e interessante e un po' imprevedibile. E le piaceva intrecciarsi i capelli e tingerli di un colore diverso praticamente tutte le settimane. Sono sicuro che in molti pensassero che *lei* fosse una svitata. Non che me lo venissero a dire. Ovvio. Ma io amavo la sua sagacia e il fatto che non prendeva mai troppo sul serio la vita. E la sua lealtà incondizionata alle persone e alle cose in cui credeva. E il fatto che non teneva mai il broncio dopo una lite. Lei esplodeva, ma poi la questione era chiusa. Era adorabile». Alex sorride nostalgico. «Lo è ancora, suppongo».

«Dev'essere straordinaria. Deve mancarti un sacco».

«Mi è mancata. Terribilmente. Per molto tempo. Ma sapevo che alla lunga non avrebbe funzionato».

«Perché no?».

Scrolla le spalle. «Volevamo cose diverse. Lei ha messo in chiaro sin da subito che non voleva figli e, all'inizio, mi stava bene. Milly voleva viaggiare per il mondo, non essere incatenata in un posto con dei bambini. Io, però, vengo da una famiglia numerosa, ho due fratelli, una sorella e frotte di nipoti… e l'idea che non sarei mai riuscito a diventare un papà cominciò ad assillarmi. Così, alla fine, il problema divenne troppo ingombrante per ignorarlo». Fa una pausa. «Ma tanto di cappello a lei. È stata coerente con ciò che desiderava di più e l'ammiro per questo».

Annuisco con una certa tristezza, e penso a Milly, che è chiaramente un tipo di persona fuori dal comune. Non sono molte le donne che rinuncerebbero all'amore di un uomo meraviglioso come Alex per seguire i propri sogni e ideali.

«Che peccato! Le mancherai un sacco».

Alex sospira. «Può darsi». Poi sorride. «Non le mancherà il fatto che dovunque vada, io debba togliermi i calzini».

Guardiamo entrambi i suoi piedi.

In realtà, sono dei piedi piuttosto seducenti. Ben proporzionati, con le unghie corte e curate. Non come i piedi di alcuni uomini, che sono davvero callosi e brutti.

«Non proprio *dovunque*, voglio sperare», dico. «Voglio dire, non ti toglierai i calzini anche sui mezzi pubblici?»

«Dipende dalla durata del viaggio».

«Svitato».

Più tardi, a letto, cullata dai fumi del whisky, penso a che persona piacevole sia Alex Webster. Milly doveva essere matta per lasciarlo. È un vero peccato che debba tornare in Australia dopo le vacanze di Natale.

Avrei bisogno di un amico come lui...

Capitolo 17

La mattina seguente, mi alzo presto.

Quando scendo in cucina, di Poppy non c'è nemmeno l'ombra, invece Alex è seduto al bancone in jeans e t-shirt – a piedi nudi, ovviamente – e ha una tazza tra le mani.

«'Giorno. Spero che tu sia riuscita a dormire, alla fine». Mi sorride, poi allunga le braccia sopra la testa per sgranchirsele. Mentre ammiro di nuovo i suoi muscoli definiti, mi domando se si alleni o se pratichi qualche sport.

«Sì, grazie. Tu come sei stato sul divano?».

Scrolla le spalle. «Bene. Anche se, a essere sincero, ero così spossato che sarei riuscito a dormire pure su una corda».

«Oh, Dio! Spero di non averti sfinito io».

Mi lancia un'occhiata che non riesco a decifrare. Poi dice: «Mi piace stare in tua compagnia».

«Anche a me». Sorrido al ricordo delle nostre battute. «Saresti il ragazzo perfetto».

Abbassa lo sguardo nella tazza, ma mi accorgo che gli fa piacere.

Riempio il bollitore, poi mi volto e mi appoggio al piano di lavoro. «A proposito di ragazzi, sai cosa fa Jackson oggi?».

Per un attimo, Alex sembra confuso. «Ehm, non saprei. Gli volevi parlare?».

Mi osserva con attenzione e all'improvviso mi rendo conto di cosa ho detto.

«Non volevo dire che Jackson è il *mio* ragazzo. Cioè, è abbastanza evidente che non lo è». Mi sforzo di ridere. «Intendevo... Oh! Non lo so!».

Con un'inspiegabile agitazione addosso, mi volto per preparare il tè, che è la prima cosa che faccio ogni mattina.

Alex si schiarisce la voce. «A questo punto me ne torno all'hotel. Posso riferirgli un messaggio, se vuoi».

«No, no, non serve». Perché cavolo ho nominato Jackson? Avrò dato ad Alex l'idea che ho intenzione di rimettermi con lui. Cosa probabile. Ma non volevo farlo sapere ad *Alex*! Bevo un sorso di tè, che per qualche oscura ragione si rivela caffè. Devo aver preso il barattolo sbagliato.

«Bene, devo andare». Alex scivola giù dallo sgabello e si avvia verso la porta. «A dopo, Roxy». Mi sorride, ma ha un'espressione tesa che prima non aveva. Forse è solo stanco, dopo aver dormito sul divano.

Porto la tazza fino allo sgabello lasciato vuoto da Alex e mi siedo, sorseggiando il mio caffè-mascherato-da-tè e ammirando il paesaggio innevato al di là della finestra panoramica. La storia che mi ha raccontato Alex sulla rottura con la carismatica Milly mi ronza ancora in testa. Nella mia fantasia, la loro relazione possiede una sorta di aura da "amanti sfortunati". È tutto così tragico. Forse non si sarebbero mai separati se Milly avesse voluto dei figli. Come fai a dimenticare una persona che per te era così speciale?

Non sono sicura di aver mai avvertito tra me e Jackson un clima da "grandissima storia d'amore".

Secondo Flo, io e Jackson eravamo fatti l'una per l'altro, però. Era piuttosto turbata quando è finita, anche se, credo, lo fosse perché pensava che, alla fine, avessi trovato un uomo in grado di abbattere le barriere che avevo alzato dall'epoca dell'incidente.

Più tardi, sono in cucina con Poppy quando entra Clemmy a bere un bicchiere d'acqua, con indosso la sua tenuta da running e gli occhi stranamente arrossati.

«Ti senti bene, tesoro?», domanda Poppy.

Clemmy scuote la testa e ingolla un lungo sorso d'acqua. Poi si volta, in preda alla disperazione. «Io e Ryan abbiamo avuto la nostra prima discussione. E, a dire la verità, credo sia colpa mia. Mi sento sempre molto irascibile».

«Forse succede perché hai fame», le faccio notare.

Fa sì con la testa, sfinita. «Sto patendo sul serio la fame. Di continuo. Devono essere sintomi d'astinenza».

«Allora mangia qualcosa, Clem», la esorta Poppy.

«Ne ho proprio voglia». Clemmy fissa con bramosia le mince pies che si stanno raffreddando sulla griglia lì vicino e ha l'aria di stare per piangere. Poi incrocia le braccia. «Non posso! Devo perdere peso». Il tormento sul suo volto rivela la portata del conflitto che le infuria nella testa.

«Dovresti farlo un po' alla volta, però, e mangiare molto cibo sano», dico, porgendole il vassoio con le mince pies. Le guardo dubbiosa. «Scusa, so che non sono particolarmente sane, ma un assaggio delle cose che ti piacciono ti farà senza dubbio bene...».

Clemmy fissa il piatto. Lo faccio oscillare un po'. E Poppy la sprona: «Forza. Non diremo nulla. E in ogni caso, le diete drastiche non funzionano mai».

Proprio mentre Clemmy allunga la mano, la porta si apre e piomba dentro Sophie.

«Clementine!», ruggisce Sophie. Clemmy rimane di sasso per lo sgomento e tira indietro la mano.

«Cavolo! Sono così... ehm, invitanti, Roxy». È diventata tutta rossa e sembra mortificata. «Ma grazie, Sophie, per avermi fermata».

«Di nulla», risponde Sophie con dolcezza. «Sai, sulla rivista abbiamo pubblicato una ricerca dai risultati alquanto significativi. A quanto pare, se quando ci si sposa si è grasse, si ha il cinquanta percento di probabilità in più di essere tradite dal marito durante il primo anno di matrimonio».

Clemmy sgrana gli occhi per l'orrore. «Veramente? Oddio, è terribile!».

«Gli uomini non ci fanno una bella figura», borbotta Poppy.

Sophie dà un'altezzosa alzata di spalle.

«Vado a fare un'altra corsetta», annuncia Clemmy con rinnovata determinazione.

«Clem, hai già fatto una corsa di tre miglia stamattina», le ricorda Poppy con gentilezza.

«Hai fatto colazione?», domando io.

«Oh, sì. L'ho fatta, Roxy. Ho bevuto un frullato di verdure». Guarda Sophie. «E ho già perso più di due chili!».

Si precipita fuori dalla porta correndo.

«Quante persone hai intervistato per ricavare quei dati inoppugnabili?», domanda Poppy a Sophie. «Non posso credere che gli uomini siano così superficiali».

Sophie ancheggia verso la porta accompagnata dallo scalpiccio dei suoi tacchi vertiginosi. Si gira e ci fa un sorrisetto. «Non lo sono. Me lo sono inventato».

Rimango a fissarla, incredula. «Ma perché? La povera Clemmy era terrorizzata».

«Ottimo. Deve buttare giù quella ciccia». Non c'è un pizzico di vergogna sul suo viso. «Pensateci. Che senso ha pubblicare uno speciale in cui le foto del "dopo" sono identiche a quelle del "prima"?». Si porta i capelli dietro la spalla ed esce dalla cucina.

Poppy e io rimaniamo a guardarla, senza parole.

«Che capolavoro!», borbotta Poppy, infine.

«Non le importa di niente, al di fuori della rivista. Neppure dei sentimenti delle persone».

«*Soprattutto* dei sentimenti delle persone!».

«Clemmy ha a malapena mangiucchiato ieri a cena. Te ne sei accorta?».

Poppy annuisce. «Non l'ho mai vista rifiutare un *dolce*. Ed era la tua deliziosa torta crumble alle mele, per giunta!».

Le lodi di Poppy per il mio dolce mi fanno gioire. È un miracolo che me la sia cavata! Per fortuna, la torta era enorme, perciò ne è rimasta in abbondanza per stasera, il che significa che non sarò costretta a essere creativa come ieri.

«Allora, cosa farai con Jackson?», mi domanda, di punto in bianco.

Mi faccio coraggio. «Non saprei. Ha detto che gli sono mancata e che vuole che torni con lui».

«Mi sembrava che tra di voi ci fosse una certa passione, quando vi ho visti sulla pista di pattinaggio». Sorride. «Pensavo che avreste sciolto il ghiaccio».

«Sta con Sophie». Allargo le braccia con fare impotente.

Poppy mi guarda come se fossi un contenitore Tupperware al quale manca una sola mince pie. «Roxy, non permetterai a Sophie di intralciare il tuo cammino per la felicità, spero. Lo ami?».

Ci penso bene prima di rispondere. Dopodiché, con prudenza, dico: «Desideravo un sacco sentirgli dire che non hai mai smesso di volermi bene».

«Be', allora buttati! Cos'è che ti blocca, Roxy?».

Le faccio un sorriso rammaricato. Non è così semplice. Se Jackson rompesse con Sophie, allora io e lui avremmo via libera, ma le sue parole – "Chiuderò con Sophie, *se serve*" – continuano a perseguitarmi da quando le ha pronunciate. Se a Jackson si è davvero accesa la lampadina e ha capito che il suo futuro è con me e non con Sophie, allora dovrebbe essere sincero con lei, invece di fingere che va tutto bene... ma se io dico di no? Mi mette a disagio.

Quando l'ho conosciuto, ho messo Jackson su un piedistallo, ho pensato che fosse l'uomo perfetto, ma ora sto iniziando a notare dei particolari di lui che non rientrano in quella descrizione. Non che esista l'uomo "perfetto", naturalmente...

Ma non è tutto perfettamente nella norma? Nell'ebbrezza iniziale di una storia d'amore, si osserva la persona magnifica che ha aggiunto brio alla propria vita attraverso una lente un po' appannata. Non c'è nulla di male nell'essere trascinati da questi piacevoli sentimenti di amore e attrazione.

Poi, però, entra in gioco la realtà ed è necessario capire se si ha abbastanza in comune per andare fino in fondo...

Poppy sta aspettando una risposta.

Allargo le braccia. «Non voglio creare problemi prima della festa di Clemmy e Ryan. Sono loro a dover essere al centro dell'attenzione ora. Non io e Jackson».

Suona poco convincente anche a me. La verità è che ho paura. Devo ancora riprendermi dalla rottura con Jackson. Posso sul serio rischiare di rimettermi con lui solo per ripetere tutto da capo?

«E devo chiarirmi le idee su cosa provo», aggiungo.

Poppy concorda. «Siamo in due». Guarda il lago, al di là della finestra.

«Sei ancora determinata a tenere nascosto a Jed del bambino?»

«Non so cos'altro potrei fare», risponde lentamente. «Non voglio che Jed si senta in dovere di impegnarsi seriamente solo perché c'è un bambino in arrivo».

Si volta, ha un'espressione tormentata. «Oddio! Lo amo tantissimo, Roxy, e non potergli dire che sta per diventare papà mi sta letteralmente distruggendo. Ma non posso...».

Capitolo 18

«Io voglio essere Cenerentola», annuncia Clemmy, stringendo le mani davanti al petto tutta felice e facendo una piroetta, come se indossasse un abito da ballo.

«Clemmy», le dice Poppy, che è seduta al bancone con il portatile sulle gambe. «Andrai al ballo». Mette la spunta a una casella sullo schermo e dalla gioia Clemmy accenna un balletto. «Bene, vado a dire Ryan di buttare il suo costume da Joker e di vestirsi invece da Principe azzurro».

«Buona fortuna, Clem», sorride Poppy mentre l'aspirante Cenerentola si allontana.

Io, Ruby e Gloria restiamo tutte intorno a Poppy per vedere quali abiti sono ancora disponibili al più vicino negozio di noleggio di costumi di carnevale.

Poppy decide di essere una Crudelia De Mon in versione sexy.

«E Jed?», domanda Ruby. «Non volete vestirvi da *La bella e la bestia* o da *Romeo e Giulietta* o qualcosa di romantico di quel tipo?»

«No, grazie», risponde Poppy con fin troppa rapidità. «Voglio essere una donna forte che riesce a sopravvivere benissimo *senza* un uomo!».

«E che incute terrore ai cuccioli?». Ruby la guarda sconcertata.

Poppy scoppia a ridere. «Sono sempre stata l'opposto del romanticismo».

Ruby aggrotta la fronte, sul punto di obiettare, perciò mi intrometto subito. «Io sarò la fata madrina di Clemmy».

Ci ho pensato parecchio e sembra la soluzione perfetta. Mi serve un costume che copra la parte superiore del corpo e le fate madrine che ho visto nelle recite natalizie e alla TV sembrano essere di due tipi: la diva seducente in uno sfavillante abito scollato o la tipa bizzarra dalle battute brillanti e un debole per le morigerate cappe di raso con cappuccio.

La seconda sarà perfetta!

Ruby indica un abito della versione seducente. «Starai benissimo con quello, Roxy!».

«Ehm, no, non mi fa impazzire. Io… be', darò un'occhiata al sito più tardi e sceglierò».

«Vado a prenderli domani, perciò potresti decidere alla svelta?», mi informa Ruby. «Sophie prenderà il vestito tra i tanti a disposizione di "Dazzle". Non è fantastico?».

Per tutta risposta seguono dei borbottii non proprio entusiasti. "Tipico, cacchio!", penso tra me e me. "Sophie farà la parte della strafiga e io quella della zia stramba ed eccentrica".

«Ce l'hanno l'attrezzatura da campeggio su quel sito?», si lamenta Gloria. «È che forse dovrò andare alla festa vestita da tenda, se questo gonfiore addominale peggiora!».

«Un tendone sarebbe decisamente più elegante», la deride Sophie appena entra in cucina. «Potresti prenderne uno rosa cipria, così si abbina alla tua faccia arrossata». Scoppia in una delle sue squillanti risatine. «Però hai ragione, Gloria. Una canadese senza fronzoli forse è più nel tuo stile».

Gloria, alla quale in genere non frega un accidente di quello che la gente dice di lei, ha l'aria un po' mogia.

C'è un attimo di silenzio, poi Ruby si fa una grossa risata. «"Una canadese senza fronzoli forse è più nel tuo stile"! Bella questa, Sophie!».

Sophie sorride, crogiolandosi nel palese gradimento di Ruby, mentre noi altre continuiamo ad assistere alla scena, ammutolite.

Mi rendo conto che Sophie deve avere un'intera schiera di accanite lettrici di «Dazzle» che pendono dalle sue labbra e la considerano un'alta sacerdotessa della moda. Come Miranda Priestly nel film *Il diavolo veste Prada*. A pensarci bene, è probabile che Sophie si ispiri al personaggio di Meryl Streep. Senza dubbio, lei è sufficientemente spietata e fredda come il ghiaccio.

Notando l'espressione della madre, Ruby cambia atteggiamento. «Mamma, starai benissimo con qualsiasi cosa tu scelga di indossare».

A quelle parole, Gloria si riprende un po' e io mi trovo a desiderare che Ruby pensasse prima di aprire bocca. Essere una teenager in balia degli ormoni non giustifica certi comportamenti scorretti.

«Oh, mio Dio!». Ruby guarda con gli occhi sgranati in fondo alla cucina. «Chi cavolo è stato?».

Ci voltiamo tutte verso il punto che sta indicando: lo sportello del frigorifero.

Sussultiamo tutte all'unisono.

Eravamo troppo prese a scegliere i nostri costumi per notarlo prima. La seducente foto di Sophie è stata "valorizzata" con un pennarello nero. Ora Sophie è distesa su un lettino da spiaggia e sfoggia dei baffi che ricordano quelli di un malvagio dittatore, nonché svariati spazi vuoti dove prima c'erano i denti. Qualcuno ha disegnato una grossa nuvoletta che le esce dalla testa e dice: "Sono un caporedattore, sai. Io mi amo!".

Io e Poppy ci guardiamo con la stessa espressione, una combinazione di shock, incredulità e un accenno di colpevole soddisfazione.

«È così offensivo!», esclama Ruby, esprimendo ad alta voce quello che forse direbbe Sophie se non fosse così esterrefatta. «Sei stata tu, Poppy?»

«No, cavolo!». Poppy nega, tentando di non scoppiare a ridere e per un attimo mi chiedo se non sia proprio lei la responsabile.

«Be', secondo me, è la storia della volpe e l'uva», afferma Ruby con rabbia. «Chiunque sia stato è chiaramente molto invidioso di te, Sophie, perciò non gli dedicherei nemmeno un attimo della mia attenzione».

Sophie ritrova la voce. «Non ne ho intenzione», dichiara con freddezza. «Ruby, potresti chiamare il corriere per me? Mi devo far consegnare il costume da "Dazzle". Ti darò il numero di telefono di quello che chiamiamo di solito». Esce di corsa dalla cucina, e il modo in cui si muove rivela il suo disappunto.

«Certa gente è così orribile!», dice Ruby, andandosene anche lei.

Poppy sospira. «Pensavo che Ruby non fosse così sciocca da fare la ruffiana con Sophie solo perché è il caporedattore di una rivista».

«È ancora una ragazzina, in realtà», borbotta Gloria, che è molto più accondiscendente con sua figlia di quanto lo sarei io.

«Pensi che uno dei ragazzi lo abbia fatto per scherzare?», domando, osservando la foto. Probabilmente, Jackson è l'unico da poter escludere.

«So che Ryan è parecchio incavolato con Sophie», dice

Poppy. «Lui sarebbe molto più felice di organizzare un matrimonio sobrio e detesta che Clemmy sia stata convinta a partecipare a questo speciale umilia-ciccioni per la rivista. Tutto per una location alla moda».

«Potrebbe essere Ryan? Non mi sembra il suo stile. Chi, allora?», mi domando ad alta voce.

Mentre pronuncio queste parole, mi cade l'occhio su Gloria e lei fa una faccia contrariata e dice subito: «Non sono stata io». È tutta rossa in viso. Comunque potrebbe trattarsi di una semplice vampata. Di sicuro, ha più motivi lei di imbrattare quella foto per protesta che tutti noi. Infatti, mi auguro sul serio che sia stata per davvero Gloria e che abbia ricavato almeno un po' di soddisfazione nel prendersi la rivincita su Sophie!

Capitolo 19

La mattina successiva, quella della gara di pattinaggio di coppia, ci svegliamo con una sorpresa.

Nella notte c'è stata un'abbondante nevicata, che ha lanciato il suo incantesimo fatato sugli alberi e ha trasformato l'intero panorama in un paesaggio invernale pieno di magia.

La neve rallegra l'atmosfera nella baita e Ruby, in particolare, ne sembra estasiata. La ragazza si dilegua subito dopo la colazione senza dire a Gloria dove è diretta e fa ritorno all'ora di pranzo, quando annuncia che sta frequentando Sam, il ragazzo della fattoria all'altro lato della strada.

«Chi è questo Sam?», vuole sapere Gloria. «Mi potrebbe piacere? Quanti anni ha? Che intenzioni ha nei tuoi confronti, Ruby? Perché so come sono fatti i ragazzi adolescenti e sono decisamente una specie a parte».

«Tom è uno a posto», le fa notare Ruby.

«Tuo fratello ha un po' di sale in zucca, non come certi giovanotti che conosco io», ammette Gloria. «Dico solo di non andarti a impelagare, tutto qua. Sei troppo giovane per avere un ragazzo».

Ruby, che è in cucina a preparare una cioccolata calda, sbuffa. «Calmati, Gloria. Ho *diciassette* anni! E comunque, Sam è solo un amico. Suo padre è il proprietario della fattoria e ci siamo fatti una chiacchierata, non abbiamo fumato niente di strano, nel caso te lo stessi domandando».

Gloria sgrana gli occhi con orrore. «Be', non me lo stavo affatto domandando... fino a questo momento! E non chiamarmi "Gloria"!».

«Scusa, mamma».

Poppy e io ci scambiamo un sorriso. Siamo impegnate a preparare delle mince pies in più che serviranno più tardi per la gara di pattinaggio. Per fortuna, non devo pensare a preparare il dolce per stasera. Una volta tornati dalla pista di pattinaggio, abbiamo in programma di mangiare gli avanzi di ieri – inclusi quelli della mia apprezzatissima torta crumble alle mele.

La gara inizierà alle sei di pomeriggio. Alle cinque e mezza, siamo già tutti radunati nell'ingresso della baita, infagottati a dovere con sciarpe, guanti e cappotti pesanti per difenderci dalla glaciale brezza dicembrina, poi ci avviamo verso la pista di pattinaggio scalpicciando sulla neve.

Incontreremo Alex, Jackson e Sophie alla pista.

Ruby sembra molto distratta e continua a guardare verso il campo alla nostra destra. All'improvviso, si ferma tutta allegra e comincia a salutare con la mano. Tutti noi scrutiamo i campi ricoperti di neve mentre un fragoroso rumore meccanico si propaga nell'aria gelida.

«È Sam sul suo gatto delle nevi. Ha detto che mi avrebbe dato un passaggio!», grida Ruby. Apre un cancello e attraversa spedita il campo, diretta verso la sagoma sul veicolo.

«Fa' attenzione!», urla Gloria, ma la sua voce è sovrastata da Sam che manda su di giri il motore, mentre Ruby si arrampica dietro il mezzo. Ripartono sul campo innevato con un rombo assordante, con Ruby che se ne sta aggrappata precariamente con un braccio e ci saluta con l'altro.

«Tieniti stretta, Ruby!», grida Gloria, osservando con sgomento la figlia sparire dietro la cima di una collina.

Bob le mette un braccio attorno alle spalle. «Starà bene. Non ti preoccupare, amore. Tua figlia è capacissima di badare a sé stessa».

«Hai perfettamente ragione, Bob», dice ridendo Jed. «Avrei voluto pensarci anche io a organizzare dei trasporti con il gatto delle nevi». Si avvicina a Poppy e la prende per mano, ma si vede dalla tensione nei loro gesti che le cose non vanno bene tra loro.

Gloria si stringe a Bob e dice: «Grazie al cielo ci sei tu che mi impedisci di strapparmi i capelli».

Al nostro arrivo, Alex, Jackson, Ryan e Clemmy se ne stanno in piedi ai margini della pista con indosso i pattini, ma di Sophie non c'è l'ombra.

«Dov'è Sophie?», domanda Poppy.

Jackson guarda l'orologio. «Lei ha, ehm... avuto un problema al lavoro e sta cercando di risolverlo al telefono. Ha detto che arriverà per l'inizio della gara, però».

Poppy comincia ad agitarsi. «Be', me lo auguro. Mi scoccerebbe deludere Sylvia dopo che si è impegnata così tanto per organizzare l'evento di stasera».

«Sophie ci sarà», assicura Jackson, abbattuto.

Alle sei in punto, ci raduniamo tutti attorno alla pista e Sylvia pronuncia un breve discorso di benvenuto e si dichiara felice di vedere tantissime belle attività commerciali della zona rappresentate quella sera. Invita i partecipanti alla caffetteria per un brindisi dopo la gara a base di vino e mince pies, poi dice: «E adesso, senza ulteriori indugi, facciamo un grande applauso alla prima coppia di temerari in pista. Sono Ronnie e

Hazel Bickerstock, che rappresentano la salumeria Il pancione».

Ronnie e Hazel, che hanno deciso di fare letteralmente faville e sono vestiti come due alberi di Natale (con tanto di ingombrante impalcatura al di sotto dei costumi disseminati di palline di Natale), vanno al centro della pista, si inchinano agli applausi, poi – sulle note di *I'm Dreaming of a White Christmas* – procedono a pattinare con grazia e abilità. Hanno una sola piccola incertezza quando a Ronnie cade la fata gigante che ha sulla testa e, chinatosi per recuperarla, per poco non trascina a terra con sé Hazel. Tuttavia, i due riescono a rimanere in piedi e a fare parecchie piroette e avvitamenti, per giunta. Alla fine dell'esibizione, ricevono un caloroso scroscio di applausi.

L'esibizione della coppia della salumeria Il pancione è seguita da quelle dei rappresentanti di Ciambelle buone da morire, Dolci notizie, Hamburgeria americana da Barney e Le caldarroste di Roy.

Sophie non si è ancora fatta viva e tra poco sarà il turno della Vera delizia.

Ruby è arrivata insieme a Sam e Jackson è andato a cercare Sophie. Ogni secondo che passa, Poppy è sempre più stressata al pensiero di dover dire a Sylvia che non ha una coppia per la gara.

«Ecco Jackson», borbotta Poppy, che gli si fa incontro di corsa mentre lui esce dall'hotel.

Raggiungendoci, Jackson allarga le braccia. «Non ho idea di dove sia».

«Dobbiamo annullare?», domanda Ruby, delusa.

«Ma no!», risponde Jackson. «Basta che pattini con un'altra». Per qualche ragione, si volta verso di me e mi fa un sorriso.

Adesso anche tutti gli altri mi guardano e per un attimo non so bene cosa accadrà.

Poi Jackson tende la mano verso di me. «Roxy?».

Il cuore comincia a battermi a cento all'ora. Li fisso tutti, atterrita. Deve essere uno scherzo.

Non mi starà mica proponendo di gareggiare insieme a lui? Invece sembra proprio di sì. Anzi, non lo sta solo proponendo. Mi posa la mano attorno alla vita e mi conduce sul ghiaccio con sicurezza, mentre le mie deboli proteste vengono sovrastate dalle risate degli altri, che esclamano cose del tipo: «Vai, Roxy! Ce la puoi fare. Ti divertirai».

Nella confusione, incrocio lo sguardo di Poppy, seguito subito da quello di Alex. Loro sono gli unici a non sembrare entusiasti all'idea di me che pattino con Jackson. D'altro canto, loro sono gli unici che sanno della mia storia con lui.

Adesso Sylvia ci sta annunciando e non c'è verso di tornare indietro, se non voglio deludere Poppy...

Tutti mi incitano, mentre Jackson mi sorride raggiante e urla: «Ci hai visti mentre provavamo il nostro numero. Fa' del tuo meglio e vienimi dietro, d'accordo?».

Sono certa che lo dice per rassicurarmi, ma vallo a far capire alle mie gambe tremanti!

Jackson sta pattinando verso il bordo della pista, così – con il cuore in gola e meno possibilità di rimanere in piedi di Bambi – mi faccio strada in modo incerto verso il lato opposto.

Quando, infine, con mia grande sorpresa lo raggiungo ancora tutta intera, vedo Ruby appoggiata alla barriera. Mi grida: «Siamo proprio qui dietro di te, Roxy!», e mi accorgo che tutta la squadra della Vera delizia si è spostata nel punto della pista dove mi trovo io. Non so se la consapevolezza che fanno il tifo per me mi fa sentire meglio o peggio, perché sto per fare una figuraccia davanti a tutti loro.

Poi incontro lo sguardo di Alex, che mi fa un gran sorriso e mi mostra entrambi i pollici alzati – e in effetti solo a vederlo mi rilasso un po'. Accenno un sorriso intimorito, poi mi volto verso Jackson, pronta a pattinare nella sua direzione.

La distanza che ci separa sembra incolmabile. Mi domando come faremo a incontrarci al centro della pista, visto che Jackson pattina cinque volte più veloce di me.

Mi rivolgo a Ruby. «Puoi darmi una spinta?», le sussurro.

«Una pinta?». Ha l'aria perplessa.

«No, una *spinta*!», borbotto con ansia. «Solo per darmi un po' di vantaggio su Jackson».

Il viso di Ruby si distende. «Ah! Va bene. Capito! Va bene, eccola…».

«Non adesso!».

Ma è troppo tardi. Mi sento spingere violentemente da dietro e parto. Ruby deve avere parecchia forza perché faccio pochissima fatica a mantenere l'andatura originale e mi ritrovo a sfrecciare sulla pista con una velocità mai raggiunta prima.

D'un tratto, si solleva un urlo dalla folla. «Sono qui, tesoro!».

Jackson si volta, e anche io. È Sophie, che si sta arrampicando sulla barriera con un gesto atletico per entrare in pista e ha un aspetto magnifico nel suo costume da pattinaggio ricoperto di cristalli. Con mio orrore, Jackson si ferma di botto e si mette a pattinare verso di lei.

Sto viaggiando a una velocità notevole, ma prevedevo di atterrare tra le solide braccia di Jackson, che mi avrebbe afferrata e mi avrebbe aiutata a rimanere in piedi. Ma questo non accadrà e per quanto abbia iniziato a rallentare, ho superato il centro della pista e la barriera dall'altro lato comincia a farsi minacciosamente vicina. Andrò a sbatterci, se non mi fermo in tempo.

Vengo colta dal panico. Dovrei cadere di proposito di sedere sul ghiaccio, come tecnica d'arresto?

Un attimo dopo, però, mi rendo conto che è troppo tardi per qualsiasi strategia. Sto per schiantarmi addosso alla barriera...

Serro gli occhi e prego di sopravvivere all'impatto.

Poi, all'improvviso, due mani forti mi afferrano per la vita e mi allontanano energicamente dal pericolo. Ansimando, mi aggrappo al mio salvatore, pervasa da una sensazione di sollievo.

«Va tutto bene. Va tutto bene», mormora una rassicurante voce maschile.

"Alex?".

Cado tra le sue braccia, tutta tremante, lasciando che mi guidi dolcemente verso l'uscita.

Capitolo 20

Dall'altro lato della barriera, osserviamo Jackson e Sophie che eseguono la loro routine.

Sto ancora tremando molto forte, ma Alex mi continua a tenere saldamente il braccio attorno alle spalle e io mi abbandono contro di lui, grata che ci sia il suo corpo forte a sostenermi. Mi sento debole come un pulcino appena nato e, anche volendo, non sarei in grado di allontanarmi.

E non voglio affatto...

Jackson e Sophie sono bravissimi e quando terminano la routine, il pubblico esplode in un applauso fragoroso. È strano, ma con Alex al mio fianco, mi sento di nuovo così al sicuro che non provo neppure rabbia nei confronti di Jackson per avermi lasciata sola sul ghiaccio. E sono certa che non l'ha fatto apposta ad abbandonarmi. Ha semplicemente reagito d'istinto all'urlo improvviso di Sophie, ecco tutto. Poteva succedere a chiunque...

«A quanto pare, La vera delizia è in vantaggio», mi sussurra Alex all'orecchio, e sono percorsa da uno strano brivido. Pensando che sia dovuto al freddo, mi stringo ancora di più a lui.

«Lo spero proprio, per Poppy». Indico con un cenno della testa i cameramen che si sono sistemati in un'apposita area al margine della pista. «Se vincesse, sarebbe una bella pubblicità per la sua attività».

«Sei stata davvero coraggiosa», afferma Alex, ma io rido imbarazzata e mi volto per rispondere che non ho fatto niente di che. I miei occhi incontrano i suoi e per la prima volta mi accorgo di quanto siano stupendi e affascinanti – così le parole che ho sulla punta della lingua fluttuano via nell'aria gelida, taciute.

Finalmente, ritrovo la voce, anche se al primo tentativo risulta un po' roca. «Grazie, Alex». Me la schiarisco. «Grazie dal profondo del cuore per avermi salvata», gli dico in tono solenne, e ogni parola è sentita. «Non so come sei riuscito a riprendermi in tempo. Devi avere letteralmente volato sul ghiaccio, e te ne sono davvero grata».

Alex mi guarda, con il suo braccio ancora stretto attorno a me e non posso fare a meno di notare che quando ride increspa in modo seducente gli angoli degli occhi. Sento un piccolo e inspiegabile tuffo al cuore.

«Di nulla, Roxy», ribatte lui in tono più solenne del mio. Poi scoppiamo entrambi a ridere.

«Roxy, mi dispiace moltissimo che tu non abbia avuto il tuo momento di gloria. È che Sophie conosceva molto bene la routine e...».

Il momento magico tra me e Alex è bruscamente interrotto dall'arrivo di Jackson e Sophie. Jackson non fa che scusarsi. Sophie controlla il telefono con concitazione.

«Cose che capitano», gli dico.

«Bene, chi viene a prendere una cioccolata calda laggiù, in attesa che annuncino i vincitori?». Mi guarda con enfasi.

Scrollo le spalle e, convinta che tutti andranno alla caffetteria, seguo Jackson. Nel frattempo, Alex mi lascia andare, così io mi volto verso di lui, ma sento improvvisamente freddo, come se mi mancasse qualcosa.

«No, grazie. Torno all'hotel a farmi un drink», dice Alex, allontanandosi. «Whisky forte, forse».

Rimango a guardarlo e provo una strana angoscia. Con mio stupore, sento un bisogno pressante di seguirlo. «Whisky per combattere il freddo?», chiedo.

Alex si volta, continuando a camminare e mi fa uno strano sorriso triste, che mi fa stringere il cuore. Invece di rispondere alla mia domanda, si limita ad alzare le mani e a proseguire verso l'hotel.

Jackson, che evidentemente non si è accorto affatto della tensione tra me e Alex, continua a parlare: «Bene. Una cioccolata calda, Roxy?».

A quel punto, Sophie, che ora sta parlando al telefono, prende Jackson a braccetto e gli sussurra sdolcinata: «Ti mancherò quando sarò via per il colloquio all'agenzia di modelle?».

Jackson si volta, la guarda dritto negli occhi e le risponde: «Sophie, il solo pensiero di trascorrere anche solo una notte senza di te è insopportabile. Come può sopravvivere l'ape senza il miele?».

Sophie, che sembra pazza di gioia a queste parole, gli si getta addosso e lo ricopre di baci. «Oh! Che cosa meravigliosa hai detto. Sei davvero l'uomo più romantico che abbia mai incontrato in vita mia, Jackson Cooper».

Lui accetta di buon grado i complimenti, mentre mi sorride. E io lo fisso, sconvolta per la facilità con cui le parole gli sono uscite di bocca.

"Le stesse che diceva a me quando stavamo insieme e io ero innamorata persa di lui!".

Una sensazione di gelo serpeggia dentro di me. Jackson pensava veramente quelle cose quando me le ha dette? Le pensa veramente adesso che le ha dette a Sophie? Mi sembra improbabile, dato che si è dichiarato disposto a lasciarla per me!

È come se ora lo vedessi sotto una luce completamente diversa e non è affatto una bella immagine...

Capitolo 21

Nei giorni successivi, non vedo spesso Alex. A quanto pare, ha raggiunto dei suoi amici che vivono dall'altra parte di Guildford. A detta di Jed, quella di rimanere da loro per qualche sera è stata una decisione improvvisata.

Per qualche ragione mi sembra un po' strano che non ci sia più Alex a fare una capatina in cucina di tanto in tanto per un caffè e per chiacchierare, mentre il bollitore è sul fuoco. Oppure vederlo quando siamo tutti a tavola, la sera a cena.

Mi mancano persino le lezioni di pattinaggio.

Detto questo, però, io e Poppy siamo così indaffarate a preparare i dolci per Sylvia che in realtà non ho il tempo di fermarmi a riflettere in modo approfondito sulle sensazioni vissute la sera della gara di pattinaggio. La vera delizia ha vinto la competizione e il giorno seguente, sul giornale locale, c'era una grossa foto di Jackson e Sophie con il titolo: *La vittoria dei pattinatori è una Vera delizia!*

Grazie a questa pubblicità, il numero di frequentatori della pista di pattinaggio è salito alle stelle e i dolci di Poppy non sono mai stati così richiesti. Per fronteggiare l'aumento degli ordini, mi alzo prestissimo ogni giorno e quando mi metto a letto sono così esausta che mi addormento non appena la testa tocca il cuscino.

Dopo un paio di giorni, quando ho avuto modo di riflettere in modo razionale, mi rendo conto di aver provato un legame così forte con Alex solo perché mi ha salvata da una potenziale catastrofe. L'idea di andare a schiantarmi contro quella barriera davanti alla folla lì radunata era terrificante, perciò non c'è da meravigliarsi se mi sono sentita in debito con lui dopo che mi aveva salvata!

Jed ha assicurato che Alex tornerà in tempo per la festa di fidanzamento di Clemmy e Ryan di sabato sera, e io attendo quel giorno con ansia. Sarà bello rivedere Alex, come amico.

Sono stata così impegnata che non ho visto spesso neppure Jackson, ma ne sono sollevata, a dire la verità. Mi pare di capire che Sophie sia piuttosto giù di corda per qualcosa, ma non so di che si tratta perché non l'ha detto a nessuno, tranne che a lui. Sembra trascorra un sacco di tempo con il telefono incollato all'orecchio oppure strillando come un'isterica a Jackson che "quelli" la stanno trattando in modo vergognoso (chiunque siano "quelli"). Quando non è impegnata in queste attività, ordina alla povera Clemmy di eseguire un altro programma di allenamento, abitudine che io, Poppy e Ryan non approviamo granché. Clemmy, invece, sembra determinata a perdere peso per lo speciale della rivista e qualsiasi cosa diciamo, non riusciamo a farle cambiare idea.

Per quanto riguarda Poppy, non ha ancora detto a Jed del bambino e diventa ogni giorno più pallida e infelice.

Io e lei siamo in cucina per gran parte della giornata, ma abbiamo a malapena il tempo di parlare, impegnate come siamo a infornare e sfornare teglie, impastare gran quantità di pasta frolla e controllare la padella con la farcia, che sembra non smettere mai di bollire sui fornelli. Poi c'è la glassatura dei Babbo Natale di pan di zenzero, le cui espressioni, a dire la verità, si fanno giorno dopo giorno più losche, visto che cerchiamo di glassarne il maggior numero possibile nel poco tempo a disposizione. Ciò nonostante, non ci sono giunte lamentele da Sylvia, perciò deve essere per forza soddisfatta del nostro lavoro.

Giovedì c'è un'altra nevicata che trasforma ogni cosa in un paesaggio invernale pieno di magia. Ruby scompare per quasi tutto il giorno e più tardi, quando le chiediamo dove è stata, ci risponde che il suo nuovo amico, Sam (quello che vive nella fattoria vicina), poteva usare il gatto delle nevi e che l'hanno provato per vedere quale velocità era in grado di raggiungere. A questa rivelazione, Gloria diventa bianca quasi come la neve.

Venerdì, il giorno prima della festa di fidanzamento di Clemmy e Ryan, mi sono cimentata in tre dolci diversi, con risultati variabili. La crostata con crema e lamponi aveva un ottimo sapore, benché la frolla fosse un po' troppo croccante (tendeva al bruciato); la preparazione della torta meringata al limone è stata molto complessa, ma la torta si è rivelata un trionfo – non per vantarmi –, e la mousse al cioccolato era buona, spumosa, ricca e sembra che tutti l'abbiano gradita.

Non penso che Poppy abbia ancora sgamato che in realtà sto imparando mentre lavoro. A essere sincera, in questo momento è così presa dai suoi problemi che non credo si accorgerebbe di nulla, se le servissi dello zerbino cotto al forno, guarnito con del gelato alla rapa.

Penso di continuo ad Alex con affetto, al modo in cui mi ha aiutata con la torta crumble alle mele. Tuttavia, con mia grande sorpresa, me la sto cavando bene anche da sola, in realtà.

Il giorno della festa di fidanzamento albeggia luminoso e soleggiato.

Mentre aspetto Poppy in cucina, ammiro l'abbagliante distesa innevata che si estende fino al lago e penso che è una giornata magnifica.

«Un penny per i tuoi pensieri», dice Poppy entrando in cucina.

Ha l'aria di essere stanca morta, come me. Ha le occhiaie ed è palese che non dorme bene.

«Oh! Niente di speciale. Tu come stai?», le chiedo.

Mi raggiunge alla finestra, e si lamenta: «Stanotte Jed ha dormito sul divano-letto nello studio perché io mi agitavo e mi rigiravo in continuazione. E sinceramente, sono contenta. Non so se è colpa degli ormoni impazziti, ma adesso non sopporto averlo vicino». Ha gli occhi umidi. «Non è tristissimo?».

Faccio un sospiro pesante. «Non c'è da stupirsi se le cose non vanno come dovrebbero tra di voi, visto che continui a tenergli segreta una notizia così importante. Devi dirgli del bambino, Poppy».

Non mi risponde neppure. Si allontana e si mette ad aprire le credenze, tira fuori gli ingredienti e sbatte gli sportelli.

La osservo per qualche istante. Va benissimo dare consigli, ma non sono nei panni di Poppy. Se lo fossi, non proverei le sue stesse sensazioni? So per certo che non vorrei mai far sentire un uomo intrappolato in una relazione per via di un bambino...

Poppy si gira e ha il volto rigato di lacrime. «Perdonami, Roxy. È che non riesco a decidere cosa fare. Finché non avrò le idee chiare su quello che provo, terrò per me la notizia del bambino, d'accordo? Ma lo dirò a Jed. Prima o poi. Promesso».

Annuisco e lei accenna un sorriso. «Roxy, sono così felice di averti conosciuta per caso, quel giorno al supermercato. A quest'ora sarei uno straccio se non potessi parlare con te!».

Le sorrido. «E cucinare con me. A proposito, quante mince pies dobbiamo preparare oggi?».

Si lamenta. «Troppe. Sinceramente, stanotte ho fatto un incubo in cui un gigantesco omino di pan di zenzero mi inseguiva in un vicolo buio brandendo una pistola fumante e io non potevo scappare perché l'uscita era bloccata da una montagna di tritatutto».

Ci guardiamo e scoppiamo a ridere.

Nello stesso momento entra Ruby ed esige di sapere perché ridiamo, così Poppy le racconta del sogno.

«Ah! Ah! Geniale!», esclama. «Io facevo spesso il sogno in cui cado da un edificio altissimo e mi spaventavo sempre. Però, poi ho deciso di fare la stuntwoman».

«Quindi ultimamente atterri su qualcosa di soffice e molleggiato?», domando incuriosita.

«No, ora non lo faccio più quel sogno. Tipico, cavolo! Ora sono addestrata, ma non mi capita più!».

«Così è la vita», scherza Poppy.

Ruby guarda l'orologio. «Bene, vado a Guildford con la macchina di mamma per prendere i costumi».

Io e Poppy ci guardiamo allarmate.

«Non vi preoccupate. Le ho chiesto il permesso. E le strade sono sgombre ora che è passato il gatto delle nevi. Non ha senso passare l'esame di guida se poi non posso mettermi al volante, no?»

«Be', guida con prudenza», le urla Poppy mentre Ruby sta già uscendo e fa tintinnare le chiavi della macchina tutta contenta.

«Va bene!». Ruby si affaccia alla porta. «Oh! E stamattina verrà un corriere a portare un pacco. È il costume di Sophie da parte di “Dazzle”. Non lo aprite finché non torno!».

«Beata Sophie, che ha l’intero mondo della moda a sua disposizione!», dice Poppy.

«Già, mi ha dato le istruzioni e ho parlato con un uomo molto gentile a capo della sezione abiti. Abbiamo scelto insieme il costume perfetto per lei. Non vedo l’ora che apra il pacco! Sarà la reginetta del ballo. Be’, dopo Clemmy, si capisce». Ruby fa un sorriso smagliante e si precipita fuori.

Sentire nominare Sophie e l’abito magnifico in arrivo da «Dazzle» non mi risolleva affatto il morale. E la palese devozione di Ruby nei confronti di Sophie è a dir poco irritante!

«Il perché Ruby trovi quella donna così favolosa mi è incomprensibile», esordisce Poppy, dando voce ai miei pensieri.

«È affascinata dall’involucro, invece che dal contenuto», borbotto e Poppy scoppia a ridere e mi dà ragione.

Un’ora più tardi, mentre la prima infornata di mince pies sta diffondendo per la cucina quel magnifico profumino natalizio, scatenandomi l’appetito, suona il campanello.

In un attimo, comincia a battermi forte il cuore all’idea che potrebbe essere Jackson. Negli ultimi giorni sono riuscita a evitarlo senza problemi, ma è solo questione di tempo prima che mi metta con le spalle al muro ed esiga di sapere cosa provo per lui. Dal suo atteggiamento si capisce che ormai ne ha fin sopra i capelli dell’umore imprevedibile di Sophie.

Non si tratta di Jackson, però. È il corriere prenotato da Ruby che ci consegna un pacco che dovrebbe contenere il fiabesco costume da Elsa di Sophie. Quando lo porto in cucina, Poppy non lo degna neppure di uno sguardo e questo dimostra quanto sia demoralizzata. Normalmente, avrebbe voluto dare un'occhiata al contenuto.

Neppure a me interessa guardare, ma per un motivo diverso. Non ho molta voglia di vedere il costume che Sophie ha scelto pensando a Jackson – soprattutto perché il mio è un banale abitino dal taglio classico con un mantello in coordinato che sembrerebbe azzeccato su una donna con il triplo dei miei anni.

Mi sarebbe piaciuto avere un aspetto seducente o perlomeno abbastanza affascinante alla festa.

Mi viene in mente Alex, come stranamente mi è capitato spesso negli ultimi giorni. Sin dalla sera della gara di pattinaggio, per l'esattezza. Sarebbe bello travestirsi e sentirsi "normale" tanto per cambiare.

Il problema è che non ha importanza quante volte mi ripeta che si può essere comunque attraenti, persino con delle cicatrici da ustione come le mie, sembra che non riesca a convincermi che è la verità.

Dovrei essere abituata alle mie cicatrici, ormai.

Eppure, tuttora, undici anni dopo l'incidente, se per sbaglio mi vedo nuda allo specchio (cosa rara), mi viene voglia di scoppiare a piangere quando scorgo i bozzi e le cicatrici ricoperte di macchie che ho sulla spalla e su parte del braccio, e che sono ancora visibili dopo due cicli di innesti cutanei.

Non ricordo più cosa si prova ad avere una pelle liscia e priva di imperfezioni, della quale poter essere orgogliosa. E a potersi guardare allo specchio senza timore.

Abbiamo appena cominciato a glassare gli omini di pan di zenzero quando Ruby piomba in cucina con una grossa scatola, che deposita sul pavimento con affanno.

In preda all'eccitazione, si affretta a strappare il nastro adesivo marrone e a frugare tra i costumi cellofanati.

«Mio!». Mostra il costume trionfante. È un lungo abito di seta verde.

L'osservo perplessa. «Pensavo che avessi deciso di travestirti da Wonder Woman».

Scuote la testa. «Ho cambiato idea. Sarò la principessa Fiona del film *Shrek*. Non mi andava di buttare via la serata travestita da supereroe. E Fiona è molto più elegante».

Poppy sorride. «Forse stai diventando grande, Ruby».

Ruby inarca le sopracciglia. «Può darsi. È arrivato il costume di Sophie da "Dazzle"?»

«Sì». Poppy indica il pacco marrone sul piano di lavoro.

Ruby si frega le mani. «Perfetto! Possiamo fare una prova definitiva dei costumi? Solo le ragazze intendo. I ragazzi avranno un aspetto piuttosto banale. Io non vorrei proprio essere un ragazzo. Essere costretti a far finta di odiare i travestimenti!».

La "prova definitiva" ha luogo dopo pranzo, alla presenza di tutti.

Ruby porta lo scatolone in soggiorno e si posiziona accanto al caminetto per distribuire i costumi, come Babbo Natale.

Clemmy è entusiasta del suo abito da Cenerentola e si precipita subito a provarlo, trascinando con sé Ryan e il suo costume da Batman.

«Molto sexy», commenta Jed quando Poppy ci mostra il suo bel costume da Crudelia De Mon. Il volto di Jed rivela amore e affetto, ma Poppy non bada al suo commento, annunciando che dovrà acconciarsi i capelli in modo particolare per abbinarli al costume. Dà le spalle a Jed e mi chiede se posso aiutarla io.

«Certo che sì». Sono vicina con tutto il cuore a Jed, che fissa il vuoto con tristezza. Immagino che l'ultima cosa che gli interessi adesso sia il suo costume da Woody.

Ruby mi porge la busta di cellophane facendomi l'occhiolino.

Osservo il costume ancora piegato e mi prende un colpo. Non è affatto l'abito che ho ordinato. Luccica davvero troppo!

In quattro e quattr'otto strappo la busta e la faccio cadere a terra.

«Ruby? Penso che tu abbia ordinato quello sbagliato. Io volevo il costume da fata madrina con il mantello e il cappuccio, non quello con la scollatura alla "vieni qua che ti rovino"».

Jackson e Ryan sbirciano incuriositi.

Ruby fa la faccia mortificata. «Ho pensato che ti avrebbe donato di più quello seducente. L'altro era più adatto a una vecchietta».

Le faccio un sorrisetto e fingo di non essere poi così seccata, ma sotto sotto sono in preda al panico. Oltre alla profonda scollatura, l'abito è sbracciato. Ben lungi dall'essere coprente come speravo, questo costume rivelerà tutto quello che ho disperato bisogno di coprire.

Non posso indossarlo per nessun motivo. A meno che...

Ragionando in modo concitato, faccio mente locale sui vestiti che ho portato da casa. Sono sicura di aver messo in valigia il coprispalle color crema che indosso sempre con gli abiti sbracciati. Non è il colore che meglio si abbina a un abito di raso rosa, ma servirà allo scopo.

Sento che le mie pulsazioni stanno rallentando per il sollievo.

«Dov'è il mio abito?», domanda Sophie. «Puoi portarlo qui, Ruby?».

Ruby balza subito sull'attenti, cosa che mi infastidisce parecchio. L'idolatra sembra essere diventata l'assistente volontaria di Sophie! Lancio un'occhiata a Poppy e capisco che lei la pensa come me.

«Ho lasciato il tuo per ultimo», spiega Ruby porgendo il pacco a Sophie.

Sophie la liquida con un gesto della mano. «Aprilo, allora!».

«Oh! Va bene». Ruby si mette a sedere per terra e comincia a lottare con il nastro adesivo. «Speravo che tu... va bene, eccolo qua. Rullo di tamburi... Ecco a voi l'abito più bello della serata!».

Sophie è seduta, con un'espressione compiaciuta sul viso, senza dubbio già pregusta la nostra reazione entusiasta al vestito inviato da «Dazzle» che sta per spuntare fuori dal pacco.

«Ta-dà!». Ruby mostra a tutti il costume.

Cala un silenzio scioccato.

Sophie si sporge in avanti con un'espressione incredula e ulula: «Che cavolo è *quello*?»

«Oh!». Ruby guarda l'abito che sta sorreggendo e impallidisce. «Oddio! È il Grinch! Ma come è potuto succedere?».

Ryan sbotta a ridere. «Ottima scelta, Sophie. Molto natalizio».

«Dovresti trovare un'alternativa alla tiara di diamanti, però», dice Jackson, facendole una smorfia divertita.

Sophie è verde per la rabbia. Non si degna neppure di rispondere al commento di Jackson. L'atmosfera è tesa.

«Oddio, scusami, Sophie», dice Ruby, tutta rossa in volto. «Il tipo con cui ho parlato doveva essere un po' sordo. Gli ho proprio chiesto l'abito di *Colazione da Tiffany*, ma deve aver capito *Il Grinch*».

Sophie fissa Ruby con distacco. «Questo non ha alcun senso. E se pensi che indosserò quel *coso* stasera alla festa», annuncia con una punta di isterismo nella voce, «ti sbagli di grosso».

Cerchiamo tutti di non ridere. Con la coda dell'occhio noto che le spalle di Poppy stanno sussultando.

Sophie si alza in piedi e avanza sulla moquette con incedere maestoso diretta alla porta, ma con il piede urta il bordo dello scatolone dei costumi e barcolla leggermente. Tratteniamo tutti il respiro. Sophie atterra sulle ginocchia di Gloria e balza in piedi come se avesse toccato una recinzione elettrica, prima di raggiungere la porta.

A quel punto, Ruby, che è diventata sempre più rossa ogni secondo che passava, si butta sul pavimento e scoppia a ridere a crepapelle.

«Ah! Ah! Ah! Scusate. Ah! Ah! Ah! Oddio! Non ho mai riso così tanto in vita mia!». Si rotola per terra tenendosi la pancia e piangendo dalle risate.

«"Se pensi che indosserò quel *coso*"», ripete con un tono di voce severo, che assomiglia in modo sconcertante a quello di Sophie, «"ti sbagli di grosso!"».

«Hai ordinato di proposito quello sbagliato?», domanda Poppy, scettica.

«No, certo che no». Con gli occhioni sgranati, Ruby sembra il ritratto stesso dell'innocenza.

«Oddio! Invece sì che l'hai fatto, vero?», dice Ryan. Scoppia a ridere, incredulo, poi le dà il cinque. A quel punto rivolge a Jackson un'occhiata di scusa. «Scusami, amico. Però è troppo divertente».

Jackson si limita a sorridere e a fare spallucce. «È meglio che vada a vedere come sta». Si alza senza alcuna fretta ed esce dalla stanza con disinvoltura.

«Non riesco a credere che l'hai fatto per davvero, Ruby!», esclama Gloria, che fino a quel momento è rimasta seduta con un'espressione attonita. «Non posso portarti proprio da nessuna parte!».

«Non è una cosa divertente da fare, Ruby», la rimprovera Poppy, sforzandosi di fare la faccia seria.

Mi viene in mente una cosa. «Oddio! Sei stata tu a disegnare i baffi sulla foto di Sophie?».

Ruby mette il muso. «E allora?». Alza il mento come a volerci sfidare. «Nessuno deve dire a mia madre che è vecchia, grassa e brutta. Solo io sono autorizzata, perché sono la figlia e le voglio bene... ma non una cafona che si comporta come se fosse una diva solo perché è "caporedattore" di una rivista ridicola!».

Si rialza a fatica e si dirige con passo deciso alla porta. Gloria, rimasta senza parole, cerca di afferrarle la mano, ma Ruby la scaccia e se ne va. Poco dopo, quando passo davanti alla cucina per andare di sopra a provarmi il costume, vedo Ruby seduta in modo scomposto dietro al bancone, con la testa poggiata sulle mani, a fissare il paesaggio innevato al di là della finestra.

«Stai bene?».

Si siede diritta e mi osserva con un'espressione cupa. «Se l'è meritato. È stata crudele con mamma. E ha fatto diventare paranoica la povera Clemmy per il peso, tutto per quella sua stupida rivista».

Sorrido. È difficile darle torto. «Vuoi un Babbo Natale di pan di zenzero?». Entro in cucina e prendo il barattolo di latta che teniamo nella credenza, pieno di biscotti deformi. Ruby scuote la testa. «Grazie, Roxy, ma non ho fame. Penso che farò una videochiamata a Chloe».

«Va bene. Ti lascio alla videochiamata allora». Le do una stretta alla spalla per dimostrarle che approvo che abbia difeso Gloria.

Delle urla provengono dal bagno padronale, al piano di sopra. Sono Jackson e Sophie. Non riesco a sentire cosa sta dicendo Jackson perché parla a voce bassa, ma decisa; Sophie, invece, sembra sull'orlo di una crisi di nervi. Mentre passo lì davanti, Sophie geme: «Non ci credo che sta succedendo davvero. Che diamine devo fare?».

Mi pare un po' esagerato agitarsi così tanto per il costume della festa di stasera, ma in fondo Sophie è il caporedattore di una rivista di moda. Immagino che debba attenersi a certi standard.

Mi rifugio nella mia stanza e osservo l'abito da fata madrina davanti allo specchio. Spero che per stasera vada bene, indossato con il coprispalle.

Mi tolgo i jeans e la maglietta e – senza guardarmi allo specchio – mi infilo l'ingombrante gonna a balze. Quando sto per tirare su il corpetto, sento dei passi oltre la porta. Una voce maschile che urla «Ruby?», poi si sente bussare alla porta e qualcuno piomba nella camera.

Mi porto le braccia al petto e mi tiro subito l'abito sopra le spalle, girandomi in modo da impedire a chiunque entri di vedere il mio braccio pieno di cicatrici.

Alla porta c'è Ruby. E, sconvolta, vedo Alex alle sue spalle.

I nostri sguardi si incontrano e uno strano brivido, simile a una scossa elettrica, mi attraversa tutto il corpo. Alex è qui! La mia gioia mi stupisce. Cominciavo a pensare che non sarebbe arrivato in tempo per la festa.

Anche Alex sembra sconvolto di trovarsi davanti a me senza preavviso. Un attimo dopo, scuote leggermente la testa come per tornare in sé. «Ciao, Roxy. Scusami, non volevo...». Allarga le braccia.

«Non ti preoccupare. Non è successo niente». Mi affretto a tranquillizzarlo, ma la sua espressione rimane tesa.

«Ruby, tua madre ti sta cercando». Mi rivolge un sorriso fugace e se ne va.

«Dio, Roxy, scusa», dice Ruby. «Non sarei dovuta piombare dentro così. Volevo solo assicurarmi che ti trovassi bene con il vestito che ho ordinato».

Mi chino per raccogliere il coprispalle dal letto e me lo infilo senza voltarmi. «Sì, va bene. Forse hai ragione a dire che l'altro era un po' troppo banale».

Annuisce. «Ti sta bene».

Dal bagno erompe un altro, disperato lamento.

«Bene, vado a cercare mia madre», dice subito Ruby, poi si dilegua.

Tiro un sospiro di sollievo e mi lascio cadere sul letto. Se non altro sono riuscita a coprirmi prima che aprissero la porta.

Almeno spero...

Capitolo 22

Al momento di decidere con quali macchine andare alla festa e come suddividerci, in qualche modo io finisco a viaggiare nella macchina di Jackson, con lui e Sophie seduti davanti e Alex nel sedile posteriore, accanto a me.

Non vedevo l'ora di rincontrare Alex, ma lui è stranamente silenzioso. Per tutta la durata del viaggio fino al luogo della festa, mi rivolge a malapena qualche parola e continua a fissare il buio fuori dal finestrino.

Jackson tenta di intavolare una conversazione, ma Sophie sembra tutta presa dalle sue disgrazie. Si comporta ancora come se qualcosa la stressasse fin sopra i capelli e non smette di bisbigliare in tono arrabbiato con Jackson, il quale continua a scuotere la testa e a guardarla con commiserazione. Da quel che vedo, Sophie non è arrabbiata con lui, ma di sicuro le è successo qualcosa.

Ovviamente, ha rinunciato al costume da Grinch – e all'idea del travestimento in generale – e ha scelto di indossare un lungo abito fasciante in seta turchese, che le valorizza le curve, e che a quanto pare aveva portato da casa.

Seduta dietro, guardo anch'io fuori dal finestrino e desidero essere da qualsiasi altra parte tranne che qui, a prescindere da quanto magnifico possa essere il locale della festa. Il mio abito da fata madrina pizzica un po' intorno alla profonda scollatura, ha il corpetto attillatissimo e la vita stretta.

Quando respiro, dalla stoffa fuoriesce sfacciatamente una grossa porzione delle mie tette pallide.

Superiamo una curva e ci troviamo davanti a una vista spettacolare. Un castello fiabesco con delle torrette, tutto illuminato da migliaia di lucine.

«Lì dentro c'è un ristorante e delle sale per ricevimenti in cui si svolgerà la festa», spiega Jackson. «E laggiù si accede alla Foresta incantata. Potremo fare una passeggiata più tardi».

Sophie tiene il capo reclinato sul poggiatesta e sembra ignorare il fatto che Jackson sta parlando. Invece io guardo alla nostra destra, verso il punto che lui ci ha indicato. In mezzo agli alberi, si vede chiaramente un ponte al quale sono appese delle lucine, e sembra esserci una sorta di spettacolo di luci al laser con forti lampi rosa, viola e blu che rischiarano il buio.

All'interno del castello, la location è altrettanto magica. Due alberi di Natale decorati con raffinatezza ornano l'entrata e il soffitto sopra le nostre teste assomiglia a un cielo stellato – velluto blu notte al quale sono appese delle lucine bianche simili a stelle. Una band suona delle canzoni natalizie e una ventina di grossi tavoli rotondi con delle sedie sono disposti intorno a una pista da ballo. Clemmy sta già ballando con un gruppo di amiche ed è stupenda nel suo abito.

Non potrebbe esistere luogo più romantico per una festa di fidanzamento.

Nel raggiungere Poppy, che se ne sta seduta a un tavolo per conto suo, passo davanti al bancone del bar, dove Jed, Alex e Ryan chiacchierano, e sento Alex che dice: «Già, in un certo senso non vedo l'ora di tornarmene a casa. Credo di aver bisogno di ricominciare tutto da capo».

Per qualche motivo, quelle parole mi trafiggono il cuore e mi fanno sentire più malinconica di prima. Alex mi sta molto simpatico e voglio che sia felice con una nuova ragazza e una nuova vita. Forse sono solo triste perché pensavo che saremmo diventati buoni amici e vorrei che non fosse costretto a tornare in Australia dopo Natale.

«Stai bene?», domanda Poppy. «Sinceramente non sembri dell'umore giusto per fare festa, proprio come me».

«Non ti stai divertendo?», chiedo.

«Non poter bere non aiuta», si lagna Poppy. «Ho dovuto fingere di avere ancora la pancia scombussolata per non destare sospetti».

«Se dicessi a Jed del bambino, non dovresti più fingere», le faccio notare.

Mi lancia un'occhiataccia. «Hai qualche altra idea brillante?». Scuote la testa. «A essere sincera, sto pensando di chiudere con lui».

«Non puoi farlo! Jed ti adora».

«Davvero? Allora perché mi sento come se arrivassi sempre seconda, e con notevole stacco, dopo la sua carriera?»

«Colpa degli ormoni?».

Poppy fa una malinconica alzata di spalle. «Perché non posso essere una mamma single e basta? Non sarebbe più semplice? Invece di vivere col dubbio di stare con un uomo che è al mio fianco solo per il bambino?».

Scuoto la testa. «Di sicuro, non sarà così».

«Tu questo non lo sai».

Me l'ha fatta. Perché è ovvio che non lo so.

Rimaniamo sedute, Poppy sorseggia una limonata e io

un calice di vino. Non riesco a decifrare questa sensazione di malinconia che d'un tratto mi opprime. Non ero impaziente di partecipare a una festa che avrebbe incluso la presenza di Jackson e Sophie come coppia, però non mi sentivo così demoralizzata mentre ero nella macchina di Jackson.

Adesso, invece...

Giungo alla conclusione che deve essere la mia empatia nei confronti di Poppy, che è davvero giù di morale.

Se non altro, Clemmy e Ryan si stanno divertendo insieme a tutti gli amici che hanno invitato stasera. Questa è la cosa più importante. Ciò nonostante la banda della Log Fire Cabin non sembra molto in vena di festeggiamenti – eccetto Gloria e Bob, che al momento si stanno scatenando sulla pista da ballo. Lancio un'occhiata verso il bancone, aspettandomi di scorgere Alex, ma è scomparso.

Non ho idea di dove sia Ruby, ma ha invitato Sam della vicina fattoria, perciò è probabile che sia insieme a lui da qualche parte.

Sophie è incollata al telefono. È seduta al nostro tavolo, ma tra qualche istante le squillerà il cellulare e lei balzerà in piedi e andrà alla porta, con ogni probabilità per allontanarsi dalla musica ad alto volume e per poter sentire la persona all'altro capo del telefono.

Jackson si allontana dal bancone e viene a sedersi accanto a me.

«Sarà pure bellissima, ma cavolo! Quando è sotto pressione, è intrattabile!», dice, osservando contrariato l'entrata dove Sophie sta rispondendo all'ennesima telefonata. «Vorrei che si calmasse. Non sarà mica la fine del mondo. Non sei mai stata così irascibile, tu».

«In che senso "la fine del mondo"?», domando, ignorando il complimento ambiguo.

Jackson si rabbuia. «Sophie ha sentito da voci di corridoio che potrebbe essere trasferita».

«Davvero? È orribile!».

«In realtà, credo possa trattarsi di un demansionamento. A quanto pare, vogliono farle dirigere una nuova redazione a Malta».

«A *Malta*? E che ne sarà del suo ruolo di caporedattrice di "Dazzle UK"?».

Jackson scrolla le spalle. «Sembra che prenderanno qualche giovane laureata con un sacco di energia e parecchie idee rivoluzionarie».

Aggrotto la fronte. «Povera Sophie».

Lo dico con sincerità. Sophie non mi sta molto simpatica, ma sembra devota al suo lavoro e mi rendo conto che un allontanamento dal *fashion buzz* di Londra potrebbe annientarla.

«Comunque, che mi dici di te?». Mi rivolge uno dei suoi sorrisi e provo un tuffo al cuore. «Quel dolce dell'altra sera era proprio delizioso. Dovresti aprire una pasticceria».

«Perché con te si finisce sempre a parlare di affari?», scherzo, conoscendolo da un bel po'.

Fa spallucce e trascina la sedia più vicino. «Era per dire. Dicevi che volevi un lavoro che ti appassionasse. Magari è questo».

Ci scambiamo un sorriso. Mi ero dimenticata di averglielo detto quando uscivamo insieme. Non posso fare a meno di sentirmi lusingata dal fatto che lui se lo ricordi.

«Faccio un salto fuori a prendere un po' d'aria», dice Poppy alzandosi. È molto pallida, perciò la osservo preoccupata.

«Vuoi che venga con te?»

«No, sto bene», risponde e si precipita verso la porta principale.

Mi volto verso Jackson mentre mi sto già alzando. «Penso che sia meglio se vado con lei».

«Perché?». Mi afferra il polso e mi sorride. «Ha detto che sta bene».

«Sì, ma forse non è così. Aveva una brutta cera».

«Ma mi piaceva chiacchierare con te. Non ne abbiamo avuto spesso la possibilità, o sbaglio?».

Mi rivolge uno sguardo implorante, ma una volta tanto i suoi occhioni da cucciolo mi lasciano indifferente. Mi torna in mente il volto cereo di Poppy.

«Ora è meglio se vado», annuncio, dirigendomi alla porta.

Trovo Poppy che se ne sta appoggiata al muro e inspira profondamente. «Per un attimo, non mi sono sentita molto bene, ma ora penso di stare meglio. Ti va di fare una passeggiata nella Foresta incantata?».

Scrollo le spalle. «Sì, perché no? Vado a prendere i cappotti. Là fuori si gela».

Attraversiamo il parcheggio arrancando nella neve fino all'entrata della Foresta incantata. Mentre inaliamo l'evocativo profumo natalizio dei pini, ci addentriamo e percorriamo il ponticello illuminato dalle lucine appese lungo i lati.

«Non è magnifico?», esclama Poppy, prendendo una bella boccata d'aria.

«È perfetto», concordo io.

«Oh! Cosa c'è lì, dall'altra parte del ponte?».

Attraversato il ponte, ci ritroviamo in una piccola radura tra gli alberi.

E, con mio stupore, Alex è lì, seduto su una panchina di legno al margine della radura, a scrutare tra i rami.

Sembra immerso nei suoi pensieri e all'inizio non ci vede.

«Alex», lo saluta Poppy. «Dio! È meraviglioso».

Alex si alza. «Sì. È vero. È molto tranquillo. Si ha la sensazione di poter risolvere i propri problemi semplicemente standosene seduti qui».

«Dei problemi specifici?», domanda Poppy.

Alex ride, ma sembra una risata un po' forzata. «Niente che non si possa risolvere. Meglio tornare alla festa».

«Non avevi detto che era stato un tuo vecchio compagno di scuola a mettere in piedi questo posto?», domanda Poppy.

Alex annuisce. «Sì, Graeme Swift. Ha fatto un lavoro straordinario. Gli auguro che gli affari gli vadano bene».

Io e Poppy ci scambiamo una rapida occhiata mentre Alex si allontana.

«Ci vediamo dentro!», gli dico, domandandomi per quale motivo sembra così giù di morale. Lui sorride e alza un braccio per salutarci.

«Alex ha ragione. Se si sta qui seduti abbastanza a lungo, si dimentica qualsiasi problema!». Poppy sorride. Si preme la pancia con una smorfia e io la osservo preoccupata.

«Sei sicura di stare bene?».

Annuisce e guarda in su. Sopra le nostre teste, i rami formano una sorta di cupola, alla quale sono appese delle lucine intermittenti che sembrano stelle. Il profumo di pineta è celestiale. Guardiamo le lucine e d'un tratto la configurazione si trasforma e al posto delle "stelle", appare la scritta: "Buon Natale dalla Foresta incantata!".

«Ahia!», esclama Poppy tenendosi la pancia.

«Che c'è? Ti fa male qualcosa? Siediti». Ci sediamo sulla panchina.

«All'improvviso mi sento di nuovo malissimo».

«D'accordo, andiamo al pronto soccorso. Vado a chiamare Jed?»

«No!». La sua smorfia si accentua e Poppy si preme la pancia con un gemito di dolore. «Voglio solo tornare a casa. Vieni con me, Roxy?»

«Certo che vengo. Forza, andiamo. Dirò a Jackson che ci serve un passaggio».

Mi afferra la mano. «Mi dispiace trascinarti via dalla festa quando con tutta probabilità non è nulla di grave».

Scuoto la testa con determinazione. «Non essere sciocca. La cosa importante è il bambino. Ce la fai ad attraversare il ponte? Sorreggiti a me».

Faccio sedere Poppy proprio all'entrata della sala per ricevimenti e trovo Jackson, che mi dice di badare a Poppy e che andrà a prendere la macchina tra un attimo. Mentre mi allontano con in mano il cappotto e la borsa di Poppy, sposto lo sguardo e vedo Jackson che sta parlando con Sophie all'ingresso. Lei ha ancora il telefono incollato all'orecchio e fa cenno a Jackson di non disturbarla, poi si tappa l'altro orecchio con un dito.

Jackson ci accompagna in macchina e da vero galantuomo tiene aperta la portiera a Poppy e si assicura che abbia la cintura correttamente allacciata. Nel giro di quindici minuti, abbiamo ripercorso nella direzione opposta le tortuose stradine di campagna fino alla Log Fire Cabin.

Sotto le forti luci dell'ingresso, Poppy sembra avere assunto un colorito grigiastro.

«Vuoi che chiami un dottore?», le domando in preda all'agitazione.

Lei scuote la testa. «Ho solo bisogno di andare a letto», borbotta e s'incammina lentamente su per le scale.

Rivolgo a Jackson uno sguardo preoccupato e lui biascica: «Ha bisogno di qualcosa? Aspirina? Tè?»
«Vado a vedere».
Jackson fa un cenno con la testa. «Vado ad accendere il bollitore».
Una volta di sopra, aiuto Poppy a sfilarsi l'abito da Crudelia De Mon. Lei sorride e accarezza la stoffa, poi s'infila sotto le coperte e si corica su un lato avvicinando le ginocchia al petto.
«Posso portarti qualcosa?».
Mi fa un sorriso triste. «Se riesco a dormire starò meglio. Grazie, Roxy. Scusami se vi ho rovinato la festa».
«Non l'hai rovinata».
Poppy annuisce e chiude gli occhi.
Lascio la stanza e chiudo la porta senza fare rumore. Poi raggiungo Jackson in cucina.
«Allora, raccontami di Sophie», gli dico.
Fa una smorfia. «Le hanno chiesto di avviare una nuova edizione di "Dazzle" per inglesi emigrati in Europa. Perciò verrà spedita da Londra a Malta dopo Natale».
«Che succede se lei dice di no?».
Jackson fa un'alzata di spalle. «Non ha alternative. È così o niente. Nel Regno Unito il numero di lettori di "Dazzle" è diminuito drasticamente negli ultimi cinque anni, così promuoveranno una nuova arrivata al posto di Sophie. Credo che questa ragazza nuova sia la nipote di qualche pezzo grosso. Sophie è livida di rabbia».
«Non mi sorprende».
«Aveva sentito delle voci di corridoio proprio prima di iniziare le ferie natalizie, così è da quando siamo arrivati che sta sulle spine. Comunque, adesso pare che non siano solo voci di corridoio».
«Oddio, povera Sophie!».

«Spera di lavorare come modella, se le cose dovessero mettersi male».

Annuisco. «L'ha detto che si sarebbe fatta scattare delle foto per il book. Sicuramente qualche agenzia di moda la ingaggerà subito».

Jackson scrolla le spalle. «È un ambiente competitivo e cercano un tipo di fisico ben preciso. L'incertezza non fa che aumentare la sua agitazione».

«Dove hai conosciuto Sophie?», chiedo. È da quando sono arrivata qui e li ho visti insieme che voglio saperlo. Ho ipotizzato che fosse avvenuto a qualche incontro di lavoro.

«In realtà, è successo al Ballo d'inverno. Lei accompagnava il mio responsabile della comunicazione e tra noi è scoccata la scintilla».

Rimango a fissarlo mentre continua a raccontare. "Il Ballo d'inverno?". Ma non era l'evento a cui dovevo partecipare come sua accompagnatrice? Quello per cui mi aveva scelto il vestito? Lo stesso Ballo d'inverno che ha avuto luogo *sei* miseri giorni dopo la nostra disastrosa serata al programma televisivo di appuntamenti!

Mi perdo gran parte di quello che dice perché mi gira la testa dopo questa confessione. Potrei quasi perdonargli l'avventura con la francese che mi ha risposto al telefono in modo così provocante. *Quasi*. Ma il fatto che si sia trovato una nuova ragazza meno di una settimana dopo la nostra rottura equivale a un violento schiaffo in faccia.

Sentiamo entrare qualcuno e un attimo dopo Jed si affaccia alla porta. «Salve, gente. Poppy è a letto?»

«Sì, credo che avesse bisogno di dormire».

«Sta lavorando troppo. Non l'ho mai vista così esausta, ma rifiuta categoricamente di parlarne». Jed fa un sospiro pesante. «So che desidera con tutta se stessa il successo della sua attività, ma vorrei solo che non avvenisse a scapito di tutto il resto».

Ha l'aria così abbattuta che vorrei avvicinarmi e dargli un abbraccio. Se solo sapesse cosa sta succedendo a Poppy in realtà... Mi sembra crudele tenerlo all'oscuro. D'altro canto, comprendo il dilemma di Poppy. E non intendo tradire la sua fiducia rivelando che è incinta.

«Stai bene?», domanda Jackson quando Jed se ne è andato. «Hai l'espressione che fai quando rimugini su qualcosa».

«Sì, sto bene. Sono solo un po' preoccupata per Poppy, ecco tutto».

Jackson sorride e mi accarezza una ciocca di capelli. Il mio cuore cessa di battere per un istante. «Sei una crocerossina nata, Roxy. Non c'è da meravigliarsi se tutti ti cercano quando hanno dei problemi».

Scoppio a ridere. «Tu dici?»

«Già». Cerca di abbracciarmi, ma io mi ritraggo.

Jackson sembra esasperato. «Che c'è? Qualcosa non va? È colpa mia?»

«Che vuoi dire?»

«Mi allontani. L'hai sempre fatto. Anche quando stavamo insieme. Cioè, è evidente che ti piaccio, allora perché...?».

Mi faccio coraggio. Gliel'ho tenuto nascosto per troppo tempo. È ora che ascolti la verità.

Capitolo 23

Jackson ascolta con attenzione il racconto di come sono rimasta intrappolata tra le fiamme il giorno del mio diciannovesimo compleanno. Sembra inorridire quando gli comincio a parlare delle cicatrici che mi sono rimaste, per quanto io preferisca pensare che sia sconvolto dalle battaglie che ho dovuto affrontare e non che provi repulsione nell'immaginare la mia pelle deturpata.

Quando ho terminato, Jackson lancia un lungo fischio ed esordisce: «Perché non me l'hai detto prima?».

Scrollo le spalle. «Avevo paura di non piacerti più, se avessi saputo delle mie ferite».

Annuisce sovrappensiero.

«Cioè, che avresti trovato disgustose le mie ferite…».

Mi sorride con tristezza e incrocia le braccia.

«Sono stata una sciocca, lo so. Perché è *ovvio* che ti sarei piaciuta lo stesso…», dico nel tentativo di sollecitare una risposta affermativa da parte sua. Quando Jackson continua a rimanere in silenzio, non posso fare a meno di aggiungere: «Non è così?».

Lui esita. «Cosa?»

«Sto dicendo che sono sicura che ti sarei piaciuta lo stesso, con o senza cicatrici».

Il volto di Jackson si distende. «Certo, certo. Quindi, ti sei sottoposta a un'adeguata chirurgia plastica? Fanno miracoli oggigiorno».

Il suono di una chiave che gira nella toppa mi risparmia di fargli l'elenco dettagliato delle mie operazioni. Gli altri si riversano nell'ingresso, hanno tutti l'aria allegra tranne Alex, che si è offerto di guidare.

Sophie si precipita in cucina. «Jackson? Che cavolo ti è successo?», domanda.

Lui allarga le braccia. «Te l'ho spiegato, ma eri impegnata al telefono. Poppy non stava bene. Ho accompagnato a casa lei e Roxy».

Sophie socchiude appena gli occhi e mi lancia uno sguardo gelido.

Mi sbrigo a dire: «A proposito di Poppy, vado a vedere come sta». L'ultima cosa di cui ho bisogno è essere coinvolta in una delle liti tra Jackson e Sophie.

Dopo essermi precipitata fuori dalla cucina, sento gli altri che chiacchierano attorno al caminetto in soggiorno, ma mi dirigo verso le scale. E appena in tempo, si direbbe, perché Poppy è su in cima che mi fissa con un'espressione angosciata.

«Oh, Roxy! Ho tanta paura». La sua voce è un bisbiglio. Suppongo che non voglia disturbare Jed.

«Perché?». La guardo preoccupata e comincio a salire di corsa i gradini.

«Sto sanguinando». Poppy sembra così piccola e vulnerabile, mentre se ne sta lì a piedi nudi, con addosso solo la camicia da notte che assomiglia a una t-shirt lunga e stringe forte un asciugamano davanti alle gambe.

Il mio cuore sprofonda. Con impazienza, mi tolgo al volo i sandali gioiello per poterla raggiungere il prima possibile, poi la aiuto a scendere le scale.

«Dobbiamo portarti in ospedale», mormoro. «Ora *devi* permettermi di dirlo a Jed». La sto supplicando, ma anche così spaventata e indebolita, è determinata a non farglielo sapere.

«Sta dormendo», sussurra. «Non lo svegliare».

Sto quasi per gridare a Jackson di salire, invece dico a Poppy di sedersi sulle scale mentre io corro in cucina.

Adesso Jackson è solo e capisce subito che qualcosa non va.

«È Poppy. È incinta. Non dirlo a Jed però, lui non lo sa. Poppy sta sanguinando».

«Oh! Va bene». Aggrotta la fronte. «Devo chiamare un'ambulanza?».

Torno di corsa da Poppy, le dico di non preoccuparsi. Le daremo l'aiuto di cui ha bisogno. «Jackson è andato a chiamare l'ambulanza».

Quando torno in cucina, Jackson è sulla porta, sotto shock.

«Hai telefonato?», lo sprono.

«No. Giusto! Vado a prendere il telefono».

Rientra in cucina e io mi siedo accanto a Poppy, che è bianca come un cencio. Si alza con cautela. «Devo solo...». Indica il gabinetto al piano di sotto, così balzo in piedi e le vado dietro.

Mentre è in bagno, Alex e Clemmy escono dal soggiorno e domandano cosa sta succedendo. Glielo spiego rapidamente. «Jackson sta chiamando un'ambulanza. Almeno credo. Jackson?!», lo chiamo, mentre dentro di me il panico aumenta. Se non portiamo alla svelta Poppy in ospedale, non oso pensare cosa accadrà...

La porta si apre e appare una Poppy dal volto cereo. «Non smette».

Guardo Alex con preoccupazione.

«D'accordo, forza». Alex passa subito all'azione. «Prenderemo la mia macchina. Roxy, puoi andare a prendere il cappotto di Poppy? Mettile addosso dei vestiti caldi, io vado a prendere le chiavi». Alex attraversa di corsa l'ingresso, nel frattempo io mi precipito di sopra ed entro in punta di piedi nella stanza di Poppy, temendo di disturbare Jed, che è a letto e si è già addormentato. Prendo la tuta di Poppy da una sedia lì accanto poi corro in camera mia a prendere dei calzini.

Alex mi aiuta a vestire una disorientata Poppy, poi la aiuta con gentilezza a sedersi sul primo gradino mentre lui le infila rapidamente, ma con cura, i calzini e gli stivali, senza smettere mai di parlarle in tono deciso, ma gentile. Gli sono così grata di aver assunto il controllo che ho voglia di abbracciarlo.

Alla fine, mi passa le sue chiavi. «Puoi aprire la macchina, Roxy?». Sorride a Poppy. «Pronta per un passaggio? Non vogliamo mica che scivoli sul ghiaccio».

Lei gli fa un sorriso triste.

Mentre mi infilo dei mocassini trovati accanto alla porta e corro fino alla macchina di Alex, lui prende Poppy tra le braccia e la porta fuori.

«E Jed?», domanda Alex, mentre io gli tengo aperta la portiera.

Scuoto subito la testa e lui sembra recepire il messaggio. «Tu vieni?», mi domanda.

Quando annuisco, mi dice: «Forse è meglio se vi sedete entrambe dietro».

Apro la portiera posteriore, poi mi precipito in casa a prendere il cappotto. Quando ritorno alla macchina, Poppy ha già la cintura allacciata e Alex è al posto del conducente, con il motore già acceso.

Una volta in viaggio, prendo Poppy per mano. «Posso telefonare a Jed adesso, se vuoi».

Lei si volta, ha un'espressione piena d'angoscia e penso

che alla fine potrebbe cambiare idea. Invece fa no con la testa. «Potrebbe non esserci più nulla da dire ormai», geme con voce rauca e a quelle parole mi si stringe il cuore. Crede di stare perdendo il bambino.

Le stringo forte la mano e desidero con tutta me stessa che Poppy si sbagli…

Capitolo 24

Nei dieci minuti che impieghiamo per raggiungere l'ospedale, cala su di noi un silenzio carico di tensione e Poppy non smette neppure un istante di stringermi forte la mano.

Arrivati davanti al pronto soccorso, Alex mi porge le chiavi per parcheggiare la macchina, poi aiuta Poppy a raggiungere l'entrata, in pratica portandola di nuovo in braccio, perché la paura l'ha privata di ogni forza. Li osservo scomparire all'interno dell'ospedale. A quel punto, frugo nella borsa in cerca del telefono e faccio una chiamata.

Quando alla fine entro anch'io nell'edificio, noto che Poppy è distesa su una barella con Alex al suo fianco, in attesa di essere visitata. In realtà, Alex è riuscito a farla sorridere, e già di per sé è un'impresa non da poco, per questo provo un profondo affetto per lui. Alex è stato sin dall'inizio davvero in gamba. È proprio il genere di ragazzo che vorresti accanto quando le cose si mettono male...

Alex mi vede e mi sorride. «Stavo giusto raccontando a Poppy che una volta ho sentito una barzelletta sulla perdita della memoria, ma non mi ricordo come finiva».

Mi rivolgo a Poppy sbuffando e lei scuote la testa. «Dovrebbero mettere delle avvertenze sulle tue battute», scherza lei.

È un sollievo vedere che si è rilassata, anche se Dio solo sa quali sentimenti si nascondano dietro quel sorriso.

Mi sento profondamente a disagio nel ripensare alla telefonata che ho fatto nel parcheggio. Poppy non continuerà a sorridere ancora per molto, e sarà tutta colpa mia...

Arriva l'infermiera per visitarla, perciò io e Alex indietreggiamo.

«Quindi nessun altro sa che è incinta?», mormora lui.

Faccio una smorfia. «È complicato. Mi ha chiesto di non dirlo a nessuno».

«Jed non lo sa?».

Udendo delle voci nel corridoio mi volto. Un'infermiera ci sta indicando e mi sento sprofondare. «È stato informato».

Jed avanza verso di noi a grandi passi, il suo viso è contratto dall'ansia. «Poppy?».

Poppy e l'infermiera alzano gli occhi.

Jed è in piedi accanto alla barella e fissa la sua ragazza passandosi le mani tra i capelli. «Sono venuto non appena ho ricevuto la telefonata di Roxy. Perché cavolo non me l'hai detto?».

L'infermiera fa un passo indietro per permettere a Jed di mettersi al suo posto e lui si accovaccia in modo da portare il suo viso alla stessa altezza di quello di Poppy. Le prende la mano come se fosse qualcosa di molto prezioso e quando Poppy fa per mettersi seduta e spiegare, lui le dice con dolcezza di rimanere in silenzio e tornare a distendersi, poi le sussurra che in quel momento la cosa importante è che lei stia bene.

«Come facevi a sapere che sono qui?», gli domanda.

«Roxy». Jed mi sorride e lei si limita ad annuire.

Io e Alex li salutiamo, convinti che sia meglio affidare Poppy a Jed, e nell'allontanarci mi volto a guardarli.

Stanno portando via Poppy, che stringe ancora la mano di Jed. Ma lo sguardo che mi rivolge mi gela il cuore.

Avrò ancora un lavoro domani?

Cosa più importante: Poppy riuscirà mai a perdonarmi per aver detto a Jed del bambino?

Durante il viaggio di ritorno, Alex rompe il silenzio.

«Devo supporre che hai detto tu a Jed del bambino».

Annuisco avvilita e lui mi risponde: «Hai fatto bene, Roxy. Jed doveva sapere. Specie adesso».

«Tu credi?»

«Sì, lo credo. Perciò smettila di preoccuparti». Mi sorride – è un sorriso caloroso stavolta – e sento che tutto il mio corpo si rilassa un po'.

Forse Alex ha ragione. Può darsi che quando avrà modo di rifletterci, Poppy sarà contenta che io l'abbia detto a Jed. Non posso far altro che sperare. La conosco solo da un paio di settimane, eppure la considero già una buona amica. Spero solo di non avere distrutto la nostra recente amicizia.

Dopo esserci fermati davanti alla Log Fire Cabin, Alex spegne il motore.

Rimaniamo immobili. Restiamo seduti ad ascoltare il ticchettio del motore che si raffredda, a osservare gli sporadici fiocchi di neve che cadono lievi al di là del finestrino.

«Perché non voleva che Jed lo sapesse?», domanda Alex. «Poppy non ha intenzioni serie riguardo la loro relazione?».

Mi giro a guardarlo. Nella penombra, riesco a vedere riflesse nei suoi occhi le lucine bianche appese a un albero lì vicino. Sembrano stelle.

«Tutto il contrario, in realtà. Poppy è pazza di lui, ma è convinta che Jed non provi lo stesso per lei».

Alex annuisce e guarda avanti, pensieroso, con le spalle larghe incurvate per sentire meno il freddo che sta penetrando nell'abitacolo. «Ho la sensazione che anche lui sia pazzo di lei».

«Lo spero».

«Sì, anch'io. Stanno bene insieme».

Guardo Alex e penso che è una persona davvero cordiale e adorabile. È il tipo di uomo di cui ci si può fidare ciecamente.

«E che mi dici di te, Roxy?», mi domanda.

Si volta a guardarmi e nel silenzio della notte gelida, tutto d'un tratto mi sembra molto intimo stare qui seduta in macchina con lui. È piuttosto alto – la testa sfiora quasi il tettuccio. Non alto quanto Jackson, che ha il fisico di un velocista. Al contrario, le spalle di Alex sono larghe e attraenti, come se fosse più a suo agio in un campo da rugby che su una pista da atletica. Mi fissa con intensità e ho vagamente percepito che mi ha appena rivolto una domanda, ma la mia mente confusa pare non ricordare quale fosse.

Mi rendo conto di non riuscire a distogliere lo sguardo dal suo, il che è strano, perché di solito mi risulta molto difficile sostenere lo sguardo di un uomo. Specie di uno che trovo affascinante. Forse ho sempre timore che riescano a vedere oltre la superficie, a scorgere le imperfezioni sottostanti.

Appena prendo atto che Alex è un ragazzo molto affascinante, il mio cuore sussulta per la sorpresa. Perché non me ne sono mai accorta prima? Forse perché ho sempre pensato a lui come l'amico di Jed e Jackson.

I suoi occhi appaiono molto scuri, ma di che colore sono in realtà, alla luce del giorno?

«Sei ancora innamorata di Jackson?», mi chiede.

"So che ha le ciglia lunghe… Me ne accorgo tutte le volte che parliamo. Credo che abbia gli occhi verdi…".

Poco alla volta, recepisco la sua domanda.

"Sono ancora innamorata di Jackson?"

Deglutisco. «Lui sostiene che chiuderà con Sophie e poi… chissà».

Alex fa un cenno con la testa e mi fa uno strano sorriso rammaricato.

Prende un profondo respiro e dice: «Forza, allora. Entriamo. Suppongo che per il momento non dovremo fare parola della gravidanza di Poppy».

«Sì, credo di sì. Ora spetta a lei e a Jed dare aggiornamenti». Rabbrividisco, domandandomi quale sarà la notizia. «Dio, mi auguro che ci sia un lieto fine».

Guardo Alex, demoralizzata.

Lui sospira. «Ce lo auguriamo entrambi, Roxy». Si sporge verso di me prima di attirarmi in un caloroso abbraccio e io mi rilasso. «Speriamo che sia solo un brutto spavento», mi sussurra con le labbra tra i miei capelli, «ma dovrà fare attenzione. È successa la stessa cosa a mia sorella, ma alla fine è andato tutto bene».

«Hai un nipote? Maschio o femmina?». Ho il viso è premuto contro il suo petto caldo e la mia voce risulta attutita.

«Maschio. Ha cinque anni ed è una piccola carogna».

Mi tiro su. «Perché? Cosa combina?».

Alex ride. «Oh! Niente di che. È dispettoso, ma ti conquista proprio per questo. Noi in Australia lo chiamiamo "piccola carogna" in senso affettuoso».

«Ah! Capito».

Mi abbandono di nuovo contro il suo petto. Poi, all'improvviso, mi rendo conto di quello che sto facendo e mi ritraggo di scatto. «Oddio, scusa!». "Grazie al cielo, nella penombra non può vedere che sono arrossita!".

«*Hey!* Non è successo niente!», risponde, imitando alla perfezione l'accento australiano.

Entriamo in casa e mi tiene aperta la porta.

«Alex, sei stato davvero in gamba con Poppy e a gestire tutto».

«Non c'è problema, l'ho fatto volentieri».

«Sei proprio un bravo ragazzo». Gli sorrido, ma lui ignora il mio complimento. Si limita a entrare in cucina e mi viene un nodo alla gola. Forse è solo molto stanco. Io lo sono.

Nell'ingresso, mi tolgo il cappotto e i mocassini troppo grandi, attratta di punto in bianco dal lamento proveniente dalla cucina.

"Che cavolo…?".

Sembra un gatto ferito.

Mi precipito dentro e vengo accolta da una scena bizzarra.

Sophie è accasciata sul bancone, con la gonna del suo meraviglioso abito rigonfia. «Non ci credo che quella maledetta prenderà il mio posto», piagnucola davanti a Clemmy, che, seduta accanto a lei nel suo abito da Cenerentola, dà a Sophie delle pacche sulla schiena e mostra di non sapere cosa fare.

«Cos'è successo?», mimo con le labbra a Clemmy.

Lei sbuffa e scuote la testa. «Quelli della rivista "Dazzle" hanno annunciato a Sophie che la trasferiranno da Londra per dirigere una nuova redazione e lei non ne è affatto felice».

Allora quello che ha detto Jackson è vero.

«Oh! Poverina». La mia esclamazione è sovrastata da un altro lamento di Sophie.

«A quanto pare, i miei colleghi hanno sentito circolare delle voci per settimane, ma qualcuno si è preso la briga di venirmelo a dire?», esclama. «No, è ovvio che l'hanno fatto col cavolo!».

«È orribile!», concorda Clemmy.

Annuisco. «E che pessimo tempismo per dare una notizia del genere. Poco prima di Natale».

Sophie alza la testa e mi guarda storto. «Come se non bastasse quei bastardi mi trasferiscono a Malta! Cioè, dove cavolo sta Malta sulla cartina geografica?»

«Ehm, è un'isoletta nel Mediterraneo, proprio sotto l'Italia», spiega Clemmy. «Una volta sono stata a Gozo, che è proprio lì vicino, ed era bellissima!».

«Lo so dove cavolo sta Malta!», strilla Sophie. «Voglio dire... che posto ha nella classifica delle capitali della moda del mondo! Sta in fondo, proprio sotto la Siberia occidentale, suppongo!».

Io e Clemmy osserviamo terrorizzate Sophie, che si mette a strillare e a battere i pugni sul tavolo, abbandonandosi a un crescendo di disperazione.

Clemmy mi guarda preoccupata e indica il bollitore.

Annuisco. «Un bel caffè forte è quello che ci vuole», dico mantenendo la calma.

Si direbbe che per via della tremenda notizia Sophie abbia alzato un po' troppo il gomito e si sia scolata una distilleria intera.

Clemmy si alza e si avvicina in punta di piedi al bollitore, come se il minimo rumore da parte sua potesse far perdere del tutto le staffe a Sophie, quasi fosse un coperchio espulso da una pentola a pressione.

«Come possono fare questo a *me*?», si angoscia Sophie. «A me, che sono stata nella redazione di "Dazzle" per così tanto tempo!».

«Quanto sei stata lì?», le domando con dolcezza.

«Diciotto mesi. Ma non è questo il punto. Ho fatto un

ottimo lavoro. Un cavolo di lavoro *straordinario* e loro lo sanno!».

«Non è un riconoscimento il fatto che vogliano metterti a capo di una nuova redazione?», le faccio notare. «È una grande responsabilità».

Sophie si tira su e mi guarda come se all'improvviso mi fossero spuntate altre due teste. «Se si trattasse di Parigi. O New York. O Roma. Allora potrei esultare. Ma la dannata *Malta*?».

Non so più cosa rispondere, ma Sophie mi fissa con una tale disperazione, come se si aspetti che io le dica qualcosa che renda tutto più sopportabile.

Apro la bocca. «Io... be', io non ci sono stata, ma Malta deve essere stupenda. Quindi forse si rivelerà un'ottima mossa». Deglutisco. «E Jackson può venire a trovarti. Non sarebbe molto romantico?».

Il suo sguardo diventa glaciale. «Jackson può anche andarsene a quel paese!».

«Cosa?»

«Ho detto che Jackson può togliersi dai piedi. È un gran bastardo, come quelli della direzione finanziaria, che hanno deciso che il numero di lettori è crollato da quando sono arrivata io!».

Ho un nodo alla gola. «E, di preciso, perché Jackson sarebbe un... ehm... bastardo?». Oddio, forse alla fine ha fatto quello che aveva detto. Ha rotto con Sophie per stare con me.

Sono travolta da una valanga di emozioni.

«Credo che l'abbia scaricata», mi bisbiglia Clemmy all'orecchio, posando davanti a noi una grossa tazza di caffè, proprio mentre Sophie ricomincia a piangere, raggiungendo un'intensità che fa quasi vibrare le finestre.

Rimango a fissare Clemmy sbigottita, mentre Sophie

si soffia il naso con un pezzo di carta da cucina che le ha porto Clemmy.

Sono profondamente sconvolta. Non credevo che potesse accadere davvero. Nonostante Jackson abbia insistito più volte che voleva rimettersi con me, in fondo pensavo che non avrebbe mai fatto il grande passo rompendo con Sophie.

Forse siamo davvero fatti l'uno per l'altra, io e Jackson, e la mia avventata proposta di matrimonio ci ha solo allontanati per un po'. Mi sono sempre chiesta dove saremmo a quest'ora, se io, come una sciocca, non fossi stata ubriaca fradicia quella sera e non avessi rovinato tutto. Forse saremmo proprio qui, e Jackson sarebbe innamorato di me. E non vorrebbe stare con nessun'altra tranne me...

«Oddio! Dannata Malta!». Sophie getta le braccia al cielo e fa cadere a terra un vaso di fiori. Per un attimo, avverte il rumore di qualcosa che va in frantumi, si volta senza prestare attenzione, ma sembra non rendersi conto di cosa l'abbia provocato e si accascia di nuovo sul bancone.

Osservo i suoi capelli, ormai non proprio perfetti, con le ciocche che sfuggono da tutte le parti, e non riesco a fare a meno di provare pena per lei. Il mio senso di colpa è leggermente alleviato dall'evidenza che Sophie sia più preoccupata per i problemi di lavoro che per Jackson che le ha detto che è finita.

Clemmy scende a fatica dallo sgabello e si mette a raccogliere i cocci, così corro a darle una mano.

«Attenta! Ti rovinerai il vestito», le dico.

«E ho una fame!», geme Sophie. «Mangerei una pagnotta intera tagliata a fette, tostata e con uno strato così spesso di burro spalmato sopra da farmi venire i rotolini di ciccia solo a vederla nel piatto».

«Tosto il pane?». Clemmy mi guarda e io annuisco.

Clemmy si occupa del pane. In quel momento, entra in cucina Alex e chiede se è tutto a posto. Mi aiuta a buttare i cocci nella pattumiera. A un certo punto, le nostre mani si toccano ed entrambi balziamo indietro, come se avessimo ricevuto un elettroshock. Alzo gli occhi e il suo sguardo intenso mi fa battere il cuore all'impazzata.

«E oltre a tutte le porcate che mi sono successe», strilla Sophie, «sono di nuovo una single del cavolo perché gli uomini sono tutti dei bastardi!».

«Forse è meglio se Sophie rimane a dormire qui stanotte», mormora Alex.

Annuisco e mi sento subito meglio ora che ha preso lui il comando. «Può dormire nella mia stanza. Io starò comoda sul divano, una volta che saranno tornati tutti all'hotel». Indico il soggiorno con un cenno del capo e mi domando come si starà sentendo Jackson, nel sentire che Sophie è così sconvolta e sapendo che in parte è lui la causa.

Io sono piuttosto triste, perché so di essere la ragione per cui Jackson l'ha scaricata. Perciò lui starà mille volte peggio.

Provo nostalgia per Flo e l'appartamento. D'un tratto, sento il bisogno di darmela a gambe e sottrarmi a tutte queste scenate. Se non fosse che Flo è a New York, naturalmente. Questo bisogno di fuga è così pressante da lasciarmi perplessa perché adesso so che Jackson è libero di stare con me, allora per quale motivo vorrei andarmene?

Suppongo che la mia mente sia troppo confusa per pensare in modo razionale. Mi farebbe bene starmene un po' per conto mio per capire cosa voglio davvero. Per quanto desideri fuggire però devo rimanere.

Poppy ha bisogno di me, adesso più che mai. Mi sento molto in colpa per aver detto a Jed del bambino, anche se l'ho fatto perché era giusto che lo sapesse. Con Poppy in ospedale, è mio dovere fare in modo che il contratto con Sylvia venga rispettato. Anche se dovrò lavorare giorno e notte per riuscirci.

Una cosa è certa: ora Jackson sarà anche libero, ma è impossibile tornare subito insieme. Dobbiamo prenderci una pausa e assicurarci di non precipitare le cose. Forse dopo Natale, quando tutto sarà tornato alla normalità, stabiliremo quando vederci e decideremo se è questo che vogliamo. Non c'è alcuna fretta...

Eppure, dentro di me, so che sto solo temporeggiando. Ho una sensazione di gelo nell'animo che cerco di ignorare dalla sera della gara di pattinaggio, ma so di doverla affrontare.

La domanda che mi assilla è: Jackson sarà anche libero di stare con me, ma io voglio veramente stare con lui?

«Roxy?».

Mi giro e sulla porta c'è Jackson, che mi fa cenno di avvicinarmi. Lancio un'occhiata nervosa a Sophie, che si è calmata e sta sorseggiando il caffè, confortata da Clemmy.

Se Sophie vede Jackson, temo che l'altro vaso sul bancone possa fare la stessa fine del suo gemello – solo che stavolta non si tratterebbe di un incidente. Per questo, mi affretto a sgattaiolare fuori prima che si accorga della presenza di Jackson.

«Come sta?», domanda lui, preoccupato.

«Non bene. Il fatto che sia così ubriaca non aiuta, ma secondo me è totalmente sconvolta per la fine della vostra relazione. Pensiamo che debba rimanere qui stanotte. Dormirà nella mia stanza».

Il volto di Jackson si rischiara. «Davvero? Oh, be', tu puoi venire a dormire in hotel. Nella mia stanza».

Rimango a fissarlo. «No, è ovvio che non posso».

«Perché no?»

«Perché… non sarebbe giusto. Hai appena rotto con Sophie e lei sta lì che piange disperata. In coscienza, riusciresti davvero a trascorrere la notte con me, sapendo come si sentirebbe Sophie quando lo scoprirà? Perché è ovvio, lo scoprirà!».

Jackson sospira. «D'accordo. Allora dov'è che vai a dormire tu, stanotte?».

Faccio spallucce, sconcertata. «Sul divano? O su dei cuscini nello studio? Da qualsiasi parte. Non ha importanza».

«D'accordo. Bene, credo che tornerò in hotel ora, con Ryan e Clemmy».

«Oh! Va bene».

«La mamma di Sophie vive qui vicino. Penso che verrà a prenderla».

«Cosa? Adesso?!»

«Be', no, immagino domani mattina». Scrolla le spalle. «Non lo so».

Lo guardo, senza riuscire a decifrare il suo atteggiamento così gelido di fronte alla sofferenza di Sophie. Sembra che Jackson non provi alcun senso di colpa per averla scaricata a pochi giorni da Natale.

"Forse sta solo indossando la maschera dell'uomo duro perché non vuole mostrare i suoi sentimenti".

Sophie manda un lamento straziante.

«Mi auguro che ti dispiaccia che Sophie sia così infelice», dico. «Specie perché mancano solo tre giorni a Natale».

Jackson scrolla le spalle. «Sono cose che capitano. Le

relazioni finiscono e si volta pagina. È la vita. Tra un paio di giorni starà bene». Mi sorride. «Ti preoccupi troppo per gli altri».

«Sì?»

«Sì. Sei una vera tenerona, che è una delle cose che amo di te». Si avvicina e mi attira a lui e io mi rendo conto che sta per baciarmi. Non riesco a credere che sia così insensibile! "Non gli dispiace baciarmi con Sophie che se ne sta dietro quella porta a struggersi?".

Sento un rumore in lontananza, ma è solo quando qualcuno si schiarisce la voce che mi accorgo che era la porta della cucina che si apriva.

Mi divincolo da Jackson e mi giro con aria colpevole.

Non è Sophie.

E anche se lo fosse, non riuscirei a sentirmi peggio di così.

È Alex. E la sua espressione disgustata è sotto gli occhi di tutti.

Scuote la testa ed esce dalla baita.

Capitolo 25

La mattina seguente mi sveglio sul divano del soggiorno e il mio primo pensiero è la faccia di Alex quando ha visto Jackson e me stretti in quello che deve avere scambiato per un abbraccio romantico.

Poi mi viene in mente Poppy.

Oddio, mi auguro che stia bene.

Non li ho sentiti rientrare durante la notte, ma forse dormivo. A quanto pare, secondo Alex ho fatto la cosa giusta quando ho telefonato a Jed dall'ospedale.

Vorrei esserne così sicura anch'io.

«'Giorno, Roxy!». Ruby entra di corsa. «Ha appena chiamato Jed per informarci che l'emorragia di Poppy si è fermata. Non è grandioso?».

Tiro un sospiro di sollievo. «Certo che lo è. Stanno tornando, quindi?».

Ruby scuote la testa. «I medici vogliono che rimanga in ospedale un'altra notte per assicurarsi che stia bene». Le si illumina il viso. «Oh! Domani è la vigilia di Natale!».

«Già, è vero».

«Non ci credo che abbiamo tutta questa neve giusto in tempo per il grande giorno. A quanto pare, nevicherà molto di più».

«Potremmo rimanere isolati per la neve». Le sorrido. «Sei rimasta fuori ad aspettare che mi svegliassi?»

«No. Solo un tempismo perfetto, suppongo». Fa un grosso sbadiglio e si lascia cadere sul bordo del divano, mancando per un soffio i miei piedi. «Ieri notte ho fatto un incubo terrificante. Una frotta di donne dall'aspetto feroce e con delle pitture di guerra sulla faccia mi inseguivano in un campo. Poi le ha inseguite un toro e loro sono fuggite».

«Wow! Secondo te, cosa significa?». Le sorrido.

Si volta e mi risponde con tono cupo: «Secondo me, significa che sono come un elefante in una cavolo di cristalleria, mi intrometto senza riflettere e così facendo mi caccio in un mare di guai».

«Davvero? Cavolo, hai riflettuto molto su questo sogno. Di solito, i miei li dimentico tre secondi dopo che mi sono svegliata».

Si volta verso di me, con il braccio poggiato sullo schienale del divano. «Mi dispiace moltissimo per quella bravata che ho fatto a Sophie, quando ho finto che le avessero spedito il costume da Grinch invece di quello da Holly Hepburn».

«*Audrey* Hepburn».

«Ma non si chiamava Holly?»

«Holly Golightly era il personaggio che interpretava nel film».

«Quindi Holly Golightly era un'attrice famosa?»

«No, lei...». Rido. «Non importa. Cosa intendi fare con Sophie?»

«Le ho chiesto scusa».

«È stato carino da parte tua. La povera Sophie sta già uno schifo perché Jackson l'ha mollata».

Ruby rimane a fissarmi. «No, non l'ha fatto».

«Cosa vuoi dire?»

«Non l'ha mollata. Sophie ha mollato lui, perché

Jackson ha rifiutato di andare a vivere a Malta con lei quando inizierà il nuovo lavoro».

«Ah».

Turbata, ripenso a questa notte. Giurerei che Jackson non mi abbia contraddetta quando l'ho accusato di aver chiuso con Sophie. Perché mai non mi ha detto cos'era accaduto davvero? «Ruby, ne sei sicura?»

«Assolutamente. Jackson mi ha detto che non gli dispiaceva, perché in ogni caso Sophie non gli interessava più».

Scoppio a ridere, incredula. Ovviamente, a Jackson faceva comodo farmi credere che era stato lui a lasciare Sophie solo per poter stare con me! Quando, in realtà, era stata Sophie a dargli il benservito!

Il mio ex è proprio un verme! Avevo grande stima di lui, ma comincio a pensare di non conoscere affatto il vero Jackson. La sua era tutta una messa in scena. E con ogni probabilità, avrà rifilato a Sophie le stesse mezze verità ammalianti e superficiali che ha riservato a me!

«Perché ridi?», domanda Ruby.

Scuoto la testa. «Rido perché ripenso a quanto sono stata stupida».

"Ma, in realtà, ho voglia di piangere".

Dopo tutto questo tempo trascorso a soffrire per Jackson, mi è ormai chiarissimo che non ero altro che uno dei suoi numerosi giocattoli. E se Sophie non l'avesse battuto sul tempo, sono sicura che lei sarebbe stata la prossima nella lista a venire scaricata in favore della prima ragazza carina che si fosse presentata.

«Sophie se ne è appena andata», annuncia Ruby. «Sua mamma è venuta a prenderla e sono partite».

«Sophie se ne è andata?».

Ruby annuisce. «La madre era tremenda. Impartiva ordini alla povera Sophie come se avesse dodici anni.

Sophie mi ha raccontato che da quando aveva cinque anni, la madre la faceva salire tutti i giorni sulla bilancia per assicurarsi che non superasse il suo peso ideale».

Ci scambiamo uno sguardo raccapricciato.

«Non è triste?», nota Ruby.

«Lo è di sicuro». Osservo Ruby costernata. Dopo tutte le cose orribili che ho detto sul conto di Sophie, ora nei suoi confronti non provo altro che pietà. «Immagina di avere una madre che ti tratta così...».

«Stai bene? Hai un'aria strana», dice Ruby.

«Stavo solo pensando a Jackson. A quanto pare, lasciarsi alle spalle una storia per voltare subito pagina con un'altra ragazza è qualcosa che gli riesce benissimo...».

«Davvero? Con chi è che volta pagina allora?»

«Oh, nessuno», mi affretto a rispondere. «Stavo solo pensando ad alta voce».

Ruby aggrotta la fronte. «Già. Io lo faccio sempre. Penso ad alta voce. Mamma mi dice sempre che devo pensare prima di aprire bocca».

«Di solito le mamme hanno ragione».

Ruby annuisce malvolentieri. «Da adesso in poi, abbasserò il volume. Sarò più gentile con i miei amici. E amiche. Voglio dire, non puoi mai sapere cos'hanno passato, giusto? Come Sophie».

«È verissimo, Ruby».

«D'ora in poi sarò molto più tollerante con le persone».

Le sorrido. «Buona fortuna».

«Comunque, non dovresti vergognartene».

«Vergognarmi di cosa?»

«Delle cicatrici. Ho visto che cercavi di nasconderle quando sono entrata in camera tua, l'altro giorno». Fa una smorfia. «Senza aspettare che mi dessi il permesso di entrare, ovviamente». Alza gli occhi al cielo per essere stata maleducata. «Scusami!».

«Non fa niente». Il cuore ha preso a battermi forte. E ho la bocca secchissima, riesco a malapena a parlare.

«In realtà, anch'io ho delle imperfezioni. Guarda». Solleva la maglia del pigiama e mi mostra una grossa voglia di fragola che le ricopre la parte sinistra dell'addome.

Sorride. «La chiamo il "timbro del safari" perché, se vedi, ha una forma che ricorda l'Africa. E ho sempre voluto partire per un safari. A scuola, i ragazzini mi prendevano in giro, soprattutto negli spogliatoi, ma presto ho capito che se ero io a riderne per prima, gli avrei tolto tutto il divertimento. Perciò la mostravo a tutti, come se ne fossi orgogliosa, e loro se ne sono dimenticati. È parte di me. E se alla gente non piace, che se ne faccia una ragione». Si volta e aggiunge senza giri di parole: «Ti sei ustionata? È per questo che hai quelle cicatrici?».

Mi faccio coraggio. «Mi sono ustionata, sì».

«Come? Se non ti dispiace dirmelo».

Scuoto la testa, anche se mi dispiace. Mi dispiace moltissimo.

È solo che sentire parlare Ruby con tale disinvoltura di qualcosa che avrebbe potuto renderla schiva e impacciata mi fa pensare che almeno con lei posso essere sincera. Così le racconto della notte dell'incidente e di come sono corsa tra le fiamme per cercare Gus e lei mi ascolta con le labbra appena dischiuse, senza dire una parola finché non ho terminato.

«Wow! Sei stata davvero coraggiosa». Aggrotta la fronte. «Ma Gus stava bene?».

Sorrido. «Sì. Il furfantello ha vissuto a lungo dopo quella sera, ringraziando il cielo».

«Che sollievo!». Il suo viso si distende. «Bene. È ora di colazione. Muoio di fame», dice prima di uscire di corsa. «A dopo, Ruby».

Non mi alzo subito. Al contrario, mi distendo sul divano per un po' e penso quanto sia meraviglioso che, alla fine, probabilmente sia Poppy sia il bambino stiano bene, e penso anche alla mia conversazione con Ruby. È molto saggia, quella ragazza. Mi commuovo nell'immaginare quanto la prendessero in giro negli spogliatoi e a quanto è stata coraggiosa nel mostrare a tutti la sua voglia. I ragazzini possono essere crudeli, ma Ruby ha vinto!

Al confronto, io mi sento piuttosto immatura. L'esatto contrario di coraggiosa.

«"È parte di me"», ha detto. «"E se alla gente non piace, che se ne faccia una ragione"».

Non l'ho mai vista sotto questa prospettiva, che è decisamente straordinaria, a dire la verità. Immagino di non avere mai posseduto quell'innata fiducia che a quanto pare è propria di Ruby. Pur essendo così giovane, lei non si scusa mai per essere sé stessa. Be', tranne quando decide di non essere più un elefante in una cristalleria.

Dovrei accettare le mie cicatrici. Come Ruby ha accettato la sua voglia. Invece di fingere sempre che non esistono e che l'incidente non è mai avvenuto. Mi rendo conto che se mi comportassi come Ruby, avrei il coraggio di mostrare le mie cicatrici praticamente a chiunque.

"E se a certa gente non piacciono, che se ne faccia una ragione...".

Capitolo 26

Percorro risoluta la strada che conduce all'hotel, a testa alta.

Mi sento forte e quasi vittoriosa, anche se allo stesso tempo ho il cuore in gola. Devo farlo però. Sono determinata a mettere da parte le mie paure.

Entrata nell'hotel, vado dritta alla reception e domando alla ragazza dietro al bancone se può chiamare la stanza di Jackson per fargli sapere che sono lì. Il cuore mi batte all'impazzata. Dio, ti prego, fa' che Jackson sia nella sua stanza! Ti prego, ti prego, ti prego…

L'addetta alla reception mi sorride e annuncia: «Certo, signora». Poi controlla sul computer, e sembra metterci una vita. Non che io sia agitata o roba del genere. La ragazza prende con estrema calma il telefono, preme alcuni tasti e mi sorride tutta tranquilla, ignara della preparazione psicologica che nel frattempo sta avendo luogo dentro di me.

Mi sento come se fossi alle pendici dell'Everest a scalpitare e a morire dalla voglia di raggiungere la vetta prima che il tempo cambi e io rinunci per la fifa.

«Le piace l'albero di Natale?», mi domanda nell'attesa che Jackson risponda alla chiamata. «L'abbiamo fatto stamattina».

«L'albero di Natale?». Non mi ero neppure accorta che ci fosse un albero quando sono entrata.

L'addetta indica un punto alle mie spalle e quando mi giro, a pochi metri da me, c'è il più gigantesco, sfavillante e sfrontato albero di Natale che abbia mai visto in vita mia. In realtà, occupa quasi tutta la superficie della reception.

Come sia riuscita a passare davanti a un gigantesco sfoggio di festeggiamenti natalizi come quello senza vederlo, non ne ho proprio idea.

Immagino che dovessi essere molto assorta...

«Dice che può andare di sopra nella sua stanza», mi informa l'addetta. «Numero tredici. Secondo piano».

«Grazie». Mi avvio verso le scale.

«Laggiù c'è un ascensore», mi informa l'impiegata.

«Va bene così. Vado un po' di fretta». "L'ascensore ci metterebbe una vita!".

Salgo di corsa le scale, arrivo al secondo piano con l'affanno e le terminazioni nervose che mi formicolano per l'euforia, come se fossi appena scesa da montagne russe davvero da brivido.

Corro lungo il corridoio, ma supero per errore la stanza e arrivo alle stanze dal numero venti in su.

Mi fermo e mi costringo a fare un gran respiro. Poi un altro e un altro ancora, e mi dico che devo calmarmi. Jackson non andrà da nessuna parte. Non c'è alcuna fretta...

Riparto di gran carriera alla frenetica ricerca della numero tredici, senza una logica precisa. Non ho idea di cosa farò quando Jackson aprirà la porta. Suppongo di dare per scontato che sarà l'istinto a guidarmi.

Trovo la numero tredici e busso con insistenza, con il cuore in gola.

"Ci riesco? Ma sì che ci riesco!".

La porta si apre e sull'uscio c'è Jackson che mi sorride.

«Be', questa sì che è una sorpresa», ammette e fa un passo indietro per permettermi di entrare.

Lo supero e mi dirigo con passo deciso alla finestra, e fingo di ammirare il panorama. So che sto solo temporeggiando – e l'ho fatto per quella che mi sembra un'eternità. "È tempo di agire!".

Prendo un profondo respiro e il mio riflesso spicca fiero nella finestra. «Jackson, ho sempre dato per scontato che qualsiasi uomo mi avrebbe trovata ripugnante. Adesso, però, non lo penso più. Ora so che io sono così e che non devo vergognarmene, mai». Mi trema un po' la voce, tanto è epocale questo momento per me. «Per un sacco di tempo hai detto che volevi vedermi nuda. Bene, ora sono pronta!».

Mi volto e sorrido, sicura di me. Pronta a mettere in mostra la vera me – in ogni senso, intendo.

Si sente il rumore dello sciacquone e Jackson esce dal bagno, ha un'espressione confusa. «Scusa, Roxy. Hai detto qualcosa?».

Mi perdo un po' d'animo quando scopro che ho appena pronunciato il discorso più infervorato della mia vita... in una stanza completamente vuota. Prendo il coraggio a due mani e mi avvicino a lui.

«Ho detto che sono pronta a farmi vedere nuda da te!».

Il suo bel viso assume un'espressione disorientata. «Ma sei sicura...? Cioè, e le cicatrici?»

«È proprio questo che ti sto dicendo. È ora che io smetta di nascondere le mie cicatrici e permetta a tutti di vedere chi sono davvero».

Jackson fa una smorfia, chiaramente disgustato all'idea di vedere la mia pelle sfregiata. In fondo, sapevo che avrebbe reagito così.

Imperterrita, inizio a spogliarmi. La mia è una missione

e ogni cellula del mio corpo è determinata a impartire una lezione a Jackson Cooper: mostrargli quanto sia egocentrico e superficiale!

Mi tolgo in fretta e furia fino all'ultimo pezzo di stoffa e rimango nuda davanti a lui. Jackson è a bocca aperta, per un attimo non sa cosa dire. Poi deglutisce e comincia a raccogliere i miei vestiti.

«Sul serio, non c'è bisogno che tu lo faccia, Roxy. Non è necessario. Forza, rivestiti».

Incrocio le braccia. «Assolutamente no. Volevi vedermi nuda. Bene, eccomi qua!».

Rimango per un attimo in silenzio. Poi mi tornano in mente le parole di Ruby, così mi faccio coraggio e mi giro, in modo tale che Jackson possa vedere le macchie livide sulla mia spalla, sulla parte alta della schiena e lungo il braccio.

Il cuore mi batte all'impazzata, ma mi dico che va tutto bene. Devo iniziare nel modo in cui intendo procedere, accettandomi proprio per come sono e senza vergognarmi di mostrarmi alla gente. Jackson sa delle cicatrici. Non sarà uno shock per lui. Andrà tutto bene.

Lo sento sussultare e mi si spezza il cuore. Nella stanza, l'atmosfera improvvisamente tesa quasi si taglia con il coltello.

Rimango seduta, in attesa, immaginando cosa starà vedendo Jackson. Le chiazze arrossate e rugose sulla schiena, particolarmente vistose sopra la scapola. La pelle raggrinzita in alcuni punti. Il colorito non uniforme.

L'unica cosa che ho desiderato dalla notte dell'incendio era essere normale, qualsiasi cosa significasse. Non voglio un uomo che prova disgusto per quello che vede. Voglio un uomo che mi ami nonostante le cicatrici. O addirittura *per* le cicatrici!

La verità è che voglio che Jackson mi tocchi. Anche se so che non siamo fatti per stare insieme, vorrei che mi dimostrasse di non essere la persona superficiale che ora penso che sia.

"Voglio essere gettata sul letto e palpeggiata fin quasi alla morte!".

Le mie labbra si curvano in un sorriso triste.

Questo, con Jackson, non accadrà mai. È troppo ossessionato dalla bellezza fisica per essere in grado di amare la persona che c'è sotto le cicatrici. Mi domando addirittura se sa cosa sia davvero l'amore. Ora so che scegliendo di amare Jackson non sarei mai stata felice. Perché lui non sarebbe mai riuscito ad accettarmi per quella che sono.

Mi volto e scorgo pietà nel suo sguardo, prima che lui accenni un sorriso. Però sto bene. Davvero. Comunque non è per il suo bene che gli ho mostrato le cicatrici, in realtà. È qualcosa che dovevo fare per me stessa. E ora che l'ho fatto mi sento più forte...

Gli sorrido. «Devo tornare al lavoro. Clemmy si starà chiedendo dove sono».

«Clemmy?»

«Già, si è offerta di darmi una mano finché Poppy...». Mi interrompo. «E c'è molto da fare».

«Ah». Annuisce lui. «Già. È quasi il giorno di Natale. Presto torneremo alla solita routine». Si direbbe che questo pensiero lo rallegri. Mi rivesto e lui mi tiene aperta la porta.

«Addio, Jackson», lo saluto uscendo.

Sembra sorpreso. «Be', ci vediamo più tardi, Roxy. Comunque, conosco un chirurgo plastico bravissimo, in Svizzera. Ritrovo il numero e gli faccio uno squillo».

«Ah! Va bene. Grazie».

«Se c'è qualcuno in grado di farti tornare la pelle bella e liscia è proprio quel tizio».

Voglio dirgli che, in realtà, il nostro servizio sanitario ha già fatto un ottimo lavoro e che dubito che quel chirurgo possa ottenere dei risultati migliori, ma Jackson sembra così compiaciuto che mi limito a sorridergli con tristezza.

Lascio la sua stanza e percorro il corridoio con la sensazione che un peso che mi ha paralizzata per anni mi sia appena scivolato giù dalle spalle.

«Che pigrona!», esclama una voce, mentre premo il pulsante dell'ascensore. «Cos'hanno le scale che non va?».

Mi volto e trovo Alex.

Capitolo 27

«Oh, ciao!».

«Sei qui a saggiare i piaceri di questo fantastico hotel?», domanda Alex. Lo dice in tono molto amichevole, ma ha un'espressione tesa.

Rido, a disagio. «Ehm, sì. La tua stanza è su questo piano?», chiedo, facendo l'ingenua.

Me lo conferma. «È la porta accanto a quella di Jackson».

«Ah!». "Cavolo! Deve essere uscito una frazione di secondo dopo di me e mi avrà vista sgattaiolare fuori dalla stanza di Jackson e si sarà fatto un'idea completamente sbagliata".

Provo uno sconforto all'apparenza spropositato pensando che Alex sia giunto a una conclusione errata, ma non posso di certo uscirmene e dire: «Ehi! Ero nella stanza di Jackson, ma non abbiamo fatto nulla di male!», perché gli darebbe proprio la sensazione che io mi stia giustificando un po' troppo...

E così, non dico nulla e rimaniamo in attesa dell'ascensore in silenzio, mantenendo una certa distanza.

L'ascensore emette un segnale sonoro, le porte si aprono e con mio sollievo entro, impaziente di sottrarmi al biasimo di Alex.

Sono uscita trionfante dalla stanza di Jackson per poi essere scagliata negli abissi della disperazione in una manciata di secondi! Tutto perché ora Alex crede che io e Jackson stiamo insieme.

Scendiamo al piano terra senza dire una parola.

Poi devo dirlo, perché in pratica sto per esplodere. Anche se non mi crede, devo dirglielo.

«Non stiamo insieme, sai. Io e Jackson».

Alex fa spallucce. «Non sono affari miei».

Sto per rispondergli che *sono* affari suoi, ma sarebbe assurdo. Perché è ovvio che non lo sono. Non ho motivo di credere che Alex mi consideri qualcosa più di un'amica. Un'amica che lo ha deluso!

"Ma quanto vorrei che fossero affari suoi!".

Questo pensiero si accende come una lampadina sopra la mia testa. Voglio che Alex si interessi a me tanto da provare fastidio all'idea che io frequenti Jackson.

Spero che mi offra un passaggio fino alla baita. E decido che, se lo farà, parlerò con lui e gli racconterò tutto quello che è successo con Jackson. Gli dirò che con lui ho chiuso per sempre e che sin dall'inizio non eravamo destinati a stare insieme. A quel punto, se c'è anche una minuscola possibilità che io piaccia ad Alex, almeno lo saprà...

Uscendo dall'ascensore, mi vengono le palpitazioni all'idea di mettere a nudo la mia anima con lui...

Ma esce fuori che Alex è andato alla macchina solo per prendere un libro.

«Vuoi un passaggio?», mi domanda serio.

«No, grazie», rispondo con fare distaccato. «Preferisco camminare».

«Va bene». Mi dà le spalle e si allontana senza dire altro e mi viene voglia di sedermi in mezzo alla neve e di piangere a dirotto.

Perché quando poco fa, in corridoio, l'ho visto accigliato, palesemente deluso e irritato con me, la forza dei miei sentimenti per lui mi ha sconvolta a tal punto da non riuscire neppure a guardarlo, figurarsi a parlargli.

So che Clemmy mi sta aspettando per iniziare a preparare le mince pies, ma ho bisogno di riflettere, così vado alla pista e rimango dietro il parapetto a osservare i pattinatori che si divertono sul ghiaccio. Ripenso con nostalgia ad Alex che cercava di insegnarmi a pattinare. Alla sua pazienza. Alle chiacchierate. Alle battute. A come ci sentiamo a nostro agio insieme. Be', ci *sentivamo*... finché Jackson non si è intromesso alla grande.

Sono innamorata persa di Alex.

Dalla prima volta che ci siamo visti, i miei sentimenti per lui sono divenuti sempre più intensi, ma non me ne rendevo neppure conto, perché il mio giudizio era offuscato da quello che provavo per Jackson.

Non ci sarà mai nulla tra me e Alex, però.

Perché se pure riuscissi a convincerlo che tra me e Jackson è finita... se pure uscisse fuori che lui prova davvero dei sentimenti per me... sarebbe comunque tutto inutile, perché Alex se ne tornerà in Australia, il giorno di Santo Stefano.

Dunque, in realtà, tutto è finito prima ancora di iniziare!

È incredibile quanto mi avvilisca l'idea che Alex sarà così lontano, che vivrà in un altro continente. Probabilmente non lo vedrò mai più. A meno che lui non torni l'anno prossimo per Natale... ma per allora, sono sicura che avrà incontrato qualcuna migliore di me...

Una ragazza che mi sta a pochi passi mi guarda come se fosse sul punto di chiedermi se mi sento bene, perciò abbozzo un sorriso e mi allontano in fretta verso la baita.

Quando rientro, Clemmy è seduta al bancone a mangiare con gusto un cornetto.

Con uno sforzo sovraumano, mi stampo in faccia un sorriso. «Felice di vedere che hai abbandonato quella dieta ferrea!».

Fa una smorfietta colpevole. «Mi dispiace per la povera Sophie, ma devo dire che non rimpiango le verdure».

«Ci vuole moderazione in tutto», dico. «Scusa, questo è un vero luogo comune!».

«Be', lo è... ma è giustissimo. Penso solo che è triste che Sophie sia obbligata a presentare una certa immagine di sé per tenersi stretto il lavoro».

«Anche i suoi genitori hanno parecchie responsabilità al riguardo», commento, nel ricordare quello che mi ha raccontato Ruby della madre di Sophie, che da bambina la pesava tutti i giorni.

«Forse abbiamo visto il lato peggiore di Sophie. A quanto pare, è stata per tutto il tempo stressatissima per il timore di perdere il lavoro, ma non l'ha detto a nessuno. Tranne Jackson».

«Già. Ah, le relazioni». Mi viene di nuovo un nodo alla gola, ma sorrido e dico: «Per fortuna, tu e Ryan siete felici! Mentre cuciniamo devi raccontarmi tutto dei preparativi per il matrimonio!».

Clemmy è talmente eccitata per il suo grande giorno che non devo pregarla troppo per farla parlare.

Sylvia ha bisogno di questi dolci per le quattro di oggi, perciò lavoriamo sodo senza prenderci neppure la pausa pranzo e Clemmy mi racconta che ormai non parteciperà più allo speciale di Sophie sul matrimonio (e ne sembra piuttosto sollevata). Hanno deciso di optare per il matrimonio sobrio che Ryan ha sempre desiderato. Il nostro fitto chiacchierare di fiori, torte e auto aiuta a togliermi dalla testa Alex e la disperazione dei miei sentimenti per lui.

C'è qualcosa di davvero rasserenante nel trovarsi nel confortevole tepore di una cucina ad ascoltare musica alla radio, mentre, come per magia, da pochi ingredienti si ottengono dei dolci che fanno venire l'acquolina in bocca. Mi sembra incredibile riuscire a terminare il lavoro, nonostante l'assenza di Poppy.

Avrei mai potuto immaginare, solo due settimane fa, di saper dirigere il lavoro qui, con Clemmy a farmi da assistente, e di sfornare centinaia di mince pies e omini di pan di zenzero di cui so che Sylvia sarà soddisfatta?

La mia vita amorosa sarà anche del tutto allo sbando, ma ho scoperto una passione vera, qui alla Log Fire Cabin. Preparare dolci è qualcosa che mai e poi mai avrei pensato di riuscire a fare per davvero, ma a quanto pare l'ho fatto. E, come se non bastasse, sembro anche piuttosto portata.

Purtroppo, però, il contratto tra Poppy e Sylvia termina domani, che è la vigilia di Natale. E coinciderà anche con la fine del mio lavoro con Poppy.

Mi rattrista molto pensarci. Mi mancherà tantissimo lavorare con lei. E ora che come una sciocca mi sono intromessa nella faccenda della gravidanza, è probabile che non ci lasceremo neppure da buone amiche…

Nel pomeriggio, Jed telefona dall'ospedale per informarci che Poppy sta bene. Sembra euforico all'idea di diventare papà. Muoio dalla voglia di sapere cosa prova Poppy ora che Jed lo sa – e se mi ha perdonata per avergliela detto. Di sicuro non è questo il momento giusto per chiederglielo, perciò faccio le congratulazioni a Jed e gli dico di dare i nostri saluti a Poppy.

Io e Clemmy completiamo l'ultimo ordine e lo carichiamo nella mia macchina per consegnarlo a Sylvia. Poi torniamo alla baita e cuciniamo insieme la cena, dopo aver optato per un semplice piatto a base di pasta seguito dall'*Eton mess*, fatto con meringhe pronte che ne rendono semplicissima la preparazione.

Sono nervosa all'idea di dover rivedere Alex a cena. Alla fine, invece, lui non viene nemmeno. Telefona a Clemmy per avvisare che ha mal di testa e che rimarrà in hotel perché vuole andare a letto presto.

Quella radunata attorno al tavolo è dunque una combriccola sparuta, visto che mancano Poppy, Jed, Sophie e Alex. È un bene che ci sia il matrimonio di cui parlare – e dei programmi di Ruby di dedicarsi al parapendio (con estremo terrore di Gloria) – altrimenti la serata sarebbe noiosissima.

Mi addormento con le guance bagnate di lacrime, desiderando di non aver mai incontrato Jackson Cooper e pensando avvilita ad Alex nella sua stanza d'albergo.

Solo un altro giorno e non lo rivedrò mai più...

Capitolo 28

Il giorno seguente è la vigilia di Natale e all'ultimo minuto Bob riesce in qualche modo a prenotare per cena alla Foresta incantata. È d'accordo che Ruby inviti anche Sam.

Io e Clemmy passiamo un'altra giornata a preparare dolci per un esercito – l'ultimo giorno del contratto di Poppy. Più tardi, consegnare a Sylvia le mince pies e gli omini di pan di zenzero per l'ultima volta è tristissimo, tanto che mi viene il magone. Forse perché penso a Poppy e mi domando se vorrà parlarmi domani, quando tornerà.

Alex si tiene alla larga dalla baita per tutto il giorno e io ho la netta sensazione che mi stia evitando. Tuttavia, mentre scendo le scale pronta a uscire per la cena, lo incrocio nell'ingresso.

È appena arrivato, si è tolto il cappotto e lo sta appendendo all'attaccapanni. «Avuto una buona giornata?», domanda.

Il suo tono di voce gelido mi rattrista. È chiaro che non ha perdonato me e Jackson per avere, a suo giudizio, agito alle spalle di Sophie. Vorrei che capisse che non sono la persona spregevole che pensa lui.

«Abbastanza». Per quanto cerchi di trattenermi, mi sfugge un sospiro.

Alex aggrotta la fronte. «Ti senti bene? È successo qualcosa?».

Lo fisso con impotenza.

"Puoi dirlo forte! Credo di essermi innamorata di te e muoio dalla voglia di baciarti, ma non so se ti va, perciò non posso farlo!".

«È per via di Jackson?». Mi guarda negli occhi come se gli importasse davvero. «Perché sono sicuro che gli piaci molto. Vi rimetterete insieme, se è la cosa giusta per voi».

«Ma io non voglio rimettermi con Jackson».

Mi guarda perplesso. «Non vuoi?»

«No. Te l'ho detto ieri, ma ovviamente non mi hai creduto». Ho alzato la voce perché sono impaziente di farglielo capire.

Alex scrolla le spalle. «A volte la gente non sa quello che vuole finché non è troppo tardi». Il modo brusco in cui lo dice, con gli occhi inchiodati ai miei, mi spiazza per un istante. Sono abituata all'Alex amichevole e alla mano con cui posso scherzare e che mi fa sempre ridere. Detesto questo improvviso attrito tra di noi.

«Cosa cavolo vuol dire?», domando, frustrata.

«Vuoi stare con Jackson, sì o no? Scusami se te lo dico, ma sembra che cambi idea in base a come soffia il vento!».

Il tono severo della sua voce mi sconvolge. Mi guarda come se fossi una perfetta idiota che non sa neppure cosa vuole.

«No, non voglio stare con Jackson!».

«Davvero?». Sembra gli sia spuntato un ghigno.

Incrocio le braccia e lo guardo in cagnesco. «Sì, *davvero*. Perché non mi credi?»

«Tutto bene, ragazzi?». Bob avanza nell'ingresso, seguito da Gloria e Ruby.

«Sì, tutto a posto», borbottiamo entrambi.

Ci raduniamo tutti davanti al portone, indossiamo stivali, cappotto e guanti. È ovvio che il chiarimento tra me e Alex dovrà attendere, ma dopo il nostro battibecco, mi sento per tutta la sera come se fossi sul punto di scoppiare in lacrime.

La cena alla Foresta incantata è deliziosa, ma io riesco a malapena a piluccare qualcosa. L'intera giornata mi ha lasciata livida e malconcia dal punto di vista emotivo, e non riesco a capire perché Alex è ancora arrabbiato con me. L'unica ragione che mi viene in mente è che sia preoccupato per Jackson perché pensa che la mia incertezza riguardo la nostra relazione possa far stare male il suo amico.

Anche messi così, i conti non tornano. Ho l'impressione che, sebbene Alex e Jackson siano amici da anni, dall'università, il passare del tempo li abbia trasformati in persone del tutto diverse e che non abbiano più molto in comune.

Non so che diamine stia succedendo ad Alex, ma una cosa la so: il suo comportamento mi turba parecchio.

Ogni volta che fa una battuta, continuo a desiderare che si volti verso di me, come faceva sempre; invece sembra che mi ignori di proposito – nonostante sappia che sono la prima che scoppia a ridere alle sue battute.

È incredibile quanto sono sconvolta.

Dopo cena usciamo tutti fuori, nel fiabesco paesaggio innevato. La neve, che è caduta lieve per tutto il giorno, ora ha iniziato a scendere più fitta.

Andiamo tutti alle macchine, ma io sono così stordita che mi accorgo di aver dimenticato il cappotto solo quando, una volta fuori, sento l'aria gelida e devo tornare di corsa nel ristorante a prenderlo. Quando riesco, è rimasto ad aspettarmi solo Alex davanti all'entrata, stretto nel suo giaccone. A quanto pare, tutti gli altri sono andati via.

«La macchina è laggiù», indica. Affonda ancora di più le mani nelle tasche e cammina a grandi passi mentre io arranco dietro di lui, scivolando e inciampando, e mi pento di non aver indossato qualcosa di più pratico di questi stivali con i tacchi alti.

Mi accomodo al posto passeggero, grata che il viaggio di ritorno alla baita sia breve. Alex non è affatto dell'umore giusto per una chiacchierata.

Faccio comunque un tentativo. «Allora te ne torni in Australia a Santo Stefano?», domando in tono allegro.

Lui annuisce, armeggiando con la leva dei tergicristalli. «Tutte le cose belle finiscono», commenta secco e io mi volto a guardarlo. Ha la mascella serrata, un'espressione severa e inflessibile. Sospirando, rinuncio alla chiacchierata. Ciò nonostante, il suo cattivo umore non smette di agitarmi, perciò alla fine, quando siamo quasi arrivati alla baita, rompo il silenzio.

«Stai bene? Sembri arrabbiato con me».

Mi osserva. «Arrabbiato? Non proprio. Credo che la mia sia delusione, piuttosto».

Sento una stretta allo stomaco. «*Delusione?* In che modo ti ho deluso, Alex?».

Lui scrolla le spalle e accosta davanti alla Log Fire Cabin, senza spegnere il motore. «Forse pensavo che ti avrei conosciuta meglio. Pensavo che fossimo sulla stessa lunghezza d'onda e che non accade molto spesso; non a me, perlomeno. Ora però, non ne sono più così sicuro».

Rimango a fissarlo. «Perché? Cos'è cambiato?».

Mi guarda in modo strano, come se dovessi sapere di cosa sta parlando. Invece non lo so!

Alla fine, mormora: «È come se tenessi sempre nascosta una parte di te». Scuote la testa. «Ho rinunciato a comprenderti».

Rimango inebetita, sconvolta dall'esattezza del suo giudizio. Mi ha capita fin troppo bene. Da quando Billy mi ha lasciata, ho fatto in modo di mantenere una certa distanza con le persone, perché non volevo rischiare di venire rifiutata di nuovo in quel modo. Non mi sono mai resa conto che fosse così evidente – ad Alex, se non altro.

Si allunga di proposito davanti a me e apre la portiera per farmi uscire.

Furiosa e in lacrime, capisco l'antifona. Una volta fuori, in mezzo alla neve, mi giro e sbatto la portiera con tutta la forza che ho in corpo. La neve attutisce il rumore, ma è comunque un bel botto.

Un attimo dopo, Alex schiaccia l'acceleratore e tenta di sgommare via, ma le gomme slittano sulla neve per un po' prima di riottenere trazione, il che mi fa provare un certo perfido piacere.

Arranco sul viottolo fino al portone d'ingresso, con il vento che mi soffia in faccia la neve, facendomi bruciare gli occhi, e mischiandola alle lacrime di rabbia e al dolore che le osservazioni sgarbate di Alex hanno risvegliato.

Come si permette di accusarmi di "tenere sempre nascosta una parte di me", quando non si è nemmeno preso la briga di scoprire se c'è un motivo per cui sento di doverlo fare! Forse, quando Alex avrà riflettuto a mente fredda sul suo atteggiamento scorbutico, si renderà conto di quanto sia stato ingiusto...

O forse non lo farà. Perciò se ne tornerà in Australia serbando di me un brutto ricordo, invece di ricordare quanto ci siamo divertiti quando ha cercato di insegnarmi a pattinare.

Mi blocco; la chiave è nella toppa.

Pensare che Alex avrà una cattiva opinione di me è così angosciante che non posso permettere che dopodomani parta senza aver messo le cose in chiaro.

Sarà inutile tentare di parlargli domani, il giorno di Natale, quando saranno tutti a festeggiare e divertirsi, con Poppy appena tornata dall'ospedale.

Devo parlare con lui *adesso*!

Guardo la mia macchina. È già sepolta sotto parecchi centimetri di neve ed è probabile che la situazione peggiori ulteriormente nella notte. Se le gomme di Alex hanno faticato ad avere la meglio sulle condizioni metereologiche, con le mie sarà addirittura più difficile.

Entrata nella baita, indosso alla svelta le scarpe da ginnastica, che sono nella scarpiera accanto al portone. A quel punto, prima che si affacci qualcuno nell'ingresso e mi dica di non essere così stupida, sgattaiolo di nuovo nella notte nevosa e mi chiudo la porta alle spalle senza far rumore.

Prendo un bel respiro, mi copro il naso con la sciarpa per ripararmi un po' dal freddo e dalla neve e parto alla volta di Alex…

Capitolo 29

In condizioni metereologiche normali, si impiegano venti minuti abbondanti a percorrere la strada del lungolago fino all'hotel – ma stasera, per via della forte e incessante nevicata, ne impiego di più. Quando esco dalla baita, i piedi affondano nella neve che arriva già alle caviglie.

Raggiungo l'hotel poco dopo le undici. Fradicia, mi scrollo la neve dal cappotto e batto i piedi all'entrata, prima di andare alla reception. È deserta. Per questo, dopo aver atteso per un paio di minuti, mi guardo attorno e mi dirigo verso le scale.

So qual è la stanza di Alex.

Arrancare nella neve mi ha calmata, ma nel percorrere per la seconda volta in due giorni lo stesso corridoio tetro, mi metto a pensare a cosa gli dirò.

Poi, quando busso alla porta e Alex viene ad aprirmi, mi guarda un attimo e impreca sottovoce con una ferocia tale da farmi ricordare all'istante il motivo esatto per cui sono lì.

Gli lancio un'occhiataccia e lui ricambia.

«Sono venuta a piedi fin a qui per spiegarti perché posso sembrare un po'… distante, a volte», mormoro con urgenza, consapevole che Jackson è nella stanza accanto. «Ma a dire il vero, Alex, se è questa l'accoglienza che devo ricevere, ho cambiato idea. Non voglio sprecare il mio tempo».

Faccio per andarmene, ma lui mi afferra il braccio per fermarmi.

«Sei venuta *a piedi* qui? Dio! Sei matta?», esclama.

«No, non sono matta», rispondo d'impeto, tentando senza successo di liberare il mio braccio dalla sua morsa d'acciaio. «Almeno non nel senso che intendi tu. Ma mi manda fuori di testa il fatto che pensi di potermi giudicare così duramente senza neppure scomodarti a scoprire perché sono così restia a mostrarmi per come sono veramente agli altri».

Alex è perplesso e la sua espressione diventa più mite. «Allora vuoi entrare», mi dice piano, «invece di precipitarti di nuovo fuori e beccarti una polmonite?».

Mi lascia andare il braccio e spalanca la porta.

Scrollo le spalle ed entro.

Tremo all'idea di affrontare Alex. E di dovergli raccontare della sera dell'incidente, cosa che, di solito, evito come la peste.

«A Jackson non sembrerà strano che tu sia qui?»

«Io *non* sto con Jackson», gli dico quasi urlando per l'immensa frustrazione.

Alex, però, continua a guardarmi come se non mi credesse.

«È vero, perciò non guardarmi in quel modo! Avrò pure dei complessi grossi quanto un continente, ma non sono una bugiarda!».

Rimane a osservarmi con un sorriso appena accennato. «Fatta eccezione per quella volta che hai detto a Poppy che sei brava a preparare i dolci?».

Mi sento arrossire. «Quella era una piccola bugia innocente, più che altro perché era alla disperata ricerca di aiuto, poverina. Ho la sensazione che sospettasse che fossi un'incapace».

«A me non sembri un'incapace. Durante queste settimane hai preparato dei dolci spettacolari».

La sua espressione si è addolcita un po'.

Sorrido vittoriosa. «Già, potrei avere un talento per la pasticceria del quale ho sempre ignorato l'esistenza».

Sorride. «Sono certo che non è il tuo unico talento».

«Cosa vuoi dire?».

Alex scrolla le spalle. «Il pattinaggio?»

«Simpatico». Lo guardo storto.

«Sono contento che ti faccia ridere».

«Oggi non l'hai fatto. Nemmeno un po', in realtà. Sei stato un vero rompiscatole!».

«Be', se tu passi il tempo andando a zonzo nelle camere degli altri uomini, non puoi proprio darmi colpe se divento geloso, no?».

Scoppio a ridere, non credendo a una sola parola. «Geloso? *Tu*? Ma smettila!».

A quel punto, mi guarda senza rispondere. Mi fissa a lungo, con gli intensi occhi verdi che ardono nei miei.

Il cuore comincia a battermi all'impazzata.

«Cosa sta succedendo, Alex?». Vado verso di lui, incuriosita. «Non mi dirai mica che tu...». Alzo le mani con fare interrogativo e veloce come un lampo, Alex ne afferra una e mi attira a sé.

Sorpresa di trovarmi tutt'a un tratto contro di lui, rimango a guardarlo in silenzio, consapevole che forse dovrei obiettare, ma per qualche bizzarro motivo mi accorgo che le parole che cerco non mi usciranno di bocca.

E quando le labbra di Alex si posano sulle mie, tutte le parole del mondo volano via comunque dalla mia mente. Invece, mi abbandono all'impellenza del momento, che sembra protrarsi in infiniti attimi, mentre gli affondo le mani tra i capelli e lui mi stringe così forte a sé che tra i nostri corpi non passerebbe neppure uno spillo.

Raggiunto il letto, Alex si stende sopra di me e questa gioia immensa mi fa girare la testa. Mi inarco, desiderandolo sempre di più. Le mani di Alex sono sotto la mia maglietta, salgono su fino alla schiena e per un attimo ho paura. Lui mi fa sedere e mi toglie la maglietta, mi volta e mi afferra per i fianchi, prima di iniziare a baciarmi la schiena.

È un misto di felicità e agonia, perché sono come travolta dalla voglia che ho di lui. La mia pelle è così sensibile ai suoi baci da renderli intollerabili, voglio che non smetta mai, ma che continui – e lui lo fa, accarezzandomi il collo e le spalle con le labbra.

Poi mi volto e trovo la sua bocca sulla mia ed è come se una miriade di stelle esplodesse dentro di me.

Una coltre di passione rende qualsiasi pensiero obsoleto, ma nei profondi recessi della mia mente, c'è una vocina che bisbiglia. All'inizio, è troppo lontana per farci caso. Poco alla volta, però, si fa più nitida e insistente, fin quando, infine, nella mia mente affiora un unico pensiero.

"Ha visto le cicatrici... ha baciato la mia pelle ruvida... ed è ancora qui".

Mi tiro un po' indietro perché voglio guardarlo negli occhi. Perché solo a quel punto riuscirò a credere che è vero.

Ed è in quest'istante che squilla il telefono sul comodino, riportandoci alla cruda realtà.

Ci separiamo, colti di sorpresa dal suono penetrante e improvviso. Alex si mette a sedere con un'espressione leggermente stupita, e si passa una mano tra i capelli. Mi guarda. Poi lancia un'occhiata al telefono.

«Forse è il caso di rispondere», gli suggerisco con timidezza, guardandomi intorno alla ricerca della maglietta.

Alex si lascia sfuggire un lungo gemito e afferra il telefono.

Mi infilo la maglietta e vado allo specchio per sistemarmi i capelli, per non origliare la sua conversazione. Dopo che Alex ha riattaccato, mi volto e lui annuncia: «È solo la reception. Mi hanno confermato che il volo partirà dopodomani come previsto».

Solo a sentire nominare il suo volo, provo una stretta al cuore e mi rendo conto di quale irrimediabile idiota e illusa io sia stata nel lasciarmi trasportare così. Alex partirà il giorno di Santo Stefano, dopodomani. Non abbiamo fatto altro che peggiorare la situazione. Perché per me, adesso, sarà ancora più difficile dirgli addio.

«È meglio che vada», mugugno, dirigendomi alla porta.

«Roxy, no! Non andartene, per favore!», esclama lui. «Permettimi di darti almeno un passaggio».

«No, Alex, non serve».

Scappo a gambe levate lungo il corridoio e giù per le scale, verso l'uscita.

Quando esco, ha smesso di nevicare, ma si muore di freddo. Rimango davanti all'entrata a infilarmi il cappotto e mettermi la sciarpa. Poi arriva Alex, che cerca di impedirmi di andare via.

«Me la caverò», dico ad Alex con fermezza. «Non mi serve un passaggio. Ti prego, non mi seguire».

E a quel punto, per essere certa che non lo faccia, lo guardo dritto negli occhi e gli dico l'unica cosa che riuscirebbe a fermarlo.

«È stato tutto un grosso errore».

Capitolo 30

Torno alla baita camminando in mezzo alla neve, stordita; il mio cervello rifiuta di elaborare quanto appena accaduto.

L'unica spiegazione plausibile è che qualche istinto primordiale abbia preso il sopravvento, sulla scia di questa giornata densa di intense emozioni.

Sono stremata e non desidero altro che mettermi a letto e dormire.

Invece per qualche strano motivo, quando finalmente raggiungo la mia camera da letto, indosso il pigiama e mi infilo sotto le coperte, il sonno mi abbandona del tutto. Mi giro e mi rigiro nel disperato tentativo di appisolarmi, ma la mia mente non vuole rilassarsi. È come un bambino dispettoso che rifiuta di dormire, saltando su e giù sul letto e strillando a perdifiato.

I miei pensieri sono nebulosi, come in un sogno assurdo, così alla fine scendo dal letto e sgattaiolo al piano di sotto per prepararmi qualcosa di caldo da bere nella speranza che funzioni. Con Poppy ancora in ospedale (anche se tornerà domani – o meglio, oggi in realtà, visto che la mezzanotte è passata da un bel po'), sarò io a dovermi occupare del pranzo di Natale, perciò un pisolino è l'ideale per rimettermi in forze.

A dire la verità, tremo al pensiero del ritorno di Poppy, perché non ho idea se vorrà ancora parlarmi, dopo che ho spifferato a Jed della gravidanza. Il panico mi fa contorcere lo stomaco ogni volta che penso a quello che dirà Poppy.

Preoccuparsi è inutile, però. Sarà quel che sarà. Devo incanalare tutte le mie energie per servire un gustoso pranzo di Natale.

Mentre aspetto che il latte bolla, mi accorgo con stupore che l'idea di cucinare un tacchino non mi turba affatto – benché sia sempre e solo rimasta a guardare mia madre mentre lo preparava. È come se queste poche settimane trascorse a infornare dolci e cucinare con Poppy avessero fatto scoccare dentro di me una scintilla e mi avessero rivelato un talento naturale che non sapevo di possedere…

Mi siedo sul letto e bevo la mia cioccolata calda, cercando di concentrarmi sul pranzo, ma i ricordi dell'incontro sensuale con Alex continuano a invadere i miei pensieri, facendomi sentire improvvisamente accaldata e facendomi venir voglia di aprire la finestra.

La cioccolata aiuta, ma i sogni che faccio sono di quelli in cui corro per andare da qualche parte, ma a ogni curva trovo davanti a me degli ostacoli.

A un certo punto, nel cuore della notte, mi sveglio e ho un momento di totale lucidità.

Mi colpisce con la forza di un camion in corsa.

"Mi sono innamorata di Alex come non mi è mai capitato con nessun altro uomo prima d'ora. Nemmeno con Billy.

Ora, però, devo avviare l'impossibile operazione di dimenticarlo…".

Mi sveglio per via dei classici di Natale che suonano a tutto volume dalla stanza di Ruby.

In un batter d'occhio, la mia mente va alla notte appena passata e ad Alex.

Scivolo fuori dal letto, vado alla finestra e ammiro lo splendido panorama natalizio davanti a me. Il sole invernale fa scintillare la superficie del lago e i rami degli abeti si curvano sotto il peso della neve fresca, caduta questa notte.

Riesco a scorgere l'hotel in lontananza, dove Alex si starà svegliando. Starà pensando a me?

Mi viene un nodo alla gola quando ripenso al modo in cui ci siamo separati ieri sera. Non sarei mai dovuta andare lì...

Le canzoni natalizie di Ruby si insinuano nei miei pensieri e, di colpo, mi torna in mente una cosa.

È il giorno di Natale!

Devo darmi da fare con il pranzo della festa.

Mi faccio la doccia, indosso i jeans e la mia t-shirt preferita e scendo di corsa in cucina per togliere il tacchino dal frigorifero.

Il gigantesco pennuto è arrivato ieri insieme ad altre prelibatezze natalizie consegnate da un supermercato del posto. Lo osservo incerta. Cucinarlo sarà interessante. E non mi spaventa!

A essere sincera, sarò più che felice di rimanere in cucina tutto il giorno per stare davanti ai fornelli da adesso fino a mezzanotte. Se me ne starò nascosta quaggiù, non sarò costretta a vedere Alex...

Continuo a pensare alla sua espressione quando gli ho detto che quello che avevamo fatto era un grosso errore. Mi si stringe il cuore ogni volta che ci ripenso. Ma ritrattare sarebbe inutile.

Nel corso della mattinata, cerco di concentrarmi sulla preparazione dei cavoletti di Bruxelles e sulla pelatura di un'infinità di castagne per il ripieno – per fortuna, con l'aiuto di Clemmy – mentre dentro di me l'ansia non fa che aumentare.

Attendo con terrore il ritorno di Poppy.

Poco dopo le dieci, Jed si affaccia alla porta per informarci che sta andando a prenderla. Ieri notte, quando è tornato dall'ospedale, ha parcheggiato la macchina vicino alla strada principale, proprio nell'eventualità che nella notte un'ulteriore nevicata rendesse difficile spostarla il mattino seguente.

Adesso che è certo che Poppy e il bambino stanno entrambi bene, Jed sembra pimpante come al solito ed è chiaramente ancora euforico per la notizia che sta per diventare papà.

«Roxy, non ti ringrazierò mai abbastanza per avermi detto del bambino», ha aggiunto prima di andarsene.

Io ho risposto con un sorriso, ma sotto sotto ero molto preoccupata. Ho mandato all'aria i piani di Poppy e non ho idea di cosa provi.

Spero se non altro che Jed perorerà la mia causa, se dovesse accadere il peggio e Poppy non mi volesse perdonare.

Poco più tardi, sento arrivare Jackson. Come mi aspettavo, entra in cucina e ci abbracciamo un po' a disagio.

«Alex viene a pranzo?», gli domando. È da quando mi sono svegliata stamattina che muoio dalla voglia (e tremo al pensiero) di scoprirlo.

«Sì, arriverà tra poco».

In più, sono un fascio di nervi in vista del ritorno di Poppy dall'ospedale. Mentre mescolo la carne della salsiccia aromatizzata (comprata da un'azienda agricola delle vicinanze) con le castagne e una generosa spolverata di erbe aromatiche, valuto quanto potrebbe impiegare

Jed ad arrivare all'ospedale e a tornare indietro, tenendo presenti le condizioni metereologiche avverse.

Secondo i miei calcoli, lui e Poppy dovrebbero essere di ritorno già per l'una.

Il mio corpo si agita al solo pensiero, perciò accendo la radio e io e Clemmy ci ritroviamo subito a canticchiare alcuni classici di Natale, che alleviano un po' il mio stress.

Finalmente è tutto pronto per il pranzo delle tre, in perfetto orario con l'arrivo di Poppy. Il tacchino con il ripieno alle erbette aromatiche è in forno e riempie l'intera casa di un delizioso profumino che fa venire l'acquolina in bocca, e le verdure sono tutte pelate, tagliate a pezzetti e disposte in una padella sui fornelli.

«Caffè?», domanda Clemmy, tenendo in mano il bollitore. «O qualcosa di più forte?».

Sorrido. «Sarei tentata, ma penso che Jed abbia in programma di stappare lo champagne quando tornano. Li aspetto. Un caffè lo prendo volentieri però».

"Un bicchierino di vodka sarebbe ancora meglio!".

Entra Ryan e fa cenno a Clemmy di andare a vedere qualcosa alla TV che ha a che fare con i matrimoni, perciò finisco io di preparare il caffè, ma invece di raggiungere gli altri in soggiorno, indosso il cappotto e i guanti, apro la portafinestra ed esco in mezzo alla neve con la mia tazza di caffè, richiudendomi la porta alle spalle senza far rumore.

È una splendida giornata di sole e cielo azzurro, del tutto priva delle turbolente nubi cariche di neve di ieri, tuttavia le previsioni ne annunciano altra in arrivo. La mia macchina è praticamente bloccata perché priva degli pneumatici da neve, ma senza dubbio passerà uno spazzaneve, perciò non mi preoccupo più di tanto. Se ne avessi bisogno, potrei sempre camminare fino alla strada principale, che a quanto pare è completamente sgombra, e da lì prendere un autobus fino a casa.

Sento delle voci in cucina e mi giro per vedere chi è.

Jed sta sbirciando il tacchino in forno e Poppy, che ha il viso pallido ma se non altro sorridente, gli va vicino. Mi faccio coraggio. Mi auguro che sia soddisfatta di quello che ho realizzato in sua assenza…

Poppy guarda fuori e mi vede. Avvicinatasi alla finestra, mi fissa dritto negli occhi e sento una morsa allo stomaco.

È evidente che è arrabbiata. Ha lo sguardo freddo e duro come l'acciaio. Spalanca la porta finestra, mentre il mio cuore batte frenetico per lo sconforto.

«Roxy, quello che hai fatto è incredibile!».

«Oddio, mi dispiace tanto, Poppy!», mi giustifico, terribilmente avvilita. «So che non dovevo dirlo a Jed, ma ho fatto solo quello che mi sembrava giusto. La mia è stata una decisione presa d'impulso e a essere sincera me ne sono pentita molte volte».

«No, parlavo del lavoro incredibile che hai realizzato in mia assenza», afferma.

Rimango a guardarla con le lacrime agli occhi.

Sembra esterrefatta. «Oh! Roxy, cos'hai? Stavo solo scherzando. Non sono affatto arrabbiata». Mi mette un braccio attorno alle spalle e sorride. «O meglio, lo ero. Ma ho avuto modo di pensarci su e hai fatto decisamente la cosa più giusta!».

Mi porge un fazzoletto e mi ci soffio il naso, sentendomi un po' patetica. «Tu credi?».

Poppy annuisce. «Certo che sì! Ora, non startene lì fuori al freddo. Io mi preparo un tè. Purtroppo, per me, oggi lo champagne non è previsto», aggiunge, accarezzandosi la pancia senza mostrare neppure un po' di dispiacere.

A quanto pare, Jed è andato davanti casa per aiutare Ryan e Jackson a spalare la neve per liberare le auto. E Clemmy, che è ancora determinata a rimettersi in forma, ha deciso di aiutarli. Così Poppy e io ci accomodiamo al bancone per aggiornarci sugli ultimi avvenimenti.

«Allora come stai? Che ti hanno detto i medici?», domando.

Poppy tocca ferro e sorride. «Ora pare che vada tutto bene, ringraziando il cielo. Da come dicono, è probabile che porterò avanti una gravidanza nella norma».

«È magnifico. Sarai molto sollevata».

«Lo sono, in effetti». Poppy si posa una mano sulla pancia ancora poco visibile con fare protettivo. «Io... non mi sono resa conto di quanto desiderassi questo bambino finché non ho creduto di perderlo».

«E davvero non ti dispiace che l'abbia detto a Jed?», le domando con ansia.

Sorride. «Smettila di preoccuparti per quello. Hai fatto la cosa giusta. Avrei dovuto dirglielo io molto tempo fa, ma la mia logica contorta mi diceva...». Scrolla le spalle. «Be', sai come la pensavo... e la penso ancora, a dirla tutta».

«Ma si vede che Jed è felicissimo».

Lei sospira. «Sì, ma con un bambino in arrivo, non saprò mai se sta con me perché sono veramente io, tra tutte, la donna che avrebbe scelto come compagna di vita; oppure se con me avrebbe trascorso un bel periodo, ma poi si sarebbe messo con un'altra». Fa spallucce. «È solo che trovo molto triste questa mancanza di certezze».

Annuisco. «So cosa vuoi dire. Ma la vita è piena di incertezze. Nessuno di noi sa cosa gli riserva il futuro.

Anche se Jed si fosse impegnato seriamente con te prima dell'arrivo del bambino, non significa che sareste rimasti insieme per sempre».

«Questo è vero».

«E in realtà, l'unica cosa che conta davvero è che tu e Jed adesso state insieme e che siete felici. Non è così? È tutto ciò in cui ognuno di noi può sperare».

Mi frullano in testa dei pensieri su Alex, ma li scaccio.

Poppy sorride in modo nostalgico, ma si capisce che è ancora attanagliata dai dubbi.

«Comunque, tu come stai, pasticciera geniale?». Sorride. «Hai salvato la situazione consegnando puntualmente l'ordine, non c'è dubbio. Sylvia mi ha già fatto firmare il contratto di fornitura di dolci natalizi per l'anno prossimo!».

«Oh, è fantastico!». Mi sento arrossire per la felicità, contentissima che Poppy sia soddisfatta del mio lavoro.

«E mi sono messa a pensare».

Sorrido. «Calma!».

«Be', ho avuto un sacco di tempo per pensare, dovendo rimanere a riposo a letto nei giorni scorsi... e, be', ho deciso che è arrivato il momento di trovarmi un partner».

La fisso, inebetita. «Non vorrai mica chiudere con Jed? Non adesso!».

Poppy scoppia a ridere. «No, intendo un partner *negli affari*!».

«Ah!».

«Allora, accetti?».

Sgrano gli occhi. «*Io?* Vuoi che sia *io* tua socia?».

Il mio viso deve essere il ritratto stesso dello stupore, perché Poppy si mette a ridere. «Non essere così sorpresa, Roxy. Erin poteva aiutarmi solo una volta ogni tanto. Ho bisogno di una persona a tempo pieno, soprattutto con la maternità all'orizzonte». Si accarezza la pancia sorridendo. «Io e te andiamo molto d'accordo... e questo è fondamentale se dovremo lavorare insieme tutti i giorni. In più, hai talento per la pasticceria. Me ne sono accorta quasi subito e hai imparato moltissimo in così poco tempo... principalmente per il fatto che ti ho lasciata allo sbaraglio e hai dovuto cavartela da sola!». Scrolla le spalle. «Be', te la sei cavata di sicuro, anzi, sarei un'idiota se mi mettessi a cercare altrove un socio, quando ho la migliore candidata seduta proprio davanti a me, adesso».

«Wow! È magnifico», rispondo. «Non me lo sarei mai aspettata, ma ne sei sicura?».

Le mie vecchie incertezze tornano a galla puntuali come un orologio. Mi sono sempre sentita in una posizione di svantaggio nel mondo del lavoro, perché durante gli importanti anni in cui la maggior parte dei miei compagni iniziavano la loro carriera, io ero bloccata in ospedale e successivamente in riabilitazione. Di conseguenza, mi sono sempre sentita un passo indietro a tutti gli altri.

«Certo che ne sono sicura. Roxy, devi cominciare a credere di più in te stessa. Sei brillante e non capisco perché sei così negativa nei tuoi confronti, a volte».

Deglutisco. E poi lo confesso. «C'è qualcosa che non ti ho detto».

In seguito, le racconto la storia del mio incidente ed è così liberatorio poterne parlare senza temere, come facevo sempre, che la persona che ho davanti possa vedermi sotto una luce diversa.

Dopo che ho finito di raccontare e Poppy ha annuito con compassione, assicurandomi che capisce, passiamo a parlare di cose totalmente diverse. E non accade nulla di brutto, cosa che mi procura un sollievo così profondo da risultare piuttosto inebriante.

Poppy non ha cambiato opinione su di me solo perché non sono "perfetta".

"Perché avrebbe dovuto?".

Mentre racconto a Poppy dei pasti che io e Clemmy abbiamo preparato in sua assenza, sento la voce di Alex nell'ingresso e comincia a battermi forte il cuore. Mi faccio coraggio e cerco di sostenere la conversazione come se nulla fosse, ma Poppy è fin troppo perspicace.

«Qualcosa non va?». Mi scruta. «Sembri nervosa. Non rifiuterai la mia offerta, vero?».

La guardo, preoccupata. «No, certo che no. Mi piacerebbe molto essere la tua socia».

«Allora che c'è? Perché non ti comporti come una donna che sta per intraprendere una nuova carriera!».

Scuoto la testa e fisso il pavimento.

«È Jackson, vero?», tira a indovinare. «Oddio, quando Jed mi ha detto che Sophie se ne era andata, quasi ci speravo che voi due tornaste insieme. Ma non è così, vero?».

Scuoto di nuovo la testa. «Non è Jackson».

«Oh! Allora cosa…?».

Deglutisco forte. «È Alex. Sono innamorata di Alex».

Capitolo 31

«Alex? Davvero?». Poppy sorride contentissima. «Allora qual è il problema?». Fa la faccia delusa. «Oh! Lui non ricambia?».

La guardo demoralizzata. «Non lo so. Forse sì, penso. Però non fa differenza perché tornerà in Australia».

Poppy sospira. «"Mai al mondo fu liscio e senza ostacoli il cammino dei grandi amori"».

«"Piano"».

«Scusa?».

Le rivolgo uno sguardo triste. «La citazione corretta dovrebbe essere "Mai al mondo fu *piano* e senza ostacoli", no?».

«Mi sa che hai ragione. Visto? Lo sapevo che avrei fatto bene a proporti di entrare in società. Intelligente e allo stesso tempo creativa!».

Mi alzo sorridendo. «Bene, metto a cuocere le verdure, ma tu devi rimanere ferma lì e bere un'altra tazza».

«No!», protesta Poppy, balzando in piedi. «Sto benissimo. Diamoci una mossa! E, Roxy?

«Non gettare la spugna con Alex. Se è destino...».

Le faccio un sorriso e scuoto la testa di fronte al suo ottimismo.

Alla fine, servo il pranzo poco dopo le tre.

È un pomeriggio molto vivace, in cui facciamo scoppiare un sacco di *Christmas crackers* e poi leggiamo le battutacce contenute all'interno del tubo di cartone. Con mio orrore, Poppy ha assegnato ad Alex il posto proprio di fronte al mio, cosa che mi fa sentire terribilmente a disagio. Ogni volta che fa una battuta, oso a malapena guardarlo o ridere per il doloroso timore che tutti quelli attorno al tavolo si rendano conto che sono innamorata pazza di lui! E il mio appetito è inesistente, anche se almeno ho una scusa, considerando che ho preparato io il pranzo.

È tutto molto imbarazzante.

«Hai dimenticato lo champagne?», nota Poppy d'un tratto, rivolgendosi a Jed. «Certo, io non ne berrò un goccio ovviamente, ma...».

Jed scuote la testa. «Con il tacchino si abbina meglio il vino. Perché non beviamo lo champagne più tardi?».

Poppy accetta. «E possiamo fare un brindisi a Roxy!». Si schiarisce la voce per attirare l'attenzione di tutti. «Perché Roxy diventerà la mia socia!».

Mi fanno tutti le congratulazioni, è un gesto adorabile, ma io preferirei non essere al centro dell'attenzione.

Provo un gran sollievo quando Clemmy comincia a parlare della sua idea di aprire un'attività e i riflettori si spostano su di lei, invece.

«Adoro il glamping! E penso che le rive di questo lago costituirebbero uno scenario perfetto». Sorride a Ryan. «Siamo andati a fare glamping l'estate scorsa ed è stato favoloso, non è vero?».

Ryan fa sì con la testa. «Già, era come stare in un hotel con tutti i comfort di casa. Non bisognava trascinarsi fino all'edificio dei bagni in comune se ti scappava un bisogno nel bel mezzo della notte».

Con il pretesto di dare un'occhiata al pudding, fuggo in cucina, lasciandoli a chiacchierare di stufe e di quanto è romantico cenare a luce di candela. Mi appoggio contro il banco di lavoro e mi passo le mani tra i capelli sospirando. Come ho fatto a cacciarmi in una situazione così imbarazzante? Devo essermi innamorata di Alex sin dall'inizio senza accorgermene – e adesso è una vera agonia stargli seduta vicino, sapendo che, da domani, sparirà dalla mia vita.

Sento dei passi in corridoio e mi rilasso un pochino, convinta che sia Poppy. Potrò sfogarmi un po' per aver messo Alex di fronte a me a tavola!

Quando si apre la porta però vedo Alex.

Viene verso di me attraversando come un lampo la cucina, con gli occhi che ardono nei miei. «Roxy, mi dispiace moltissimo per ieri sera», mormora con urgenza.

«Oh! Non fa nulla», gli rispondo con distacco. «Come ho detto, è stato un grosso errore».

Come se non mi avesse neppure sentita, aggiunge: «La scorsa notte è stata incredibile, Roxy». Il suo sguardo intenso è incollato al mio.

Tiro su con il naso. «Già, è vero. Ma tu parti domani per l'Australia. Perciò dov'è che vuoi arrivare, Alex?».

Il cuore mi martella nel petto con una tale forza da farmi pensare che stia per schizzarne fuori. Devo uscire di qui, altrimenti finirò per gettarmi tra le sue braccia e non lo vorrò lasciare mai più.

Esco di corsa dalla cucina prima che lui abbia modo di accorgersi del fiume di lacrime che mi solcano il viso.

Capitolo 32

Salgo di corsa nella mia stanza e rimango davanti alla grande finestra panoramica, a fissare il lago. Sulla riva opposta, si vedono le luci e gli addobbi natalizi dell'hotel. Un numero impressionante di persone è andato a pattinare per la giornata conclusiva.

Il periodo di chiusura natalizia di Sylvia inizierà domani, il giorno di Santo Stefano.

E la vacanza di Alex giungerà al termine.

Mi viene un nodo alla gola. Se solo non fossi andata nella sua stanza, ieri notte, gli direi addio in tutta tranquillità, continuando a ignorare la potente alchimia tra di noi. Così facendo, sarei potuta andare avanti con la mia vita, entusiasmarmi all'idea della mia nuovissima carriera come socia di Poppy nell'attività di catering.

Se solo non fossi stata così presa da Jackson, avrei capito molto tempo prima che Alex era speciale – che mi faceva ridere e sentire più viva di quanto abbia mai fatto qualsiasi altro uomo.

È una vera ironia della sorte che per tutto il mio soggiorno alla baita, passato a nutrire ancora la mezza speranza di tornare insieme a Jackson, alla fine ho sprecato il tempo che avrei potuto impiegare per conoscere meglio Alex.

A ripensarci ora, c'erano anche degli indizi che gli piacessi. Tuttavia, per colpa del blocco causato dall'esperienza con Jackson che mi annebbiava la mente, non li ho notati.

Bussano alla porta e mi asciugo alla svelta il viso con entrambe le mani. Mi incollo in faccia un sorriso, mi volto e, per fortuna, è solo Poppy.

Ha l'aria preoccupata. «Oddio! Stai bene?».

Scuoto la testa e rinuncio a sorridere.

«È per Alex?».

La sua espressione impietosita mi fa venir voglia di scoppiare a piangere e di aprirle il mio cuore. Ma non posso. Stanno aspettando il pudding. Devo darmi una sistemata, scendere di sotto e fare la faccia felice. Devo assicurarmi che Alex non si accorga che ho pianto…

Poppy sospira. «Oh, Roxy! Deve essere una tortura per te. Dopo che mi hai detto di Alex, non ho avuto il tempo di modificare la disposizione dei posti a tavola!».

Si lascia cadere sul letto accanto a me e rimaniamo a guardarci con un'espressione cupa.

«Come state tu e Jed?», domando.

«Stiamo bene». La sua espressione, però, lascia trasparire una punta di tristezza e capisco che Poppy non sta affatto bene. «Vorrei solo riuscire a togliermela dalla testa… l'idea che Jed possa sentirsi in trappola per via del bambino. Non sopporterei di averlo legato a me con mezzi scorretti».

Scoppio a ridere, incredula. «Adesso ti stai proprio comportando da sciocca! Non è come se avessi programmato di farlo cadere in trappola facendoti mettere incinta di proposito».

Poppy fa un sorriso triste. «Lo so. Ovvio. Non riuscirei a essere così opportunista. Ma…». Scrolla le spalle. «La vita, eh? È prevedibile sempre e solo quando non vuoi che lo sia».

Annuisco. «Dillo a me!».

Poppy si alza. «Bene, ora preparati mentre io vado a impiattare il pudding. Ci vediamo tra dieci minuti, okay?».

Annuisco. «Grazie, Poppy. Di tutto».

Quando mi alzo, mi abbraccia stretta. «Grazie a te, Roxy. Di avermi aiutata in un periodaccio… in molti modi».

«Ti prometto che non spifferrerò più i tuoi segreti a Jed». Le faccio un sorriso abbattuto.

Si volta verso la porta. «Oh! Finiscila di blaterare! Tu dici un sacco di cose sensate e ho il presentimento che sarà una grossa benedizione per la nostra attività».

In qualche modo, resisto per tutto il pomeriggio, anche se, all'ora del tè, mi fanno male le guance a forza di sorridere tutto il tempo.

Quando Gloria propone di giocare a sciarada, mi si avvicina Jackson e mi chiede se possiamo parlare. Sarebbe bello chiarirci, decido, perciò propongo di salire nella mia stanza dove staremo per conto nostro. Mentre attraversiamo l'ingresso, sbuca dalla cucina Alex. Ci scambiamo un'occhiata e ho un tuffo al cuore. Sembra provi le mie stesse emozioni: è pieno di nostalgia e rimpianto.

«Roxy, vieni?», domanda Jackson e il viso di Alex si rabbuia; il legame tra noi è interrotto.

Rimango per un po' a guardare Alex che rientra in soggiorno con la sua birra e, improvvisamente, sono consumata dal desiderio quando vedo il suo stupendo fondoschiena fasciato nei jeans scuri e attillati. I ricordi di ieri notte riaffiorano vividi nella mia mente. La sensazione del corpo di Alex al mio fianco, le sue labbra sulle mie, la passione disperata con cui ci siamo baciati, come se volessimo recuperare il tempo sprecato.

«Roxy?». Jackson è a metà della rampa di scale.
«Sì. Scusami». Lo seguo con la morte nel cuore.
"Adesso cosa diamine penserà Alex?".
Nella mia stanza, Jackson si siede sul letto e mi fa cenno di accomodarmi accanto a lui, così mi siedo un po' di sbieco per poterlo guardare in faccia.
«Stiamo bene, Roxy?», domanda con un sorriso un po' forzato.
Rimango in silenzio. Mi sta chiedendo se stiamo bene come coppia? O è solo una domanda di circostanza, tipo "come va"?
«Ehm... Sto bene, grazie», rispondo, optando per la seconda. «Però hai ragione. Forse dobbiamo parlare. Non abbiamo avuto molte occasioni, con tutto quello che è successo».
"E per il fatto che continuavamo a evitarci...".
Jackson annuisce. «Decisamente. Perché non mi dici cosa ti passa per la testa? Prima le signore!».
Dentro di me, gemo. Perché a volte "prima le signore" dà l'impressione che ti stiano buttando avanti per sondare un terreno sconosciuto?
Inspiro profondamente. «Ecco, be', innanzitutto posso scusarmi di nuovo per averti messo in imbarazzo in quel modo, chiedendoti di sposarmi in diretta TV e via dicendo?».
Jackson liquida le mie scuse con un gesto della mano. «Avevi bevuto molto, Roxy. E a essere sincero, una volta superato lo shock, non l'ho presa sul serio comunque. Voglio dire, stavamo insieme solo da cinque minuti, giusto?».
«Giusto». Annuisco, pensando con tristezza a quanto vedessimo diversamente la nostra relazione. Io speravo che si trasformasse in qualcosa di duraturo, invece, per

Jackson, forse lui non vedeva oltre l'appuntamento successivo. «Be', in ogni modo sono piuttosto sorpresa dalla rapidità con cui, a quanto pare, hai voltato pagina; e all'inizio mi ha ferita. Poi, però, sono venuta qui alla Log Fire Cabin ed è stato a quel punto che ho iniziato a vedere la nostra relazione sotto una luce del tutto diversa. Spero che mi perdonerai per quello che sto per dire, Jackson», affermo, fissandomi le mani. «Ma... credo di essermi innamorata sul serio, per la primissima volta».

Alzo gli occhi e sul suo viso leggo la paura. Mi ci vuole un po' per capire che evidentemente non mi sono spiegata bene. Jackson pensa che stia parlando di lui e sembra davvero inorridito!

Faccio per rassicurarlo, ma prima che riesca a proferire parola, lui mi afferra le mani, mi guarda dritto negli occhi e dice con sincerità: «Ma non pensi di dover andare da uno psicologo, Roxy? Prima ancora di *pensare* ad avere una relazione? In tal modo avresti la possibilità di parlare di quando sei... ehm... rimasta sfigurata e delle conseguenze che ha avuto su di te. Credo davvero che sia la cosa migliore». Fa una pausa, poi aggiunge subito: «Per te».

Rimango a fissarlo. «Forse hai ragione», rispondo lentamente.

«Oh! Ne sono sicuro. Cioè, ci sono chirurghi plastici che riescono a fare dei veri miracoli e sono sicuro che un giorno, grazie al progresso tecnologico, riusciranno a far sembrare la tua schiena... be', quasi nuova di zecca». Mi dà un paio di buffetti sulle mani e sorride, come se lui fosse il medico e io, una dei suoi pazienti. «Ma fino a quel giorno, avrai bisogno di aiuto per accettare le tue cicatrici... e purtroppo, temo proprio di non essere io l'uomo in grado di aiutarti».

Sospira profondamente e con rammarico e scrolla le spalle, come a dire: "È un peccato, ma cosa posso farci?".

«Hai ragione, Jackson. Avevo un grosso complesso per via delle cicatrici, perché pensavo che nessuno mi avrebbe mai più trovata attraente». Gli lancio un'occhiata per dargli la possibilità di contraddirmi. Ma lui si limita ad annuire con un'espressione triste. Perciò continuo imperterrita. «Ma di recente ho capito che non è affatto così. Là fuori ci sono uomini che sarebbero felici di accettarmi per quella che sono». "Be', uno in particolare...".

Jackson continua ad annuire impietosito per un po', poi all'improvviso afferra ciò che ho detto. «Ehm, no! Cioè, sì! Assolutamente! Perché è *ovvio* che sei attraente, Roxy!».

«Grazie, Jackson», rispondo con serenità e solo un pizzico d'ironia.

«Prego, Roxy. Perciò quello che sto cercando di dire è che prima ancora di poter pensare di intraprendere una relazione, hai assoluto bisogno di fare un lavoro interiore, di accettare le tue cicatrici. Giusto? E potrebbe volerci molto tempo».

Faccio sì con la testa, con solennità. Ha sentito mezza parola di quello che ho detto?

«Naturalmente, ti dico tutto questo perché penso a quello che è meglio per te».

«Certo. Ed è così... ehm... *saggio* da parte tua. E molto premuroso, anche».

Jackson mi sorride come a dire: "Oh! Sciocchezze, non c'è di che".

«Allora... amici?». Lo guardo piena di speranza.

«Amici!», ribatte lui in tono caloroso, dandomi una

vigorosa stretta di mano, come se un grosso peso gli fosse appena scivolato già dalle spalle.

Dopo che se ne è andato promettendo che ci saremmo tenuti in contatto e che qualche volta mi avrebbe portata a prendere "una birra", mi abbandono contro i cuscini appoggiati alla testiera e rifletto su cos'è, dopotutto, la fine per me e Jackson Cooper.

Mi ha mai amata davvero? Forse sì, a modo suo. Tuttavia, comincio a pensare che la ragione per cui ha ricominciato a venirmi dietro quando sono arrivata alla baita era che si fosse già stufato di Sophie e del suo comportamento ansioso. Per questo, io ho rappresentato una prospettiva migliore per un po' – finché non ha visto che ero «rimasta sfigurata» e si è reso conto che non sarebbe riuscito ad accettare le mie imperfezioni. A quel punto c'è stato il "game over".

Non mi turba l'idea che Jackson possa innamorarsi di nuovo. È probabile che entro martedì prossimo abbia un'altra ragazza – magari anche prima.

"E io, invece?".

Io continuerò a vivere nel rimpianto per Alex ben oltre la prossima settimana…

Capitolo 33

Quando rientro con Jackson in soggiorno, dove sono tutti riuniti a guardare la TV, sento gli occhi di Alex su di noi e ho l'impressione che il mio cuore sia un peso morto nel petto. Voglio fargli sapere che non stavamo facendo niente di romantico – tutto il contrario, in realtà – ma non lo dichiarerò davanti tutti.

Mi lascio cadere sul divano e cerco di concentrarmi sul film, ma, con Alex seduto all'altra estremità, è impossibile.

D'un tratto, mi viene la folle idea che magari potrei tentare di liberare la macchina dalla neve, in modo da poter tornare a casa. Ho detto a Poppy che sarei rimasta a dormire lì, così la mattina avremmo potuto parlare di affari, ma non ci rimarrebbe male se me ne andassi adesso. Sa cosa provo per Alex. E potrei tornare domani, dopo che Alex se ne sarà andato.

Aspetto la scena clou del film, quando sono tutti incollati allo schermo, poi esco di soppiatto nell'ingresso e mi infilo gli stivali di gomma e il cappotto. Fuori, vicino alla porta, ci sono un paio di grosse pale che i ragazzi stavano usando prima, ma quando mi volto verso la mia macchina noto che mi hanno battuta sul tempo. La neve attorno al mio mezzo è stata spalata. Dopo aver ripescato le chiavi dalla tasca, mi siedo al posto del conducente e metto in moto, giusto per verificare quanto riesco a spostarla.

Se riesco a portarla in strada dal piccolo parcheggio, potrei anche farcela. Con le ruote che perdono aderenza e slittano sul ghiaccio, riesco a fare manovra, ma far percorrere alla macchina la rampa fino alla strada si rivela di gran lunga più complicato. Ciò nonostante, mi sprona la disperazione con cui desidero sottrarmi a questa situazione sempre più insostenibile. Dopo aver mandato su di giri il motore continuo a insistere, spossata ma decisa a non arrendermi. Ogni volta però, arrivo quasi in cima… poi scivolo di nuovo giù.

Dopo il quarto tentativo, serro i denti, mi lascio sfuggire un lamento di frustrazione e do un colpo al volante. Poi, esausta emotivamente e fisicamente, chiudo gli occhi e mi abbandono contro il poggiatesta.

Dopo qualche istante, qualcuno bussa al finestrino.

È Alex, che mi guarda con disapprovazione.

Lo fisso, desiderando solo che se ne vada e mi lasci in pace. Invece mi fa cenno di abbassare il finestrino, così, con estrema riluttanza, obbedisco.

«Cosa stai facendo?», mi domanda con tono brusco. «Non penserai mica di metterti a guidare con tutta questa neve! Devi aspettare che lo spazzaneve sgombri la strada».

«E se non volessi aspettare?», ribatto aggressiva, pur sapendo di comportarmi da persona irragionevole, ma non riesco a liberarmi dell'impellente bisogno di fuga che provo. Mando su di giri il motore e tento un'ultima volta di salire la rampa, ma la macchina scivola giù di nuovo.

Provo una dolorosa morsa alla gola e ricaccio indietro le lacrime. Voglio colpire ancora il volante, ma mi trattengo.

Invece, quando Alex apre la portiera, esco fuori con calma.

Lui rimane in attesa, molto probabilmente per assicurarsi che io non tenti di combinare qualche altra sciocchezza. Poi mi segue nella baita e mi osserva mentre mi tolgo il cappotto. Uno degli stivali si rivela impossibile da sfilare e io saltello per un po' su una gamba sola nel tentativo di liberare l'altra.

«Siediti», mi ordina Alex, indicando le scale.

«Ce la faccio», rispondo ostinata, un attimo prima di sbilanciarmi e andare a sbattere violentemente addosso al muro.

Alex sospira. «Ti siedi, per favore?».

Storcendo la bocca e sentendomi simile a una bambina capricciosa, mi lascio cadere sul secondo gradino dal basso, quindi Alex mi afferra saldamente il piede e sfila il testardo stivale.

«Grazie», gli dico sostenuta, mentre il cuore mi batte così forte per via della nostra vicinanza da farmi girare la testa. Mi volto e nascondo il viso con la scusa di sistemare gli stivali allineandoli accanto agli altri.

«Non puoi guidare su strade così pericolose», mormora Alex.

Faccio scivolare i piedi nelle ballerine e mi sistemo i capelli. Poi prendo un profondo respiro e annuncio con vocetta tremolante: «Alex, devo dirti una cosa». Gli dirò la verità. Che il nostro incontro dell'altra notte non è stato affatto un errore...

Aspetto un attimo, ma lui non risponde. E quando mi volto, capisco il perché: se ne è già tornato dagli altri. Non mi ha neppure ascoltato...

Jed scende piano le scale proprio mentre mi sto preparando psicologicamente per rientrare. Immerso nei suoi pensieri, sembra sorpreso di vedermi.

«Entri?». Mi indica il soggiorno con un cenno della testa.

«Ehm, sì. Sì, sono solo andata a prendere una cosa in macchina».

«Lo spazzaneve dovrebbe passare domani mattina. Se tutto va bene, prima che Alex parta per l'aeroporto. Mi dispiacerebbe molto se dovesse rimanere bloccato e perdesse il volo».

Mi sforzo di sorridere. «Già. Sarebbe tremendo!».

Mi segue in corridoio, ma quando torno a sedermi sul divano, Jed rimane in piedi in mezzo alla stanza.

«Scusate, vi dispiace se lo metto in pausa?», dice e Ruby balza in piedi per prendere il telecomando. «Devo chiedere una cosa a Poppy».

Guardiamo tutti Poppy e lei risponde: «Ah, già. La *Christmas cake*! L'ho tagliata a fette ed è in una scatola nella credenza».

Jed rimane immobile. Poco alla volta, sul suo volto spunta un sorriso. «A dire la verità, non mi riferivo al dolce».

«Oh!». Poppy sembra confusa. «Allora cosa...?».

Jed sorride. Poi, dopo essersi infilato una mano in tasca, ne estrae una scatolina. Clemmy, seduta accanto a me, rimane a bocca aperta.

A quel punto, davanti a tutti, Jed si inginocchia, sorride a Poppy e sussurra: «Poppy, vuoi sposarmi?». Estrae l'anello dalla scatolina.

Nello spostare lo sguardo dal volto di Jed all'anello e viceversa, il viso di Poppy è il ritratto stesso dello stupore e della confusione che si trasformano in gioia assoluta. Tutta rossa per l'emozione, riesce in qualche modo a balbettare: «Sì, certo che lo voglio!». Le tremano così forte le mani che per poco non fa cadere l'anello, ma una volta che l'ha indossato, rimane ad ammirarlo; sbalordita, passa rapidamente in mezzo a noi per mostrarcelo, poi getta le braccia al collo di Jed. Lui si alza e solleva Poppy da terra, mentre lei gli cinge la vita con le gambe e lancia dei gridolini euforici.

Ridiamo e applaudiamo tutti, mentre Ruby urla: «Posso fare la damigella? Vi prego! Posso fare la damigella?».

Gloria le fa cenno di starsene zitta, visibilmente imbarazzata. «Non devi essere *tu* a chiedere di fare la damigella, tesoro».

Ruby fa la faccia stupita. «E perché mai? Non mi offendo mica se mi dicono di no».

«Quando hai comprato l'anello?», domanda Poppy. «Mentre ero in ospedale?».

Jed scuote la testa. «L'ho comprato mesi fa, ma stavo aspettando il momento giusto». Sorride con aria colpevole. «In effetti, chi voglio imbrogliare? Avevo il terrore di farti la proposta per paura che tu mi dicessi di no».

Con un nodo alla gola, lancio un'occhiata a Jackson, che ha la buonagrazia di mostrarsi un po' contrito.

«Perché pensavi che avrei detto di no?», chiede Poppy con stupore.

Jed scrolla le spalle. «Pensavo che il mio folle attaccamento al lavoro ti avesse fatto cambiare idea e non volessi trascorrere il resto della vita con me. Invece, con un bambino in arrivo, ero abbastanza sicuro che mi avresti risposto sì».

Il sorriso di Poppy è così ampio e smagliante che ci si potrebbe illuminare una stanza.

Mi lancia una rapida occhiata e so esattamente cosa sta pensando. Lungi dal sentirsi in trappola, è chiaro che Jed programmava da parecchio di farle la proposta di matrimonio e dubitava addirittura che lei avrebbe accettato!

«Bene, champagne per tutti?». Poppy scatta in piedi, ma Jed le preme con dolcezza una mano sulla spalla affinché torni a sedersi sul divano e propone di pensarci lui.

«D'ora in poi, baderò io a te, futura moglie e mamma», dice Jed con un sorrisone. Ruby finge di stare per vomitare, facendo scoppiare tutti a ridere.

Sono così contenta per Poppy che mi sento pervasa da un'ondata di felicità. Poi incontro lo sguardo di Alex. Sorride, ma è me che guarda fisso e ho una stretta al cuore.

Di colpo, è intollerabile. Devo andare via, da qualche parte dove le persone non sono tutte così insopportabilmente allegre!

Quando Jed versa lo champagne, ne bevo un paio di sorsi e brindo alla coppia felice.

Poi, senza che nessuno se ne accorga, scivolo fuori dalla stanza per togliere il disturbo.

Su in camera mia, butto un occhio alla sveglia. Sono quasi le dieci. Un orario più che dignitoso per andarsene a letto. Sono sicura che nessuno se ne avrà a male se non scendo a dare la buonanotte. Sono tutti così impegnati a divertirsi che di sicuro nessuno noterà la mia assenza.

"Tutti tranne Alex, forse".

Oggi ho sentito il suo sguardo addosso più di una volta, ma questo non ha fatto che aumentare il mio tormento, mi ha riportato alla mente l'altra notte, ma so che per noi non c'è futuro.

Mi spoglio con calma e faccio una lunga doccia; l'acqua scorre insieme alle lacrime e mi lava il viso. Dopodiché, indosso il pigiama e mi metto a letto.

Non dormirò mai. Non se ci sono il parlottio e le risate che continuano ad aumentare di volume a distrarmi. Forse, però, mi basterà poggiare la testa sul cuscino per rilassarmi.

Nel giro di qualche secondo, esausta per via degli eventi tumultuosi degli ultimi giorni, piombo in un sonno profondo…

Capitolo 34

Mi sveglio di soprassalto. Nella stanza è ancora buio, ma la porta si è aperta con uno strofinio sulla spessa moquette color crema.

«Sei sveglia?», sussurra una voce.

Mi metto a sedere con fatica, mentre un raggio di luce proveniente dal corridoio al di là della porta illumina il mio visitatore.

«Ruby? Che ore sono?»

«Quasi le otto. Gli altri sono ancora nel mondo dei sogni. Hanno bevuto un mare di champagne ieri notte... fatta eccezione per la povera Poppy, che ha ripiegato sul vino analcolico».

«Dubito le sia dispiaciuto, dopo l'adorabile proposta di Jed». Mi strofino gli occhi assonnati, meravigliata di aver dormito così tanto. «Gli altri... sono tornati tutti a piedi all'hotel?».

Ruby annuisce. «Era tardissimo ed erano piuttosto sbronzi». Accende l'abat-jour e così facendo scaccia la confortevole penombra e mi lascia addosso una sensazione di tremenda vulnerabilità. «Allora, cos'hai?». Mi scruta. «Non puoi avere i postumi della sbronza. Hai bevuto solo un bicchiere di champagne prima di squagliartela».

Rido. «Non me la sono *squagliata*».

«Be', hai dato quell'impressione».

«Mi hai tenuta d'occhio, allora?»

«No, faccio solo caso a quello che succede, tutto qui».

«È vero, no? Sei molto sveglia e hai un grande spirito d'osservazione». Le sorrido. «Potresti fare la detective. La prossima Miss Marple».

Ruby scuote la testa con fermezza. «No, ho ancora una gran voglia di fare la stuntwoman, ma se dovesse andare male, mi accontenterò di fare l'attrice».

Mi scappa una risata. «Wow! E hai solo diciassette anni. Alla tua età, anche a me sarebbe piaciuto sapere con la stessa chiarezza cosa volevo fare da grande!».

Ruby aggrotta la fronte. «Ma dopo due anni ci sarebbe stato l'incidente, perciò è probabile che le cose non sarebbero andate come avresti voluto tu, in ogni caso».

«Questo è vero».

«So che hai chiesto a Jackson di sposarti a quel programma televisivo», annuncia, di punto in bianco.

«Ah, davvero?». Rido, stupita nell'accorgermi che l'accenno a quell'orribile notte non ha più il potere di ferirmi o di farmi morire di vergogna. «Chi te l'ha detto?»

«Nessuno. Ho visto il programma e non appena ho messo piede qui, ti ho riconosciuta».

«Però non hai detto niente a nessuno?».

Ruby scuote la testa. «Be', l'ho detto alla mia amica, Chloe. Ma era chiaro che nessuno ne parlava qui, perciò ho dato per scontato che tu e Jackson volevate tenerlo segreto. Perciò non ho detto nulla».

«Caspita, Ruby! È stato molto maturo e cortese da parte tua».

«Pensavi che fosse quello giusto?».

Annuisco. «Sì, ma mi sbagliavo».

«Quindi c'è qualcun altro?».

Sussulto e guardo altrove scuotendo la testa.

«Oh-oh! Roxy, c'è, non è vero? Sei diventata rossa come un peperone. Puoi dirmelo se vuoi. Non lo dirò a nessuno».

Le faccio un sorrisetto. «È inutile che te lo dica perché è del tutto inutile».

«Ma tu non lo sai. Gliel'hai detto che ti piace?»

«No, perché non c'è futuro. Non siamo sul set di *Cenerentola*, sai. Non tutte le storie d'amore possibili hanno un lieto fine!».

Sto cercando di sdrammatizzare, ma è difficile mantenere un tono scanzonato come se per me fosse sostanzialmente indifferente se finisse in un modo o nell'altro.

«Perché non potrebbe funzionare?», vuole sapere.

Sospiro. «Be', per la geografia».

«Cosa intendi con la "geografia"?»

«Be', ehm, vive da un'altra parte, quindi sarebbe difficile vedersi».

Ruby aggrotta la fronte. «Le relazioni a distanza possono funzionare, però. Mia zia Paula ha sposato un uomo dell'Origano, in America, ed era andata a trovarlo solo due volte. Cosa ridi? È vero».

«Ne sono sicura e congratulazioni alla zia Paula, ma credo ti riferissi allo Stato dell'Oregon».

«È quello che ho detto, no?». Rimane a guardarmi perplessa. «Allora, dov'è che vive il tuo uomo? Non può essere più lontano dell'America».

«Può, in effetti».

Ruby rimane a bocca aperta. «Davvero? Cazzo, non c'è proprio speranza! Ops! Scusa». Fa una smorfia per l'esclamazione volgare. «Non vorrai mica dire che viene da qualche posto tipo l'Australia, vero?».

Scrollo le spalle e cerco di mantenere la mia espressione impassibile, ma Ruby è troppo sveglia.

«L'*Australia*?». Fissa nel vuoto. Poi, con mio sgomento, vedo la lampadina accenderglisi sopra la testa. «Oddio! È Alex! Ma certo! Come ho fatto a non indovinare? State sempre a scherzare. È divertentissimo quando vi scambiate le battutine».

«Davvero?». La guardo, confusa.

«Sì, sai, in senso buono».

Sorrido. «Lui mi fa ridere un sacco».

«E ti piace, giusto? Voglio dire, ha proprio un bel fisico. Per un vecchiotto».

Ignoro la sua domanda ridendo di Alex che, a trent'anni, è appena stato definito da Ruby "vecchiotto".

«Allora?»

«Allora cosa?»

«Sei attratta da lui? Nel qual caso, che cavolo ci stai a fare qui, a parlare con me, quando potresti essere all'hotel a picchiare alla sua porta?»

«Picchiare alla sua porta? Non lo farei mai!», ansimo, arrossendo un po' mentre mi torna in mente di averlo fatto proprio due sere fa... e la passione travolgente che ne è seguita.

«Perché no?». Ruby incrocia le braccia e mi fa un'espressione all'antica. «Non gli hai mai detto che ti piace, vero?». La sua è più un'accusa che una domanda.

«Be', no, non esattamente». "Ma, a volte, le azioni parlano più delle parole!".

«E scommetto che lui crede che sei ancora cotta di Jackson».

Scrollo le spalle.

«Non penso, ma potrei avergli dato l'impressione di non essere interessata a lui».

«Ma perché? È della tua vita, del tuo futuro, che stiamo parlando. E se fosse lui quello giusto e tu lo lasciassi tornare in Australia senza neppure tentare di scoprire cosa prova esattamente per te?».

Inarco un po' le sopracciglia, pensandoci su.

«Non sarebbe tristissimo perdere questa opportunità? Voglio dire, esiste la probabilità che lui non provi dei sentimenti profondi quanto i tuoi, ma penso che tu debba scoprirlo, no?». Scrolle le spalle. «Potresti fare una figuraccia colossale, ma almeno lo sapresti».

«Oddio, grazie, Ruby. Questo è molto rassicurante».

«Allora va'!».

«Dove?»

«All'hotel! Roxy, francamente, per essere una donna intelligente, sei un po' dura di comprendonio a volte».

Scoppio a ridere, più per l'agitazione che mi fa contorcere lo stomaco che per altro. Ruby ha ragione. Devo smetterla di fare la codarda e devo confessare ad Alex per filo e per segno quello che provo per lui. Perché, in effetti, sto usando l'Australia come scusa per non dirgli nulla – per via del solito terrore di essere rifiutata.

Nel mio profondo, però, qualcosa che mi dice che Alex non mi rifiuterà e che devo dirglielo e basta, come consiglia Ruby. Alex ha visto la mia pelle rovinata, ma le sue mani hanno continuato ad accarezzare il mio corpo.

Non era disgustato come Billy.

Non si è messo a parlare di chirurghi plastici come ha fatto Jackson…

«Non posso andarci adesso. Starà ancora dormendo».

«Inventi ancora scuse?».

Le sorrido, con il cuore che batte all'impazzata. «Bene. Basta scuse».

«Sì!». Ruby balza giù dal letto e si dirige verso l'armadio. «D'accordo, la tenuta da seduttrice», mormora. Le si illuminano gli occhi davanti alla mia maglietta scollata preferita. Dopo averla tirata fuori insieme a un paio di jeans attillatissimi, lascia cadere i vestiti sul letto. «Mentre ti vesti ti preparo una tazza di tè».

«Ehm... No, sto bene così, grazie». Ho bevuto il tè di Ruby. È così forte che se ci infili un cucchiaino, rimane dritto. E a dire la verità, ho lo stomaco così scombussolato che dubito di riuscire a mandar giù qualcosa.

Ruby mi mostra il pollice alzato e se ne va.

Mi abbandono contro i cuscini, e penso. Il volo di Alex parte alle tre di oggi pomeriggio, perciò dovrà stare all'aeroporto per mezzogiorno, suppongo – sempre che il volo non venga cancellato per il maltempo. Dunque, il tempo non mi manca se voglio raggiungerlo prima che parta. Meno di un'ora dopo, sono nell'ingresso, dove mi metto il cappotto, la sciarpa e gli stivali, pronta a camminare fino all'hotel in mezzo alla neve. Ruby, ancora in pigiama, è lì a braccia conserte per assicurarsi che io vada sul serio.

Non appena apro il portone, entra una raffica di aria glaciale che mi gela le guance accaldate. Il freddo intenso mi fa tornare alla ragione: "Cosa sto facendo?".

«Buona fortuna», mi augura Ruby, mentre in pratica mi spinge fuori, in mezzo alla neve. «Incrocerò tutte le dita che ho per te».

Adoro camminare sulla neve fresca, essere la prima a lasciarci le orme. Nella notte c'è stata un'altra nevicata, perciò il mio arrancare verso l'hotel si rivela piuttosto soddisfacente e mi distoglie dal pensare a quello che avverrà dopo.

In effetti, non so bene cosa farò una volta arrivata all'hotel. Mi dico che sarà l'istinto a decidere.

Il problema è che più mi avvicino all'hotel, più mi sorge il dubbio che il mio istinto sia partito per le vacanze di Natale, perché non ho ancora deciso cosa dire ad Alex.

Se lui è ancora lì.

Nel parcheggio, un paio di dipendenti stanno spalando la neve e, per fortuna, la macchina di Alex c'è ancora. Con il suo mezzo sepolto sotto cinque giorni di neve, Alex non potrà mettersi in viaggio tanto presto. Mi avvicino all'entrata dell'hotel, con il cuore che batte all'impazzata, pensando che posso sempre ordinare un caffè al bar interno e aspettare di vedere se Alex si fa vivo.

Poi, però, mi viene di nuovo fifa e, invece, mi ritrovo a passeggiare verso la pista di pattinaggio. Magari potrei rimanere nascosta lì per un po', fuori dalla visuale di chi esce dall'hotel, in seguito potrei tornarmene alla baita.

"Perché, in fin dei conti, cosa ci faccio io qui? Se non fosse stato per Ruby che mi ha caricata con le sue idee folli...".

Mi appoggio al parapetto imbottito, mentre mi tornano in mente le volte, nelle ultime due settimane, in cui sono rimasta proprio in questo punto a osservare i pattinatori, a chiacchierare con Poppy. E ricordo Alex che cercava di insegnarmi a pattinare. Soprattutto, ricordo il divertimento. Le cadute, le volte che mi ha aiutata a rialzarmi, e le risate.

Ruby ha ragione, penso con tristezza. Era divertentissimo quando io e Alex ci scambiavamo le battutine...

Le lacrime mi fanno bruciare gli occhi. Se ci fossimo limitati a quello, avrei serbato dei bei ricordi, ma mi sarei risparmiata il dolore profondo che mi ha dilaniata negli ultimi giorni, al pensiero che da domani potrei non rivedere mai più Alex ...

Perché è impossibile ignorare la grande intesa che c'è tra noi; un legame che forse non vivrò mai più con nessun altro.

Dopo essermi fatta coraggio, prendo la mia decisione. Gli parlerò. Gli dirò cosa provo. La finirò di tirarmi indietro come ho sempre fatto in passato...

Adesso che mi sento determinata, raggiungo l'entrata dell'hotel e vado alla reception. E chiedo di essere messa in comunicazione con la stanza di Alex.

L'addetta controlla e aggrotta la fronte. Poi alza lo sguardo. «Mi dispiace molto, ma il signor Webster ha lasciato la stanza mezz'ora fa. Non è riuscito a spostare la macchina, perciò ha deciso di attraversare a piedi con il suo zaino i campi fino al locale del suo amico... quello che ha il ristorante». Mi sorride. «Suppongo che abbia il fisico per farlo, ma non lo invidio comunque, a camminare in mezzo alla neve alta!».

Mi sento stringere il petto per il panico. «Si riferisce al ristorante della Foresta incantata?».

Lei fa sì con la testa. «Proprio quello. A quanto pare, è sulla strada principale, perciò il suo amico gli darà un passaggio fino all'aeroporto».

«D'accordo, grazie mille». Abbozzo un sorriso, ma dentro mi sento morire.

È finita, dunque. Sono arrivata troppo tardi.

Alex se ne è andato...

Capitolo 35

Arrivata alla Log Fire Cabin, mi accorgo che, per colpa dello stato confusionale in cui mi trovavo quando sono uscita, ho dimenticato la chiave.

Quando suono il campanello, però, Ruby viene subito ad aprirmi, il che mi fa supporre che sia rimasta qui intorno ad aspettarmi perché voleva sapere in dettaglio com'era andata con Alex.

La mia espressione le dice tutto, ma Ruby fa comunque un sacco di domande. Alex era ancora lì? Ho intenzione di rinunciare? Oppure di inseguirlo?

Le rispondo con tutta la pazienza che riesco a racimolare, ma l'unica cosa che desidero è correre di sopra in camera mia, fare le valigie e tornarmene alla svelta all'appartamento e da Flo. Lei torna da New York oggi e sarà bellissimo raccontarle dei miei alti e bassi delle ultime settimane.

Se spiego a Flo che Alex era solo una stupida cotta, forse riuscirò a convincermene anche io. A quel punto, potrò dimenticarlo e andare avanti…

«Non vorrai mica mollare sul serio, vero, Roxy?». Il viso di Ruby è distorto dallo stupore.

Sospiro e rispondo: «Ruby, tu avrai pure la forza per attraversare arrancando cinque campi coperti di neve fino al ginocchio, ma io temo di non avercela. So riconoscere una sconfitta».

Mi trascino fiaccamente su per le scale e quando trovo Poppy distesa sul suo letto, mi metto a chiacchierare. Le racconto della mia inutile spedizione all'hotel e posso dire che mi sembra sinceramente dispiaciuta per me.

«Non importa. Non mollare». Mi sorride incoraggiante. «Non si sa mai, Alex potrebbe tornare per il *prossimo* Natale».

Lo sappiamo entrambe che sta solo cercando di tirarmi su di morale.

«Dov'è Ruby?», domanda.

«Non ne ho idea. Era qui un attimo fa».

Poppy annuisce. «Doveva preparare la cioccolata calda. Non fa nulla, parliamo un po' di affari?», propone per non farmi pensare al resto, suppongo.

Così scendiamo in cucina e Poppy inizia a preparare la cioccolata calda mentre io dispongo un po' delle mince pies avanzate su un piatto. Dubito che riuscirò a gustarmene appieno una, dopo le centinaia che ho preparato nelle scorse settimane – ma mi tiene impegnata.

«In genere, cucino e preparo i dolci a casa», spiega Poppy, «ma mi domandavo se non fosse il caso di trovarci un localino da qualche parte. Trasformarla in una ditta seria, in altre parole».

Rido. «Idea grandiosa. Ma è già una ditta seria, no?»

«Sì, immagino di sì». Poppy sorride. «Comunque mi sembrava ancora un po' un hobby quando lo facevo da sola, anche se guadagnavo bene. Penso solo che quando verrai a lavorare anche tu, diventerà una ditta vera e propria e saremo in grado di...».

L'ultima parte della frase è sovrastata da un rumore assordante che proviene dall'esterno.

«Che cavolo...?». Poppy va alla finestra e guarda in

direzione del lago. «Lì non c'è nulla», urla mentre il rumore non cessa. «Deve essere davanti casa».

Attraversiamo l'ingresso e apriamo il portone.

E a quel punto scopriamo cosa stava combinando Ruby.

«Lo spazzaneve?». Rimango senza parole per lo stupore.

Guardiamo a bocca aperta Ruby che, con grande abilità, fa manovra tra le macchine e si arresta bruscamente davanti al portone. Spegne il motore e torna a regnare il beneamato silenzio.

«Be'? Salti su, Roxy? C'è posto per due!».

Mi volto verso Poppy e rido, incredula. Poi guardo Ruby con sospetto.

«Stai sul serio pensando di portarmi fino alla Foresta incantata a bordo di quel coso? Pensi che voglia morire o roba del genere?»

«Morire, no... ma una voglia ce l'hai, eccome!», commenta Poppy. Mi volto e lei mi sorride. «Incontrare Alex prima che parta».

«Pensi che debba andare?», gracchio per lo stupore. «Con *quello*?».

Poppy scrolla le spalle. «Dipende da quanta voglia hai di incontrarlo», mi risponde con un sorriso furbetto.

«Oh, forza!» mi sprona quella scavezzacollo di Ruby, con una scintilla nello sguardo. «È divertentissimo. Ti piacerà un sacco. E conosco una strada super veloce per raggiungere il ristorante attraverso la campagna. L'ho già percorsa con Sam».

Sono travolta da un'ondata di euforia. «Vado a prendere il cappotto!».

«E la sciarpa e i guanti e gli stivali perché quando voleremo verso il ristorante, morirai di freddo!».

«Dio, spero che per Alex ne valga la pena», scherza

Poppy, aiutandomi a indossare la mia corazza contro il vento polare.

Sorrido felice. «La vale. Pensi che arriveremo in tempo?».

"Oh! Ti prego, fa' che arriviamo in tempo!".

«Davvero te lo domandi, con Ruby al volante?», scherza Poppy.

Con una smorfia di ansia mista a eccitazione, mi inerpico sul retro dello spazzaneve e prima che possa pronunciare la frase «Non correre troppo», Ruby dà gas e partiamo con un sobbalzo così violento che starei già ruzzolando giù dalla parte posteriore, se non mi fossi resa conto che sarebbe stato saggio aggrapparmi con tutte le forze a Ruby. L'euforia dell'attraversare rombando campi e stradine di campagna, ancora mai violati da esseri umani o animali, è così sbalorditiva, che strillo e ridacchio per tutto il tragitto. Per fortuna, dubito che possano sentirmi con il rombo del motore dello spazzaneve.

Senza smettere di tenermi stretta a Ruby e sbirciando avanti, oltre le sue spalle, vedo apparire il ristorante, mentre il vento gelido mi sferza i capelli e le guance. Ruby aveva ragione. Questa strada è per davvero veloce – è quasi tutta dritta! Arriveremo lì in un batter d'occhio e, benché muoia dalla voglia di raggiungere Alex, vorrei quasi che questo viaggio durasse più a lungo!

Invece, quasi senza accorgermene, siamo già lì.

Ruby conduce il mezzo nell'enorme parcheggio della Foresta incantata e si ferma nei pressi dell'entrata del ristorante, parcheggiando lo spazzaneve su quello che sarebbe il margine del prato, se si potesse vedere al di sotto del manto nevoso.

«Trovalo!», mi ordina con un sorrisone.

Scendo barcollando, con le gambe molli come gelatina, e faccio un mezzo tentativo di sistemarmi i capelli. Dopo la corsa più scatenata della mia vita devo proprio assomigliare a uno spaventapasseri la mattina dopo una sbornia colossale.

Poi penso: se ad Alex piaccio davvero, gli importerà qualcosa dei miei capelli scompigliati?

«Rimango ad aspettarti, nel caso Alex non ci sia», dice Ruby.

«Perfetto!». La saluto con la mano e comincio ad arrancare in mezzo alla neve verso il ristorante. È faticoso perché la neve è molto alta; non riesco a credere che dall'hotel Alex abbia percorso tutta questa strada a piedi. Ho cercato di individuarlo per tutto il tragitto, ma o ha seguito un itinerario diverso o è arrivato prima di noi.

Il ristorante è vuoto ma quando mi sente entrare, il vecchio amico di Alex, Graeme (che ho conosciuto la sera in cui siamo venuti qui a cena), si affaccia alla portafinestra che dà sulla cucina.

«Ciao, Graeme! Alex è qui?», domando.

Mi rivolge un sorriso cordiale, ma scuote la testa e mi si ferma il cuore. Non se ne sarà mica andato?

«Gli darò un passaggio fino all'aeroporto», spiega Graeme, «ma prima devo fare delle cose in cucina, perciò mi ha detto che sarebbe andato fuori a fare un giro». Graeme sorride. «Scusa, non so dirti di più. Ma non può essere lontano. Prova nella foresta».

«Nella foresta?». "Oddio, devo salire di nuovo sullo spazzaneve?".

«La Foresta incantata, qui accanto», specifica lui, indicandomela.

«Ah! Va bene. Grazie, Graeme».

Dopo aver preso un profondo respiro per stabilizzare

le mie frenetiche pulsazioni, esco dal ristorante e mi imbatto in Ruby che sta entrando.

«È qui?», domanda lei.

«Graeme pensa che sia andato alla Foresta incantata».

Ruby annuisce. «Allora vacci!». Mi allontana come farebbe una mamma chioccia.

Sorridendo, attraverso il parcheggio e mi volto per vedere dov'è andata Ruby. Hanno lasciato aperta la porta del ristorante e la vedo conversare con Graeme. Forse lo fa nella speranza di farsi offrire una cioccolata calda!

Imbocco il sentiero ricoperto di neve che conduce al fiabesco paesaggio innevato della Foresta incantata, con i suoi favolosi addobbi natalizi. Il profumo dei pini è davvero inebriante e nell'attraversare il ponticello, tiro già a indovinare dovrei potrei scorgere Alex. La piccola radura nella foresta addobbata con le lucine. Ricorda un rifugio magico, abitato da creature di accoglienti zone boscose uscite da un libro di fiabe per bambini.

Affretto il passo, per poco non scivolo sulla rampa all'altra estremità del ponte. Vedo già la stupenda radura, ma l'affanno che provo non è dovuto solo alla corsa. Mi fermo sul limitare della radura, prendo un profondo respiro e avanzo.

Alex non c'è.

Mi sento quasi mancare per la delusione.

Alzo gli occhi verso le centinaia di lucine tra gli alberi che sembrano stelle e inalo l'aroma della foresta.

«Roxy?».

Mi volto.

Al margine della radura c'è Alex, che mi fissa come se non riuscisse a credere ai suoi occhi.

«Ciao, Alex». Mi batte così forte il cuore da farmi ronzare le orecchie. «Io... ehm... speravo di raggiungerti prima che partissi per l'Australia. Non ho avuto la possibilità di salutarti».

Alex si guarda alle spalle. «Jackson è qui?».

Sbuffo, esasperata. «La smetti di parlare di Jackson, per favore?! Sinceramente non mi importa se non lo vedrò mai più. Mi dispiace parlare in questo modo di un tuo amico, ma è la verità».

Alex ride. «Non stai con Jackson. Messaggio ricevuto, forte e chiaro».

Scrollo le spalle. «Non eravamo fatti per stare insieme... dopotutto. Mi ci è voluto un bel po' per capirlo, però».

Alex annuisce lentamente, come se stesse elaborando ciò che ho detto, i suoi occhi che non si staccano neppure per un attimo dai miei. «Allora l'altra notte? Hai detto che è stato un grosso errore. Devo ammettere che ci sono rimasto malissimo».

Scuoto la testa, incoraggiata dalla sua confessione. «Non è stato un errore. L'errore più grande è stato dirti che noi eravamo un errore, quando invece non lo pensavo affatto». Aggrotto la fronte; mi sono confusa da sola, figuriamoci lui. «Se hai capito cosa intendo».

Mi rivolge uno dei suoi sorrisi pigri ed elettrizzanti. «Incredibilmente, sì, Roxy».

«Va bene, allora». Gli sorrido timida e mi avvicino a lui strascinando i piedi, per diminuire la distanza che ci separa.

«Già».

«Quindi, quand'è che parte il tuo volo?»

«Quale volo?»

«Come, "quale volo"?»

«È un biglietto aperto. Potrei anche decidere di rimanere per Capodanno».

Deglutisco forte. «Allora… cosa potrebbe spingerti a modificare i tuoi piani?».

I suoi magnifici occhi verdi incontrano i miei e fanno correre un violento brivido lungo il mio corpo. Ora Alex è così vicino che se allungassi la mano riuscirei a toccarlo.

«Senti freddo?», mi domanda, infine.

Rido, incerta. «Ehm, gli abeti sono verdi?».

Lui mi sorride. «Suppongo che tu abbia bisogno di un abbraccio. Solo per scaldarti, ovviamente».

«Supponi bene. Allora… stai dicendo che hai intenzione di modificare i tuoi programmi di viaggio per scaldarmi oggi?».

Alex scrolla le spalle. «Va oltre il mio dovere, me ne rendo conto, ma è per una buona causa. Sei d'accordo?»

«La migliore delle cause».

«Speravo che me lo dicessi». Si avvicina e dopo aver fatto scivolare le braccia attorno alle mie spalle, mi attira a sé. Poi mi stringe nel più accogliente, ampio e vigoroso degli abbracci e rimaniamo così a lungo, godendo del contatto. Nella mia testa scoppiettano dei piccoli fuochi d'artificio ed è la prima volta in vita mia che provo una felicità così incontenibile.

«Sei la ragazza più straordinaria, meravigliosa e carina che abbia mai incontrato», mi sussurra Alex affondando il viso nei miei capelli. «E sei anche simpatica. Un binomio letale».

Le sue parole mi scaldano il cuore. «Sono molto contenta che lo pensi. Io provo lo stesso per te».

«Davvero?». Si fa un po' indietro per guardarmi negli occhi e sento il mio corpo sciogliersi. «Credo che la freccia di Cupido mi abbia fatto stramazzare al suolo il primissimo istante che ti ho vista, alla pista di pattinaggio».

Faccio una risata sommessa. «Credo di essere stata io quella che è stramazzata al suolo. Cadendo di sedere».

«Visto? È buffo». Mi stringe a sé con un sospirone, facendomi rannicchiare nel suo cappotto in modo che possa sentire il battito del suo cuore e il piacevole calore del suo corpo. Poi, le sue labbra incontrano le mie e il nostro abbraccio si fa più appassionato e intenso. A un certo punto, ci lasciamo cadere sulla panchina di legno e per poco non la manchiamo, tanto siamo avvinghiati l'uno all'altra.

Mi aggrappo a lui ridendo, come se solo lui potesse impedirmi di cadere giù. Poi rimaniamo seduti vicini, il suo braccio stretto attorno a me, la mia testa poggiata sulla sua spalla, a inalare il delizioso profumo natalizio dei pini e a osservare le lucine.

E proprio in quel momento, accade una cosa incredibile.

Di colpo, il disegno formato dalle lucine si trasforma in una scritta.

"Roxy e Alex. Insieme per sempre".

«Oddio!», esclamo sbalordita, non credendo ai miei occhi. «Sei stato tu a farlo?».

Alex ride con dolcezza. «Mi piacerebbe dirti di sì. Invece no, non sono stato io».

«Aspetta». Sorrido, mentre mi torna in mente Ruby che chiacchierava con Graeme al ristorante. «Credo di sapere chi è stato. Avrà pure solo diciassette anni, ma è molto matura per la sua età. Non smette di sorprendermi».

«Ruby?».

Faccio sì con la testa.

«Allora ha indovinato?».

Il respiro caldo di Alex mi accarezza l'orecchio e sono

percorsa da un piccolo brivido di piacere. «Insieme per sempre?». Mi volto verso di lui, sorridendo timida. «Penso che ci abbia preso in pieno».

E a questo punto, ci baciamo, mentre la scritta si dissolve in tante stelline e capisco che da adesso in poi, ovunque Alex deciderà di vivere, io sarò lì al suo fianco...

Indice